Christian Jacq

Christian Jacq, né à Paris en 1947, découvre l'Égypte à l'âge de treize ans, à travers ses lectures, et se rend pour la première fois au pays des pharaons quatre ans plus tard, lors de son voyage de noces. Après des études de philosophie et de lettres classiques, il s'oriente vers l'archéologie et l'égyptologie, et obtient un doctorat d'études égyptologiques en Sorbonne avec pour sujet de thèse : « Le voyage dans l'autre monde selon l'Égypte ancienne ». Mais plus que tout, Christian Jacq veut écrire et publie une vingtaine d'essais, dont *L'Égypte des grands pharaons* à la Librairie académique Perrin en 1981, couronné par l'Académie française. Il est aussi producteur délégué à France-Culture, et travaille notamment pour « Les Chemins de la connaissance ». Il faut attendre 1987 pour que le succès arrive, avec un roman, *Champollion l'Égyptien*. L'Égypte et l'écriture prennent désormais toute leur place dans sa vie. Ses romans suscitent la passion des lecteurs. *L'affaire Toutankhamon*, *Le juge d'Égypte*, *Ramsès*, un succès international... Suivront *La pierre de lumière*, *La reine liberté*, *Les mystères d'Osiris*… Christian Jacq est aujourd'hui traduit dans plus de trente

MOZART

**

Le Fils de la Lumière

DU MÊME AUTEUR
CHEZ POCKET

La reine soleil
L'affaire Toutankhamon
Le moine et le vénérable
Que la vie est douce à l'ombre des palmes

Le juge d'Égypte

La pyramide assassinée
La loi du désert
La justice du vizir

Ramsès

Le fils de la lumière
Le temple des millions d'années
La bataille de Kadesh
La dame d'Abou Simbel
Sous l'acacia d'Occident

La pierre de Lumière

Néfer le silencieux
La femme sage
Paneb l'ardent
La place de vérité

La reine liberté

L'empire des ténèbres
La guerre des couronnes
L'épée flamboyante

Les mystères d'Osiris

L'arbre de vie
La conspiration du mal
Le chemin de feu
Le grand secret

Mozart

Le grand magicien (février 2008)
Le fils de la lumière (février 2008)
Le frère du feu (mars 2008)
L'aimé d'Isis (mars 2008)

CHRISTIAN JACQ

MOZART

**

Le Fils de la Lumière

EDITIONS

XO Éditions, Paris, 2006.

ISBN : 978-2-266-16843-4

Au Passeur

Pour créer, il faut rester dans l'idée.

Mozart

On revêt l'initié de vêtements lumineux. Tout ce qui était en lui désordre s'ordonne.

Denys l'Aréopagite

1.

Salzbourg, le 16 janvier 1779

Fox-terrier femelle de son état, Miss Pimperl bondit vers la porte du grand appartement des Mozart et poussa des aboiements comme Leopold n'en avait jamais entendu.

Une voiture venait de s'arrêter devant la belle demeure bourgeoise où la famille de musiciens s'était établie en 1773.

— Wolfgang est de retour ! cria sa sœur, Nannerl, une jeune femme de vingt-sept ans, austère et dévouée à son père.

Leopold ouvrit, Miss Pimperl dévala l'escalier et courut à la rencontre de Wolfgang Mozart, un petit homme aux cheveux clairs et aux yeux vifs, à fleur de tête.

Elle lui lécha longuement les joues, heureuse de retrouver son préféré, absent depuis si longtemps.

Quelques centaines de caresses plus tard, le jeune musicien put enfin embrasser son père et sa sœur, au bord des larmes.

Pour Wolfgang, qui allait bientôt fêter ses vingt-trois ans, ce retour dans sa ville natale, qu'il détestait, signifiait échec et enfermement. Exigé par son père, le séjour à Paris, aussi haïssable que Salzbourg et beaucoup plus sale, avait été une cuisante désillusion à laquelle s'étaient ajoutés deux autres malheurs : la mort de sa mère, enterrée loin de chez elle, et la perte de son premier grand amour, la cantatrice Aloysia Weber, qu'il espérait épouser. Prétextant son trop long exil, elle l'avait éconduit de manière humiliante.

Il revenait aujourd'hui au point de départ, de nouveau valet soumis au joug du prince-archevêque de Salzbourg, le comte Hieronymus Colloredo, un tyran au cœur sec qu'il appelait « le grand mufti ».

Wolfgang se réduisait-il à présent à un médiocre fabricant de musique légère, destinée à distraire Son Éminence et la haute société ?

Non, car voyages et épreuves l'avaient mûri. Il gardait entière confiance en ses possibilités créatrices, après tant d'heures passées à maîtriser tous les styles et, selon son expression, à « se fourrer dans la musique ». Meurtri, il ne baisserait pas les bras et prouverait sa valeur.

Et puis sa cousinette délurée, la Bäsle, mettrait de la gaieté chez les Mozart, où l'absence d'Anna-Maria pesait si lourd. Goûtant fort les jeux de mots scabreux et les plaisanteries scatologiques, comme la défunte et Wolfgang, elle l'avait accompagné pendant la dernière partie de son trajet et comptait dissiper la tristesse qui préludait à ces retrouvailles.

— Allons chier, manger et boire, préconisa-t-elle. Et puis on recommencera ! Qu'a préparé Theresel, votre cuisinière ?

— Un chapon, l'un des plats préférés de mon fils, répondit le maître de maison.

Miss Pimperl s'en lécha les babines.

— J'ai fait monter dans ta chambre un vieux clavicorde et une armoire toute neuve, annonça Leopold à son fils. Tu t'y sentiras bien, j'espère, et tu travailleras à ton aise. Dès demain, le prince-archevêque te nommera officiellement organiste à la cour et à la cathédrale de Salzbourg avec un salaire annuel de quatre cent cinquante florins[1].

— Et la livrée de domestique...

— C'est la règle, mon fils.

— J'ai soif ! rappela la Bäsle, décidée à éviter les sujets ennuyeux. Voulez-vous que je décrive ce gros bourgeois d'Augsbourg qui pétait plus haut que son cul à cause d'un excès de charcuterie ?

Même Nannerl, plutôt guindée, ne put retenir un demi-sourire.

Autour du chapon et d'un vin rouge corsé, chacun goûta la chaleur d'une famille unie, désormais tournée vers l'avenir. Grâce aux salaires du père et du fils et aux revenus de la fille, professeur de piano, le clan Mozart ne manquerait de rien.

Il fallait simplement oublier les rêves de gloire et s'aplatir aux pieds du grand mufti sans émettre la moindre protestation.

Malgré son attitude enjouée, la pensée de Wolfgang s'évadait. Il songeait à son étrange protecteur, Thamos l'Égyptien, qui lui avait promis de ne pas l'abandonner, et à son projet d'opéra consacré aux mystères des prêtres du soleil. Mais il manquait d'informations sérieuses, et ce n'était pas à Salzbourg qu'il les obtiendrait. Pourtant, il désirait percer les ténèbres et contempler la lumière brièvement entrevue auprès du docteur Mesmer, chantre du magnétisme, ou du baron Otto von Gemmingen, auteur d'un drame initiatique, *Sémiramis*, mort-né à cause du conflit déclenché par les problèmes de succession au trône de Bavière.

1. Un florin = un peu moins de vingt euros.

À travers *Thamos, roi d'Égypte*, texte évoquant la confrérie des initiés, Wolfgang s'était approché du grand secret. Et jamais il ne renoncerait à le découvrir.

Salzbourg, le 27 janvier 1779

Le 20, Wolfgang avait terminé une sonate pour piano et violon [1] afin de fêter en musique les retrouvailles familiales. À l'andantino doux et nostalgique, pudique évocation des souffrances récentes, succédait un finale rempli de bonne humeur. Et cinq jours plus tard, il joua avec sa sœur Nannerl un brillant concerto pour deux pianos [2] dont le troisième mouvement, d'un extraordinaire dynamisme, touchait au tragique sans verser dans le larmoyant. Tout en préparant une série de huit menuets pour piano avec trios [3], le jeune homme célébra joyeusement son vingt-troisième anniversaire en compagnie de son père, de sa sœur, de sa cousinette et de ses amis salzbourgeois parmi lesquels Anton Stadler possédait un sens inné de la fête.

— Et les filles ? murmura-t-il à l'oreille de Wolfgang. Tu ne vas quand même pas te contenter de cette coquine de Bäsle !

— Nous ne faisons que plaisanter.

— Eh bien, ça ne suffit pas !

1. K. 378. K. est l'abréviation de Köchel. Le chevalier Ludwig von Köchel (1800-1877) fut le premier à tenter de dresser un catalogue chronologique des œuvres de Mozart. La première édition parut en 1862. Les recherches musicologiques ont permis de rectifier plusieurs erreurs, sans que l'on puisse dater avec précision la totalité des compositions connues.

2. K. 365, une œuvre non négligeable aux yeux de Mozart lui-même.

3. K. 315a.

— J'ai été très amoureux, Anton.

— Raconte ! Son nom ?

— Aloysia Weber, une merveilleuse cantatrice qui fera une belle carrière. Sa voix est capable d'exprimer tous les sentiments.

— Sa voix, sa voix... Et le reste ?

— Une très belle jeune femme, sérieuse et déterminée.

— Alors, pourquoi l'as-tu abandonnée ?

— À mon retour de Paris, je voulais la demander en mariage. Elle m'a repoussé.

— Quelle idiote ! Elle ne sait pas ce qu'elle perd.

— Ne parle pas ainsi d'Aloysia. Une femme doit rester libre de son choix, même si celui-là m'a profondément blessé.

— Autrement dit, tu es encore amoureux ! Il faut reprendre le siège de cette forteresse.

— Non, sa décision est définitive. Sans doute aime-t-elle un autre homme.

— Tant pis pour elle ! Salzbourg ne manque pas de jolies filles. Je te ferai rencontrer quelques jeunes personnes, fort agréables et peu farouches.

— Je ne le souhaite pas, Anton.

— Allons, Wolfgang, allons ! Tu ne comptes pas passer tes journées à composer de la musique religieuse et des divertissements à l'intention de Colloredo ?

— Il le faudra bien.

— Salzbourg ne doit pas devenir un bagne ! On remplit nos obligations et, ensuite, on s'amuse.

— Ne songes-tu pas à te marier, Anton ?

— Rien ne presse, je manque encore d'expérience. Suppose que j'épouse la mauvaise et que je rate la bonne ?

La Bäsle leva son verre en l'honneur de son cousin, et l'assemblée lui souhaita un excellent anniversaire.

2.

Reval[1], *mars 1779*

Avant la destruction de son monastère par les musulmans, l'abbé Hermès, héritier de la tradition initiatique, avait confié à son disciple, Thamos, la mission de la préserver en la transmettant au Grand Magicien, né en Occident.

La mort dans l'âme, Thamos avait quitté son pays pour rechercher cet être exceptionnel et préparer un milieu favorable à son initiation aux Grands Mystères dont, à son tour, il deviendrait le transmetteur.

Wolfgang Mozart était le Grand Magicien, et la Franc-Maçonnerie le seul milieu capable de l'élever vers la Lumière.

Pourtant, Thamos l'Égyptien, devenu comte de Thèbes et assurant sa fortune grâce à la pratique de l'alchimie, doutait.

Mozart était aussi un jeune homme de vingt-trois ans dont le génie demeurait encore enfermé dans une gangue de sentiments, d'ambitions et de déceptions. Sa pureté, sa volonté et son désir de connaissance suffiraient-ils à la briser ?

1. Tallin (pays baltes).

Quant à la Franc-Maçonnerie, divisée en plusieurs branches plus ou moins hostiles les unes aux autres, saurait-elle dépasser les conventions, le folklore et les vanités de ses dirigeants pour former un véritable réceptacle initiatique ?

Thamos avait plusieurs fers au feu et parcourait l'Europe afin d'examiner de près toute initiative individuelle ou collective, à la recherche de Frères ou de Loges aptes à former le Grand Magicien.

À Reval, localité proche de la mer Baltique, l'Égyptien assistait à la création de la Loge Isis, sous l'impulsion d'un curieux personnage âgé de trente-six ans, le comte Alexandre de Cagliostro, pseudonyme de Joseph Balsamo. Initié à Londres[1] en 1777 dans une Loge comprenant des cordonniers, des tailleurs de pierre et des perruquiers, n'affirmait-il pas que « toute lumière venait de l'Orient et toute initiation de l'Égypte » ?

Prolongeant l'enseignement de l'alchimiste Paracelse, Cagliostro prétendait connaître le secret des herbes, des pierres et des paroles magiques, et posséder un élixir de santé.

L'homme ne manquait pas de prestance. À la vue de Thamos, il se crispa.

— D'où venez-vous, mon Frère ?

— Du monastère de l'abbé Hermès.

— Où se trouve-t-il ?

— Au sud de l'Égypte. Aujourd'hui, il n'est plus que ruines, mais son rayonnement perdure.

— Moi, je suis noble et voyageur. J'agis, et la paix revient dans les cœurs, la santé dans les corps, l'espoir et le courage dans les âmes. Tous les hommes sont mes frères, tous les pays me sont chers. Je les parcours de

1. Ou bien à Malte en 1766.

manière que, partout, l'Esprit puisse descendre et se frayer un chemin vers nous.

— Pardonnez-moi cette impudence, mais comment avez-vous reçu l'initiation ?

— J'ai eu la grâce, comme Moïse, d'être admis devant l'Éternel. Ne pouvant garder ce trésor par-devers moi, j'ai décidé de le partager. Aujourd'hui, mon pays est celui où je fixe momentanément mes pas. En réalité, je ne suis d'aucune époque ni d'aucun lieu. En dehors du temps et de l'espace, mon être spirituel vit son éternelle existence.

— Quels sont vos projets ?

— Mettre en œuvre un nouveau Rite auquel adhéreront tous les Francs-Maçons en quête de vérité. Je dois partir, d'autres villes m'attendent.

Thamos demeura dubitatif. L'extravagance du personnage et l'outrance de ses propos semblaient caractériser un charlatan, à moins que Cagliostro ne dissimulât ainsi une recherche authentique.

Ses actions donneraient la réponse.

Salzbourg, avril 1779

En composant une messe pour le couronnement de la Vierge[1] de l'église de Maria-Plain, Wolfgang se tournait une nouvelle fois vers la figure de Notre-Dame et lui demandait de l'aider à sortir un jour de sa prison salzbourgeoise. Puissante, donnant une place importante à l'orchestre, l'œuvre fut jouée à la cathédrale de Salzbourg et n'attira pas la critique du prince-archevêque.

Thamos, lui, remarqua le début du solo de la soprano

1. K. 317, *Messe du Couronnement.*

dans l'*Agnus Dei*. Il annonçait une vision future que le Grand Magicien amènerait à la perfection[1].

La Vierge ne fut pas indifférente à la prière du musicien, car elle lui offrit une période d'équilibre, de vitalité et de joie de vivre dont témoignèrent ses *Vêpres du dimanche*[2] écrites dans la tonique tonalité d'*ut* majeur.

Ce retour aux œuvres religieuses n'amusait guère Anton Stadler qui apprécia davantage l'allant d'une *Ouverture* en *sol* majeur[3] destinée à un opéra bouffe que jouait une troupe de passage. Malgré ses efforts, il ne parvenait pas à persuader son ami de se comporter comme un jeune homme de son âge et d'oublier un peu cette musique à laquelle il consacrait chaque seconde de sa vie. Même pendant qu'ils jouaient aux quilles ou aux fléchettes, Wolfgang n'était présent qu'en apparence, car sa pensée voguait ailleurs, à la recherche d'une nouvelle idée.

Les craintes de Leopold se dissipaient. En fin de compte, son fils se réadaptait au mieux à l'existence salzbourgeoise et se comportait en bon serviteur du prince-archevêque. Mûri par les épreuves, Wolfgang acceptait son sort qui, au fond, n'avait rien d'insupportable.

Brunswick, mai 1779

— Mon Frère, dit Charles de Hesse au Grand Maître de la Stricte Observance templière, j'ai accueilli au château de Göttorp un personnage extraordinaire ! Il s'ap-

1. À savoir l'air *Dove Sono* de la comtesse des *Noces de Figaro,* dont l'aspect sacral est indéniable.

2. K. 321.

3. K. 318.

pelle le comte de Saint-Germain, prétend être âgé de plusieurs centaines d'années et ne pas connaître la mort grâce à un élixir alchimique qu'il est seul capable de fabriquer. Aussi lui ai-je ouvert les portes de mon laboratoire où les précédents expérimentateurs ont échoué. Celui-là réussira peut-être.

— Souhaitons-le, rétorqua Ferdinand de Brunswick, le chef de l'Ordre templier, rêvant toujours de rassembler un maximum de Francs-Maçons mais en proie à de multiples difficultés spirituelles et matérielles. Charles, croyez-vous au message ésotérique de Jean l'Évangéliste ?

— Bien sûr ! s'exclama de Hesse, codirigeant de la Stricte Observance.

— Croyez-vous aussi à l'importance de la Kabbale juive ?

— Qui en douterait ?

— Pourtant, chrétiens et juifs demeurent séparés, et ces derniers ne sont pas admis dans nos Loges.

— Regrettable erreur !

— Peut-être pouvons-nous la réparer. Deux hommes d'exception demandent à nous parler d'un projet remarquable.

3.

Vienne, juillet 1779

Joseph Anton, comte de Pergen, était un fidèle serviteur de l'impératrice Marie-Thérèse, ennemie jurée de la Franc-Maçonnerie. Sur son ordre, il avait créé un service secret luttant contre cette pieuvre qui, de son point de vue, s'attaquait aux bases de la société, de la morale et de la religion, tout en ayant comme but inavoué la conquête du pouvoir.

Anton devait se montrer extrêmement prudent, car il agissait sans consulter le ministre de l'Intérieur. Homme de dossiers, le comte suivait à la trace l'évolution des Ordres et des Loges grâce à un réseau d'indicateurs que supervisait son bras droit, Geytrand, un ex-Franc-Maçon. Après avoir trahi son serment et ses Frères parce qu'on ne lui accordait pas une promotion assez rapide, ce dernier ne songeait qu'à les détruire.

Détestant l'été, la lumière et la chaleur, Joseph Anton fermait les volets de son bureau, tirait les rideaux et travaillait jour et nuit à la lueur des lampes.

Dégoulinant de sueur, les chevilles enflées, Geytrand haïssait, lui aussi, cette période de l'année et attendait avec impatience le retour du froid.

— Monsieur le comte, j'ai acquis la certitude que le

duc de Brunswick, Grand Maître de la Stricte Observance templière, et son assistant Charles de Hesse mènent une nouvelle offensive.

— Contre le duc de Sudermanie, le Suédois qui s'est emparé de la septième province de cet Ordre maçonnique ?

— Non, les hostilités semblent éteintes. Il s'agit d'un nouvel Ordre maçonnique, les Frères d'Asie, dont le caractère subversif me paraît indéniable.

— Les responsables ?

— Deux protégés de Brunswick.

— Donc intouchables, déplora Joseph Anton qui avait déjà essuyé un pénible échec en s'attaquant directement à des Francs-Maçons haut placés.

Dans leurs rangs figuraient de nombreux nobles et des notables capables de lui briser les reins en exigeant la fin de ses investigations. Certes, Marie-Thérèse le protégeait, mais le véritable maître de l'Empire, Joseph II, se montrerait-il aussi hostile à la Franc-Maçonnerie ?

— L'un des fondateurs des Frères initiés d'Asie[1], conseiller du roi de Pologne, est très attaché à Jean l'Évangéliste. L'autre vous surprendra. Il s'appelle Hirschfeld.

— Un juif ?

— Un spécialiste du Talmud et d'un énorme ouvrage ésotérique, le *Zohar* ou *Livre de la splendeur*, qui révèle les secrets de la Kabbale juive.

— Informations fiables ?

— Très fiables, monsieur le comte.

— Tes sources ?

Geytrand n'aimait guère en parler, mais il ne pouvait se dérober.

1. Von Ecker-und-Eckoffen, exclu de l'Ordre de Rose-Croix pour insubordination.

— L'un des valets du duc de Brunswick, particulièrement doué pour écouter aux portes et grassement payé, et l'un des Frères de ce nouvel Ordre maçonnique. Il envisage d'un mauvais œil son véritable but : la réconciliation des juifs et des chrétiens au sein d'une même religion.

— Quelle folie ! Ces Francs-Maçons sont encore plus pernicieux que je ne le croyais.

— Une Loge des Frères d'Asie sera probablement créée à Vienne.

— Que tous ses membres soient fichés et surveillés. Nous ne les laisserons pas détruire notre société, mon brave Geytrand.

Salzbourg, le 3 août 1779

Dotée d'un orchestre réduit, la paisible symphonie en *si* bémol majeur[1] avait rassuré Leopold. Aucune tension, rien de dramatique, une agréable souplesse. En revanche, la nouvelle sérénade[2] le surprit, en raison de plusieurs détails insolites, voire choquants.

Un peu trop solennelle, l'œuvre s'ouvrait sur un mouvement lent et comprenait un andantino en *ré* mineur, sombre et pathétique, encore jamais entendu dans un tel contexte. Autre surprise : au sein du deuxième trio, un cor de postillon jouait la fanfare des voitures de poste !

— Pourquoi ces fantaisies ? demanda Leopold à son fils.

— Parce que j'aspire à prendre l'une de ces voitures et à quitter Salzbourg. Mon premier mouvement refuse

1. K. 319.
2. *Posthorn-Serenade* en *ré* majeur, K. 320.

le joug de Colloredo, et je le dépeins tel qu'il est en affirmant, au cours de l'allegro, ma volonté de combattre.

— Mon fils, ne te confie à personne d'autre qu'à moi ! Si le prince-archevêque comprenait...

La situation ne s'améliora guère avec le divertimento[1] écrit pour une riche bourgeoise de Salzbourg, Mme Robinig, amie de la famille Mozart. Dans l'andante à variations, Wolfgang glissa des passages grinçants, presque agressifs, en guise de révolte contre ce genre facile qu'il ne supportait plus.

— Je n'apprécie ni cette bourgeoise ni cette musique-là, dit-il à son père. Tant que je serai enfermé à Salzbourg, je n'en composerai plus.

Grâce à son charme, l'œuvrette plut à Mme Robinig.

Vienne, le 10 août 1779

Dans un appartement discret de la banlieue viennoise, inconnu de la police, Thamos, le comte de Thèbes, reçut deux visiteurs de marque.

Le premier était un minéralogiste en poste à l'université de Vienne, Ignaz von Born, âgé de trente-sept ans. Le visage allongé, un grand front, les yeux noirs, il était aussi l'alchimiste et le Franc-Maçon sur lequel Thamos comptait pour insuffler à une ou plusieurs Loges un véritable esprit initiatique à partir de la tradition que lui révélait peu à peu l'Égyptien.

Second invité, le baron Gottfried Van Swieten. Âgé de quarante-six ans, d'origine hollandaise, fils du médecin personnel de l'impératrice Marie-Thérèse, ce brillant diplomate en poste à Paris, à Londres puis à

1. Divertimento *Robinig*, K. 334.

Berlin, avait été nommé en 1777 préfet de la Bibliothèque impériale et royale où il occupait un appartement de fonction.

Ennemi déclaré de la Franc-Maçonnerie, il jouait un jeu dangereux. Initié à Berlin, il s'interdisait de fréquenter les Loges viennoises pour garder l'oreille du pouvoir et avertir ses Frères en cas de menaces sérieuses. Partisan des réformes prônées par Joseph II, il espérait que le régime se libéraliserait.

Entre Ignaz von Born, austère, profond, silencieux, et Gottfried Van Swieten, bon vivant et volubile, le courant fraternel passait difficilement. Pourtant, Thamos tenait à les associer afin qu'ils bâtissent le temple et participent, chacun selon son génie propre, à l'initiation du Grand Magicien.

Le premier savait tout du second et réciproquement. Préoccupation majeure du trio : existait-il une tête pensante, tapie quelque part à Vienne et chargée de pourchasser les Francs-Maçons ?

— Je n'ai obtenu aucune information digne de foi, déclara von Born. Toutes les Loges de Vienne sont surveillées de manière plus ou moins étroite, mais nul n'a entendu parler d'un autre responsable que le ministre de l'Intérieur.

— J'ai eu l'occasion de rencontrer le chef de la police, précisa Gottfried Van Swieten, et nous avons partagé notre défiance à l'égard de la Franc-Maçonnerie. D'après lui, c'est l'impératrice Marie-Thérèse en personne qui s'occupe de ce dossier. L'a-t-elle remis à un homme de confiance, et comment le débusquer ? Poser trop de questions me rendrait suspect.

— Ne prenez aucun risque, baron.

— Et vous, Thamos, comment échappez-vous à la police de l'impératrice ?

— Je voyage beaucoup et dispose de plusieurs domiciles. Dès qu'apparaît un mouvement maçonnique qui pourrait être utile à l'initiation, je me dois d'en apprécier l'importance. Malgré les difficultés auxquelles nous nous heurtons, il faut continuer à construire le temple ici même, à Vienne.

— Quand le Grand Magicien franchira-t-il le seuil ? demanda le minéralogiste.

— Ni l'homme ni le musicien n'est encore prêt, répondit l'Égyptien. De son côté comme du nôtre, il reste beaucoup de travail à effectuer.

4.

Salzbourg, le 14 août 1779

Traités de mathématiques, comédies, tragédies, romans antiques et modernes, poésies... Wolfgang lisait beaucoup et vite, sans oublier de se rendre régulièrement au théâtre de Salzbourg où des troupes itinérantes jouaient les pièces les plus variées, notamment celles de William Shakespeare qu'appréciait le musicien.

Alors qu'il assistait à une représentation de *Hamlet*, Thamos s'assit près de lui.

— Les comédiens ne sont pas fameux, murmura Wolfgang, mais le texte est prenant. Pendant quelques heures, je m'évade de Salzbourg !

— J'aimerais te présenter à Böhm, le directeur de la troupe. Il te réserve une surprise.

Intrigué, le jeune homme accompagna l'Égyptien jusqu'au bureau du directeur qui l'accueillit chaleureusement.

— Ah, monsieur Mozart, quel bonheur de vous rencontrer ! Un de mes amis, le baron Tobias von Gebler, m'a parlé d'un drame auquel il ne s'intéresse plus, *Thamos, roi d'Égypte*. Il vous laisse toute latitude pour le développer et le mettre en musique. Quant à moi, j'aimerais monter cette pièce. Êtes-vous intéressé ?

— Je me mets immédiatement au travail.

Contacté par son Frère Thamos qui avait revu et convaincu von Gebler, le Franc-Maçon Böhm se réjouissait d'inscrire à son répertoire un drame musical allemand.

Quant à Wolfgang, il se sentait animé d'une formidable énergie et voyait la possibilité de réaliser son grand projet. Comme Ouverture de l'œuvre, sa symphonie en *mi* bémol majeur[1]. Puis il referait l'orchestration, remanierait les chœurs déjà composés et en ajouterait au moins un nouveau, à la place du finale instrumental, afin de donner à l'œuvre davantage d'ampleur et de majesté.

— Désires-tu que nous nous penchions sur le livret ? interrogea Thamos.

— Quand vous voudrez.

Thamos, roi d'Égypte, premier acte

De la bibliothèque de son hôtel particulier, Thamos sortit un roman de l'abbé Jean Terrasson, intitulé *Séthos*. Wolfgang le dévora en une nuit et goûta ainsi à l'atmosphère de l'ancienne Égypte.

Puis, en compagnie de son mentor, il vogua jusqu'à la cité sainte d'Héliopolis où officiaient les prêtres et les prêtresses du soleil. Le grand prêtre, Séthos, s'apprêtait à couronner pharaon le jeune Thamos.

— Que signifie ce nom qui est aussi le vôtre ? demanda Wolfgang.

— Thamos est une transposition de Thoutmosis, « Celui qui est né de Thot », le dieu des sages et des scribes. Il rédigea un livre révélant la science de l'ini-

1. K. 184 (N° 26), datant de 1773.

tiation dont le maître de mon monastère, l'abbé Hermès, fut le dernier dépositaire.

— Vous l'a-t-il transmise ?

— Si la transmission s'interrompait, le soleil se lèverait-il encore ? Revenons à ton œuvre où devra figurer, sous de multiples formes, le nombre Trois.

— Pour quelle raison ?

— L'unité, nombre de Dieu, nous est incompréhensible. Quand naît la dualité, à la fois mariage et séparation, la création se développe. La première forme perceptible est le triangle formé de la grande déesse Isis, de son époux Osiris et de leur fils Horus. Lorsqu'un créateur agit selon le Trois, en l'assimilant au plus intime de sa pensée, il prolonge l'œuvre primordiale.

— Trois bémols, trois accords, tierces enchaînées, trios vocaux... J'ai dix moyens de faire vivre ce nombre !

— Surtout, qu'il ne s'agisse jamais d'une convention ni d'un artifice.

— Parfois, ce n'est pas moi qui fais de la musique, mais c'est la musique qui me fait. Alors, le flot s'écoule et rien ne saurait l'arrêter.

— Puissent les dieux te guider vers la lumière, Wolfgang !

— Celle d'Héliopolis ?

— La cité sacrée court un grave danger, à cause d'une révolution qu'a fomentée le cruel Ramsès. Il a détrôné le sage pharaon Ménès que tous croient mort. En réalité, il se cache sous le nom de Séthos, le grand prêtre, et doit couronner Thamos, fils de Ramsès.

— Ce jeune homme est pur, droit et généreux, l'exact contraire de son ignoble père ! Il souhaite épouser une merveilleuse jeune femme, Saïs, amoureuse de lui. Or Saïs n'est pas, elle non plus, celle que l'on croit ! Pendant la révolution, selon la version officielle, Tharsis, la fille du pharaon Ménès, aurait péri dans les flammes. En réalité, elle a survécu et pris le nom de Saïs, ce qu'ignore son père.

— Regrettant le sage Ménès, le peuple commence à gronder contre la tyrannie et n'approuve pas le couronnement de Thamos. Si la belle Tharsis vivait encore, elle deviendrait reine. La situation semble d'autant plus compromise que Mirza, la grande prêtresse du temple, se révèle perverse et maléfique. Informée de la véritable identité de Saïs, elle confie ce secret à l'infâme Phéron, un traître qui se prétend le meilleur ami de Thamos alors qu'il prépare sa perte. Voulant à tout prix empêcher le mariage de Thamos et de Saïs qui formeraient un couple royal épris de justice, Mirza conçoit un effroyable projet : jeter Saïs dans les bras du traître pour qu'il soit couronné à la place de Thamos.

Thamos, roi d'Égypte, deuxième acte

Wolfgang découvrit la galerie de la demeure réservée aux vierges du soleil. Là, il contempla la merveilleuse Saïs et ressentit l'amour profond que Thamos éprouvait pour elle. Les sentiments de la jeune femme étaient tout aussi intenses, mais elle voulait se consacrer à l'initiation, au culte de la lumière et à la pratique des mystères.

— Cette attitude sert les desseins de la grande prêtresse Mirza, observa l'Égyptien. En demeurant avec ses Sœurs, Saïs ne rencontrera pas Thamos et le mariage n'aura pas lieu.

— Mirza ose affirmer à Thamos que Saïs aime le traître Phéron ! s'indigna Wolfgang. Désespéré, le prince fait preuve d'une rare noblesse en acceptant de renoncer à celle qu'il souhaitait tant épouser. À Saïs, comme à toute femme, de choisir elle-même son destin.

— En dépit de sa souffrance, Thamos accepte même de consacrer cette union, précisa l'Égyptien. Seul compte le bonheur de sa bien-aimée.

Thamos, roi d'Égypte, troisième acte

Wolfgang entra dans le temple des fidèles du soleil où le traître Phéron, souillant la parole donnée, osait jurer sur la divinité, face à son « grand ami » Thamos, qu'il lui serait toujours fidèle.

— Traîtres, menteurs et parjures finissent toujours par commettre une erreur fatale, estima l'Égyptien. Celle de Phéron consiste à se vanter de son succès auprès du grand prêtre Séthos dont il ignore la véritable identité. Ainsi, il apprend à Ménès que sa fille Tharsis, qu'il croyait morte brûlée vive, est bien vivante et porte à présent le nom de Saïs. Et lors de mon propre couronnement, ajoute Phéron qui s'imagine déjà pharaon, je dévoilerai la vérité.

— La grande prêtresse Mirza annonce à Saïs qu'elle régnera bientôt. La jeune femme se réserve de donner son avis le moment venu, le pouvoir ne l'attire guère. Mais le traître Phéron ne l'entend pas de cette oreille. Si, d'aventure, Saïs refusait de l'épouser, il s'emparerait du trône par la force.

— La violence triomphera-t-elle encore ?

— Saïs implore l'âme de son père, qu'elle croit mort, de la guider. Sa prière exaucée, elle décide de ne pas régner à la place de Thamos et de rester au sein du temple avec ses Sœurs.

Thamos, roi d'Égypte, quatrième acte

— Thamos a entendu les réflexions de la jeune femme. Aussitôt, il lui révèle son amour. Bouleversée, Saïs lui explique que la grande prêtresse Mirza tente de les éloigner l'un de l'autre.

— Le temps des révélations se poursuit, indiqua Wolfgang. À Thamos, le grand prêtre Séthos, *alias* Ménès, apprend que Saïs est sa fille !

— Les forces des ténèbres ne renoncent pas. Mirza et Phéron projettent d'assassiner Thamos lors de la cérémonie.

Thamos, roi d'Égypte, cinquième acte

Au grand complet, prêtres et prêtresses se réunissent dans le temple du soleil.

— Un chœur mixte, très solennel, célèbre la toute-puissance de la divinité, décida le musicien.

— Alors résonne le son magique des flûtes, indiqua Thamos.

— Des flûtes enchantées... Oui, elles annoncent le couronnement du jeune pharaon ! Séthos-Ménès allume la flamme et y verse de l'encens. Qui s'opposerait à cette intronisation ?

— Mirza déclare que Saïs, la fille de Ménès, est vivante.

— Thamos s'agenouille devant elle et lui jure obéissance. Phéron pose à la future souveraine la question décisive : qui comptes-tu épouser ?

— Personne, répond-elle. Je me suis vouée au culte du soleil. Et si je devais me marier, ce serait avec Thamos.

— Phéron le traître hurle à la trahison ! s'emporta Wolfgang, et il donne à ses alliés le signal de l'assaut.

— À cet instant, Séthos ôte son manteau de grand prêtre et apparaît en pharaon Ménès. Tous s'inclinent, même les rebelles. Mirza se poignarde, Phéron est arrêté. Le roi permet à sa fille d'épouser Thamos.

— Éclairs et tonnerre se déchaînent, indiqua le musicien. Ils tuent Phéron qui continuait à blasphémer. Pour la fin du drame, le solo de basse du pharaon, en harmonie avec le chœur, proclame : « Enfants de la poussière, tremblez et frémissez ! » Et le son des flûtes enchantées ramène la paix et la joie.

5.

Vienne, le 10 septembre 1779

Enfin, il pleuvait et la matinée était très fraîche. Grâce à la mort de l'été, Geytrand renaissait, avec d'autant plus de force que les derniers rapports de ses indicateurs avaient de quoi le réjouir.

— La Stricte Observance templière est en mauvaise posture, annonça-t-il à son patron, Joseph Anton. Comme vous le supposiez, la lutte acharnée entre le duc de Brunswick et celui de Sudermanie nuit à l'Ordre entier. Les Frères Chevaliers se plaignent et reprochent au Grand Maître de ne pas tenir ses promesses. La dernière tentative de conciliation s'est soldée par un échec. Chacun reste sur ses positions, aucun contact entre Suédois et Allemands.

— Ferdinand de Brunswick risque-t-il d'être renversé ?

— Pas impossible, monsieur le comte, mais il se battra jusqu'au bout. Prudent, il gèle pendant trois ans les initiations au sommet afin de ne pas introduire de loups dans la bergerie. Ainsi, il reste entouré de fidèles et contrôlera les dignitaires. Mieux encore : il ne prévoit plus de création de Loges en Allemagne, et l'on n'armera plus de Chevaliers à Vienne.

— Restons méfiants. Il peut s'agir soit d'une mauvaise passe, soit d'une ruse. Le Grand Maître et son compère sont des obstinés. Ils ne renonceront ni à leurs pouvoirs ni à l'expansion de l'Ordre. Que nos informateurs ne relâchent pas leur attention.

Brunswick, le 11 septembre 1779

Le duc de Brunswick ressentait le poids de ses cinquante-huit ans, si lourds face aux vigoureux trente-cinq printemps de son bras droit et confident, Charles de Hesse.

— Nous sommes menacés de scission, mais je refuse d'abandonner ! Notre idéal ne saurait disparaître à cause des ambitions d'un prince suédois.

— Je vous approuve sans réserve, Grand Maître, et je tiens peut-être une piste. Lyon, le chef-lieu de notre deuxième province templière, semble très actif. Le Frère Willermoz a mené de longues et patientes recherches qui lui auraient permis d'obtenir la pierre philosophale et la connaissance de certains mystères. Oublions l'Autriche et l'Allemagne, et tournons-nous vers la capitale des Gaules.

« Pourquoi, s'interrogeait Ferdinand de Brunswick, le Supérieur inconnu, cet Égyptien si clairvoyant, ne revient-il pas me conseiller ? »

Venise, le 13 septembre 1779

Munis d'un mandat d'arrêt en bonne et due forme, les policiers se présentèrent au domicile de l'abbé Lorenzo Da Ponte, déjà interdit d'enseignement depuis décembre 1776, et jugé coupable de prôner de dangereuses idées révolutionnaires en soutenant que l'homme serait plus heureux dans l'état de nature qu'au sein d'institutions sociales trop contraignantes. Bref, l'abbé prêchait la destruction de l'Église et de la société.

Prudent, l'oiseau avait quitté le nid avant d'être capturé.

Le jour même, en effet, Lorenzo Da Ponte, de son vrai nom Emanuele Conegliano et d'origine juive, franchissait la frontière autrichienne afin de se mettre à l'abri. Grand menteur devant l'Éternel, infatigable coureur de jupon qui n'hésitait pas à abandonner un enfant mal venu, il s'était résolu à quitter Venise où, en raison de ses frasques répétées, il ne se sentait plus en sécurité. D'ailleurs, les autorités voulaient le condamner à l'exil « pour adultère et concubinage publics », activités qui avaient déjà provoqué son renvoi du séminaire de Trévise.

Tout cela n'empêchait pas le brave abbé de posséder une bonne culture littéraire, de lire assidûment Dante, Pétrarque et le Tasse, et de se piquer de poésie en alignant des vers plutôt creux mais correctement tournés. Dans les salons huppés, il obtenait un vif succès en improvisant des sonnets ou des odelettes sur n'importe quel sujet.

Après quoi, il troussait une dame charmée par son talent et vivait à ses dépens avant de passer à une autre.

Aujourd'hui s'achevait cette existence dorée. À trente ans, Da Ponte n'appréciait guère l'exil forcé qui le contraignait à errer sur les routes à la recherche d'un emploi rémunérateur. Aussi visait-il la cour de Vienne où, d'après la rumeur, un bon librettiste avait toutes les chances de réussir. Et l'abbé croyait en son talent d'auteur. Il rédigerait vite, et à la demande, les textes que réclamaient les compositeurs d'opéra. La concurrence ? Il la materait.

Se décidant à oublier Venise, Lorenzo Da Ponte progressa fièrement vers la capitale de l'empire d'Autriche.

Salzbourg, octobre 1779

— Connais-tu la nouvelle ? demanda Anton Stadler à Wolfgang.

— Bonne ou mauvaise ?

— Pour ton ancienne bien-aimée, excellente ! Mlle Aloysia Weber vient d'être engagée à l'Opéra allemand de Vienne, où sa famille s'est installée.

— Tant mieux, elle le mérite.

— Tu ne lui en veux pas, dirait-on !

— Aloysia est une merveilleuse cantatrice. Elle mène sa vie comme elle l'entend, et je lui souhaite beaucoup de succès et de bonheur.

— Tu l'aimes encore, n'est-ce pas ?

— Peut-être l'aimerai-je longtemps, voire toujours. C'est la première femme qui m'a éveillé à ce sentiment à la fois doux et puissant, tendre et violent, calme et brûlant. Grâce à elle, mon âme s'est ouverte à cette réalité mystérieuse.

— Alors, tâche de mieux la connaître en fréquentant d'autres filles ! À moins que tu ne souhaites reconquérir Aloysia...

— Non, Anton, elle ne m'a laissé aucun espoir.

— En ce cas, ne te morfonds pas davantage et apprends à te distraire. Ne me dis pas que *Thamos, roi d'Égypte* te prend tout ton temps !

— C'est pourtant la vérité. Je m'acquitte au mieux de mes obligations de musicien-valet afin de me consacrer à cette œuvre dont le livret me passionne. Je suis loin d'en percevoir tous les aspects, mais je suis persuadé que la musique m'ouvrira bien des portes et m'entraînera au cœur de la pensée des prêtres du soleil.

— Est-ce si important ?

— Essentiel, Anton ! Ne t'intéresses-tu pas au mystère qu'est notre vie ?

— Pour le moment, je me contente de la vivre et je ne m'ennuie pas une seule seconde !

— Ne te poses-tu jamais de questions sur le sens de ton existence ?

— Les tiennes me suffisent amplement ! Quand tu auras les réponses, tu me les communiqueras. N'est-ce pas le privilège de l'amitié ?

6.

Brunswick, le 8 octobre 1779

Le Grand Maître de la Stricte Observance avait envoyé un émissaire à Florence où, d'après certains Frères, résidait un Supérieur inconnu.

Enfin, Waechter était de retour !

Petit, corpulent et volubile, il arborait une mine triomphante.

— Altesse, réussite totale ! J'ai rencontré un être exceptionnel qui m'a initié dans une Loge de Rose-Croix. Il évoque les esprits et les rend présents sur terre.

— Son nom ?

Waechter parut gêné.

— J'ai juré le secret.

— Que t'a-t-il conseillé, à notre sujet ?

— Il faut continuer, mais vous rapprocher des esprits et de la Rose-Croix. La voie templière ne mène nulle part.

Un long silence suivit cette déclaration.

— Tu as rempli ta mission, constata le Grand Maître. Pars pour le Danemark où tu deviendras ministre et chambellan.

N'espérant pas une telle promotion, Waechter s'inclina bien bas.

Ferdinand de Brunswick prit la plume.

— J'envoie une circulaire à tous les chapitres de la Stricte Observance, décréta-t-il, afin de leur rappeler que moi, le Grand Maître, je suis détenteur de connaissances secrètes. Pour s'élever jusqu'à ce savoir, les Frères devront se montrer vertueux et respecter davantage la morale. Désormais, le rang hiérarchique occupé par un Franc-Maçon dépendra de son degré d'initiation à cette science ésotérique.

— Et notre filiation templière ? s'inquiéta Charles de Hesse.

— Écoutons les Supérieurs inconnus dont la sagesse nous dirige. Je rejette donc officiellement cette filiation et tout lien historique avec les Templiers. Je renonce à restaurer matériellement l'Ordre du Temple. Chaque Frère acceptera cette décision et reprendra mes idées à son compte. Sinon, je démissionne.

Cette fois, le baron de Hund, fondateur de la Stricte Observance templière, était vraiment mort.

Vienne, le 15 octobre 1779

Joseph Anton lut lentement la « circulaire Brunswick » que Geytrand venait de lui remettre.

— Ahurissant ! Pourquoi le duc se saborde-t-il ainsi ?

— Parce qu'un émissaire, Waechter, lui a transmis les directives d'un esprit occulte.

— Et le Grand Maître s'est laissé prendre à ce discours-là ?

— Pour quantité de Francs-Maçons, l'existence des Supérieurs inconnus ne saurait être mise en doute. Le duc de Brunswick et Charles de Hesse y croient dur comme fer.

— D'autres croient bien au Christ, à Mahomet ou à je ne sais quel dieu, marmonna Anton. Ce Waechter serait-il l'un des Supérieurs ?

— Seulement un charlatan auquel le Grand Maître accorde naïvement sa confiance ! En récompense, il a obtenu un beau poste à la cour du Danemark.

— L'idéal templier, c'est donc terminé ?

— Selon Ferdinand de Brunswick, certainement. Mais d'après les échos, sa circulaire serait plutôt mal reçue. Beaucoup de Frères espéraient la résurrection de l'Ordre chevaleresque dont ils tireraient des avantages matériels. Comme le duc a menacé de démissionner si on ne l'écoutait pas, les dignitaires le soutiennent. Sans lui, l'édifice entier s'écroulerait. Mais face aux critiques et aux réactions négatives, le Grand Maître commence déjà à reculer.

— Bref, conclut Joseph Anton, nous voilà partis dans des discussions sans fin !

— Avec un peu de chance, l'Ordre s'effondrera comme un vieux château en ruine que balaient des vents mauvais.

— N'y compte pas trop, Geytrand. À supposer que Brunswick soit vraiment déstabilisé, il retrouvera bientôt son équilibre et reprendra le commandement du bateau avec sa fermeté habituelle.

Salzbourg, le 30 octobre 1779

Tout en caressant Miss Pimperl installée sur ses genoux, Wolfgang songeait à la disparition de Fridolin Weber, décédé le 23 octobre. Comme il eût aimé l'avoir pour beau-père en rendant sa fille heureuse ! Malgré le succès d'Aloysia, le brave homme n'avait pas supporté un nouveau déménagement à Vienne.

— Nous sommes prêts, déclara Anton Stadler.

À contrecœur, le fox-terrier dut quitter sa place et Wolfgang rejoignit son groupe d'amis musiciens. Ils jouèrent une symphonie concertante [1] où le violon et l'alto tenaient les premiers rôles. En attendant la représentation de *Thamos, roi d'Égypte*, cette œuvre s'était imposée à son esprit.

Sa splendeur surprit ses premiers interprètes. Déconcertés par tant d'ampleur et d'audace expressive, ils se sentirent transportés dans un autre monde, peuplé de dialogues incessants entre solistes et entre solistes et orchestre, sans rompre l'unité du discours. Malgré la souffrance qu'exprimait le mouvement initial, les multiples thèmes affirmaient espérance et soif de vivre.

La savante utilisation des silences mettait en valeur les élans mélodiques qui bouleversèrent Anton Stadler.

— Qu'est-ce que tu as composé là, Wolfgang... J'en suis remué ! Es-tu vraiment un homme normal ?

— Si nous allions jouer aux quilles ?

Berlin, le 20 décembre 1779

Étant donné les graves difficultés rencontrées par le Grand Maître Ferdinand de Brunswick, les deux Rose-Croix d'Or les plus actifs, Wöllner et Bischoffswerder, décidèrent de frapper un grand coup.

Lors d'une Tenue de la Mère-Loge [2] des États prussiens à laquelle assistaient Thamos, comte de Thèbes, et plusieurs visiteurs de marque, le vénérable Wöllner prit la parole sur un ton d'une extrême gravité.

— Honorés Frères, la Franc-Maçonnerie vit des

1. K. 364.
2. Les Trois Globes.

heures décisives. Notre rite actuel, celui de l'Ordre templier, ne correspond plus à nos aspirations profondes. C'est à une autre tradition, celle des Rose-Croix, que nous devons maintenant nous rattacher. Le roi de Pologne, Stanislas II, est l'un de ses illustres représentants, et le comte Dietrichstein a reçu mission de constituer plusieurs chapitres rose-croix en Autriche, en Hongrie et en Bavière.

Ces informations surprirent plusieurs dignitaires qui ne soupçonnaient pas le degré d'expansion de ce mouvement maçonnique souterrain.

— Cette Loge continuera-t-elle cependant à faire partie de la Stricte Observance ? demanda Thamos.

— Impossible, répondit Wöllner. Notre Mère-Loge et toutes ses filles quittent l'Ordre templier et se rallient à la Rose-Croix d'Or.

La défection des Francs-Maçons prussiens portait un rude coup à la Stricte Observance. Sur les lèvres des Jésuites dissimulés sous les tabliers, Thamos vit fleurir un léger sourire.

Vienne, le 31 décembre 1779

Joseph Anton réveillonnait seul, se contentant d'un verre de vin rouge et d'un morceau de dinde froid. La période des fêtes l'exaspérait. Ne croyant ni à Dieu ni à diable et moins encore à la bonté humaine, il ne supportait pas cette débauche de religiosité et les réjouissances forcées au cours desquelles les pires ennemis feignaient de s'entendre le temps d'un banquet.

Lui continuait à travailler pour préserver le modèle autrichien, l'harmonie de la société et le respect du pouvoir en place. Tout facteur d'anarchie et de désordre devait être impitoyablement pourchassé, à commencer par cette Franc-Maçonnerie aux multiples têtes dont la destruction prendrait beaucoup de temps.

La Stricte Observance templière avait été la cause de nombreuses nuits blanches, tant ses projets politiques paraissaient dangereux. Remettre sur pied une milice de Chevaliers avides de reconquête ne revenait-il pas à vouloir renverser le trône impérial ?

En favorisant l'entrée dans les Loges de Jésuites qui se gardaient bien de révéler leur appartenance, Anton désirait à la fois recueillir un maximum d'informations et pervertir l'esprit maçonnique en orientant les Frères vers un catholicisme teinté de mysticisme et de cérémonies occultes, autrement dit la Rose-Croix d'Or qui triomphait aujourd'hui à Berlin.

Une belle victoire du comte de Pergen dont la stratégie consistait à diviser puis à opposer les mouvements maçonniques afin d'empêcher une éventuelle unité, source d'une redoutable puissance.

La guerre était loin d'être gagnée car, malgré ses succès, il ne pouvait apparaître sur le devant de la scène. Officieusement encouragé par l'impératrice Marie-Thérèse, il s'inquiétait des tendances libérales de Joseph II. Saurait-il reconnaître ses mérites et comprendre l'importance de sa mission ?

Les douze coups de minuit s'égrenèrent, une nouvelle année débuta. Pendant que les fêtards s'étreignaient en se souhaitant santé et bonheur, Anton classait ses dossiers. Aucun Franc-Maçon, surtout à Vienne, ne lui échapperait.

7.

Salzbourg, le 15 janvier 1780

La troupe de Böhm, qui passerait encore quelques mois dans la principauté, répétait *Le Roi Lear* de Shakespeare.

Wolfgang interpella le directeur au moment où il sortait du théâtre.

— Ne deviez-vous pas, ce mois-ci, monter *Thamos, roi d'Égypte* ?

— En effet, monsieur Mozart, en effet ! Mais le projet est plus complexe que prévu et...

— Ne vous moquez pas de moi ! Le texte et la musique sont à votre disposition, je suis prêt à la diriger, et vos comédiens ont l'habitude d'apprendre des œuvres plus longues et plus difficiles.

— Certes, mais les conditions techniques...

— Dites-moi la vérité, je vous en prie !

Böhm n'osa pas regarder Mozart en face.

— Nous ne sommes que des hôtes de passage, à Salzbourg, et devons avoir l'approbation des autorités pour monter telle ou telle pièce.

— Vous l'aurait-on refusée ?

— Je ne l'ai pas obtenue, et il m'est déconseillé d'insister.

— Pour quelle raison ?

— Ce drame aurait déjà été représenté, au moins partiellement, et sans aucun succès, et votre musique a déplu au prince-archevêque. Il serait donc inconvenant de persévérer.

— Renoncez-vous à jouer *Thamos, roi d'Égypte* ?

— On ne me laisse pas le choix, déplora Böhm, désolé. J'aurais tellement aimé vous satisfaire et obtenir un grand succès !

Wolfgang ne mit pas en doute la sincérité de son interlocuteur.

Colloredo... toujours Colloredo ! Le grand mufti tranchait, jugeait, interdisait.

Écœuré, fatigué, Wolfgang rentra chez lui à pas lents, sans ressentir la morsure du vent glacé. Il n'avait plus envie de composer. À quoi bon créer des œuvres nouvelles et originales, puisqu'elles ne seraient jamais jouées ? Quant à produire une kyrielle d'œuvrettes destinées à égayer le prince-archevêque, il ne s'en sentait plus le courage. Il ne lui restait plus qu'à remplir ses fonctions d'organiste de la cathédrale.

Lyon, le 20 janvier 1780

Informé des ennuis que rencontrait la Stricte Observance templière, Jean-Baptiste Willermoz écrivit à Ferdinand de Brunswick et à Charles de Hesse, deux grands seigneurs qu'il admirait en raison de leurs titres et de leur position sociale.

Grâce à son savoir occulte, le mystique lyonnais affirma à Charles de Hesse qu'un ange protecteur demeurait en permanence auprès de lui et qu'il émettrait des bruits surnaturels quand il approuverait sa conduite.

Puis il précisa : « La Franc-Maçonnerie n'a pas essentiellement d'autre but que la connaissance de l'homme et de la nature ; étant fondée sur le Temple de Salomon, elle ne peut pas être étrangère à la science de l'homme, puisque tous les Sages qui ont existé depuis sa fondation ont reconnu que ce fameux Temple n'a existé lui-même dans l'univers que pour être le type universel de l'homme général dans ses états passé, présent et futur. »

Ces vérités assenées, Jean-Baptiste Willermoz ouvrit son Cercle d'opération où il pratiquerait la magie divine pendant trois nuits consécutives après avoir imposé aux adeptes le jeûne et l'abstinence. Il leur communiquerait la table alphabétique des vingt-quatre mille noms des Patriarches, des Apôtres et des Prophètes, le tableau des vingt-huit demeures lunaires, le précis des hiéroglyphes désignant les planètes-anges et la recette de fabrication de l'huile d'onction.

Bientôt, les disciples du négociant lyonnais régneraient sur la Franc-Maçonnerie et la ramèneraient au Christ sauveur.

Salzbourg, le 27 janvier 1780

Anton Stadler tenta en vain d'égayer le repas du vingt-quatrième anniversaire de Wolfgang. Nannerl était aussi sinistre qu'à l'ordinaire, et Leopold lui-même déplorait la tristesse de son fils, incapable de composer. Même Miss Pimperl ne parvenait plus à le distraire.

— Pardonnez-moi, j'ai envie de marcher.

Négligeant un succulent biscuit aux pommes, Wolfgang arpenta au hasard les rues enneigées et désertes, formant les couloirs d'une prison d'où il ne sortirait jamais.

La haute silhouette de Thamos l'Égyptien lui barra le passage.

— Pourquoi ce désespoir, Wolfgang ?

— Ne seriez-vous pas informé du désastre ?

— Bien sûr que si.

— Jamais plus je ne composerai.

— T'inclinerais-tu devant le grand mufti ?

Le jeune homme se redressa.

— Jamais !

— Ce jamais-là n'annule-t-il pas le précédent ?

— *Thamos, roi d'Égypte* comptait tellement à mes yeux !

— Cette œuvre n'est pas morte. En l'approfondissant, tu as franchi une nouvelle étape en direction du temple que ta musique commence à évoquer. Aucune de tes perceptions ne sera inutile.

— Colloredo me bâillonne !

— Briser son pouvoir ne sera pas facile, je l'admets. Puisque les mystères égyptiens déplaisent, changeons momentanément de stratégie.

Le regard de Wolfgang retrouva un peu d'éclat.

— Un autre projet ?

— Un hymne à la liberté, sous la forme d'une fable qui reprendra des thèmes à la mode et ne choquera pas Colloredo.

— Comme il ne s'agit pas d'une commande de sa part, il interdira l'œuvre !

— Possible. Préfères-tu renoncer ?

— La liberté... J'en rêve chaque nuit !

— Alors, décide-toi.

La réflexion fut brève.

— J'ai trop envie d'écrire ! Que me proposez-vous ?

— L'histoire d'une jeune femme injustement emprisonnée et qui veut recouvrer la liberté.

Wolfgang retrouva le sourire.

8.

Salzbourg, le 1er février 1780

Wolfgang espérait travailler de nouveau avec Thamos, mais ce fut Johann Andreas Schachtner, écrivain et trompettiste âgé de quarante-neuf ans, qui se présenta chez lui, un livret d'opéra sous le bras.

— Un riche commanditaire m'a confié l'adaptation d'un texte à la condition de vous le confier.

Schachtner s'était déjà penché sur *Bastien et Bastienne* et avait traduit en allemand *La Finta Giardiniera.* Il ignorait que *Le Sérail*[1] dérivait d'un récit du Franc-Maçon Lessing, *Nathan le Sage,* dans lequel il développait des idées abordées lors de travaux en Loge.

— Un verre de punch ? proposa Wolfgang.

— Volontiers ! Il m'aidera à oublier l'hiver pour nous transporter en Orient, chez le sultan Soliman, un impitoyable tyran. Tout en gémissant sur leur sort, ses esclaves cassent des pierres. Parmi eux, un chrétien, Gomatz. Désespéré, épuisé, il s'endort sous les yeux de la belle et farouche Zaïde, chrétienne et future favorite du sérail. La jeune femme dépose son portrait près du dormeur.

1. *Zaïde ou Le Sérail*, K. 344.

— Dès qu'il se réveille, intervint Wolfgang, il le contemple et tombe amoureux d'elle ! Ensemble, ils chantent leur désir de s'évader et de vivre leur amour en liberté. Mais comment s'échapperont-ils ?

— Grâce à Allazim, un serviteur du sultan qui n'approuve pas le comportement de son maître. Ému par leur courage, il les aide à sortir de prison et à gagner le rivage. L'aube se lève, les deux jeunes gens et leur sauveur se disent adieu.

— L'orage gronde, précisa le compositeur, et les soldats du sultan reprennent nos héros.

— En effet, reconnut le trompettiste. Osmin, un marchand d'esclaves, les ramène, pieds et poings liés, à Soliman. Ce dernier décide de mettre à mort le trio de fugitifs.

— Zaïde tente d'attendrir le monstre, en pure perte. Devant tant de cruauté, elle clame sa soif de liberté et son amour pour Gomatz. Ils mourront la tête haute.

— Impossible de terminer sur une telle tragédie, trancha Schachtner. Allazim rappelle à Soliman que, naguère, il lui a sauvé la vie. Reconnaissant, le sultan le gracie.

— Allazim n'abandonnera pas les deux jeunes gens à leur triste sort. De quelle façon les sauvera-t-il ?

— En révélant qu'ils sont son fils et sa fille. Le sultan leur accorde la vie et la liberté.

— Le thème me plaît !

— Ne célèbre-t-il pas la magnanimité d'un grand seigneur dont la cruauté semblait inébranlable ? En pardonnant, il prouve sa sagesse.

« Si le grand mufti pouvait s'inspirer de Soliman », pensa Wolfgang.

Francfort, le 25 février 1780

Enfin, le professeur Adam Weishaupt, âgé de trente-deux ans, voyait son rêve se réaliser ! L'Ordre secret des Illuminés de Bavière n'était plus une utopie, puisqu'il comptait aujourd'hui soixante-dix membres de grande qualité dont l'autorité intellectuelle pèserait sur l'évolution des mentalités et de la société.

La plupart des Illuminés étaient aussi Frères de la Stricte Observance et commençaient à convertir nombre de Francs-Maçons à leur vision du monde, jusqu'à présent dominée par le catholicisme.

Le puissant élan idéologique qu'imprimait Weishaupt s'annonçait irrésistible mais se heurtait à un obstacle majeur : le contenu des rituels. Les Francs-Maçons ne se contenteraient pas de théories, fussent-elles novatrices et séduisantes. Certains souhaitaient vivre des cérémonies, manier des symboles et accéder à la connaissance des mystères, au-delà de la philosophie.

Sur ce terrain-là, le juriste Adam Weishaupt manquait cruellement de compétence. C'est pourquoi il aborda un spécialiste renommé des rituels maçonniques, le baron d'Empire Adolphe von Knigge. Originaire de Hanovre, dépourvu de terres et de fortune en dépit de son titre ronflant, ce jeune homme de vingt-huit ans, protestant libéral, était à la fois dramaturge, poète et homme d'affaires.

Initié à Cassel[1], il appartenait à la sphère supérieure de la Stricte Observance[2], mais n'avait pas été admis chez les Rose-Croix de Berlin. De cette expérience humiliante, il gardait une profonde aversion pour les

1. Dans la Loge Le Lion couronné.
2. Comme Chevalier *a Cygno*.

mystiques chrétiens qu'il jugeait incapables d'accéder à une véritable initiation.

Adam Weishaupt se présenta et remercia le baron Adolphe von Knigge d'avoir accepté de le rencontrer en grand secret.

— Pourquoi tant de discrétion ? demanda von Knigge.

— Parce que je dirige un Ordre maçonnique, les Illuminés de Bavière, inconnu des autorités et de la police.

— Dangereuse initiative, professeur !

— Si l'on veut changer le monde et servir l'humanité, il faut savoir prendre des risques.

— Changer le monde... Comme vous y allez !

— Trouvez-vous notre société libre, juste et harmonieuse ?

Von Knigge fit une moue désabusée.

— Ce serait stupide.

— Notre chère Franc-Maçonnerie vous paraît-elle à la hauteur des circonstances ?

— Pas toujours, mon Frère. Pourtant, c'est la seule voie qui me semble digne d'intérêt, puisque les systèmes philosophiques ordinaires ne me satisfont pas. En religion, je flotte entre la foi et l'incrédulité, car les différentes doctrines sont vides de sens. Néanmoins, toute révolution brutale serait condamnable. Elle n'apporterait aucun progrès si les hommes, à cause de leurs passions, restent ce qu'ils sont actuellement. Seule l'amélioration intellectuelle et morale de l'humanité modifiera la situation.

— Des Jésuites, infiltrés dans les Loges, tentent de pervertir les Francs-Maçons en les ramenant vers l'Église de manière insidieuse.

— Exact, reconnut le baron von Knigge, particulièrement les cercles de Rose-Croix d'Or.

— Les Illuminés de Bavière veulent stopper cette

dérive sans heurter leurs Frères, mais en leur proposant un nouveau chemin.

— Comment vous y prendrez-vous ?

— En offrant de nouveaux rituels plus riches et plus profonds que ceux de la Stricte Observance.

— Sont-ils rédigés ?

— Seulement en chantier, avoua Weishaupt. Seul, je ne parviendrai pas à mener cette tâche à bien. Je sollicite votre aide et vos conseils.

— Soyez clair, mon Frère : souhaitez-vous que j'écrive les rituels de l'Ordre des Illuminés de Bavière ?

— Si vous acceptiez, baron, nous ferions progresser la Franc-Maçonnerie de manière significative.

— J'accepte.

9.

Salzbourg, mars 1780

La nouvelle messe brève [1] de Wolfgang tenait bien dans les limites de temps imposées. Pourtant, son *Benedictus*, qui affichait une révolte assez peu religieuse, ne plut guère au prince-archevêque. Heureusement, l'*Agnus Dei*, quoique proche d'un style d'opéra [2], offrait une douceur si séduisante que la colère du maître de Salzbourg retomba.

— Tu devrais quand même te méfier, recommanda Anton Stadler à Wolfgang. Colloredo n'est pas complètement stupide, et il finira par s'apercevoir que ta musique manifeste tes sentiments hostiles. Et certains de nos chers collègues ne manqueront pas de l'alerter.

Au début d'un printemps lumineux, Wolfgang oublia le grand mufti et mit la dernière main à ses *Vêpres solennelles d'un confesseur* [3], au cœur desquelles brilla un morceau exceptionnel, le *Laudate Dominum*, pour voix de soprano et chœur.

1. K. 337.
2. On y a vu l'esquisse de l'air *Porgi amor* de la comtesse des *Noces de Figaro*.
3. K. 339.

Jamais encore Thamos l'Égyptien n'avait entendu un chant aussi pur, capable d'exprimer l'aspiration de l'âme vers le divin et le dialogue entre l'individu et la communauté des étoiles.

Le Grand Magicien s'affirmait de jour en jour et, cette fois, il touchait au sublime. À l'écoute de ce passage, l'être entier était transporté dans un autre monde. Et cette louange du Seigneur s'élevait à la hauteur d'un rituel.

Weimar, le 23 juin 1780

Johann Joachim Christoph Bode, Vénérable adjoint de la Loge Amalia de Weimar, se félicitait de procéder à l'initiation d'un célèbre écrivain de trente ans, Johann Wolfgang von Goethe. Auteur des *Souffrances du jeune Werther*, il était aussi dramaturge, poète, juriste, chimiste et, depuis 1775, conseiller politique et économique du grand-duc de Weimar.

En raison de l'absence du Vénérable à vie, von Fritsch, Bode remplit sa fonction avec entrain. Goethe apprécia la cérémonie et ne regretta pas de s'être engagé sur le chemin de la Franc-Maçonnerie. Il remercia Bode d'avoir su l'intéresser à cette école de pensée, héritière des anciennes initiations et socle d'une philosophie nouvelle dont le monde avait besoin.

Comme Bode, Goethe redoutait de graves convulsions politiques et sociales qui ruineraient l'Europe en la plongeant dans d'horribles conflits. Aussi fallait-il modifier les mentalités et accomplir les réformes indispensables pour éviter un tel désastre.

La Franc-Maçonnerie ne serait-elle pas l'une des forces capables de mener ce juste combat et de faire triompher la lumière sur les ténèbres ?

Vienne, le 1er juillet 1780

— Goethe Franc-Maçon, constata Joseph Anton en lisant le rapport d'un indicateur. Ennuyeux, très ennuyeux... Si les intellectuels renommés commencent à rejoindre cette maudite confrérie, son poids deviendra considérable.

— Les intellectuels n'agissent pas, objecta Geytrand. Ils se contentent de remuer des idées et de bâtir des utopies.

— Quand un homme d'action reprend une utopie à son compte, elle devient une machine de guerre. Et la Franc-Maçonnerie pourrait relier penseurs et activistes, à l'image de Goethe, à la fois écrivain et homme politique. Je veux un maximum de renseignements sur cette Loge de Weimar.

— D'après ceux que je possède déjà, monsieur le comte, elle ne deviendra certainement pas un foyer révolutionnaire. Ses membres se préoccupent plutôt de maintenir l'ordre établi.

— Souhaitons-le, Geytrand, souhaitons-le.

Salzbourg, le 2 septembre 1780

Le 29 août, l'éclatante symphonie en *ut* majeur[1], qui ne comprenait pas moins de quarante violons, affichait allégresse et volonté de conquête. Tant de puissance sonore étonna Leopold. Signifiait-elle un retour à l'optimisme et l'acceptation de l'état de musicien salzbourgeois ?

Il déchanta en voyant Wolfgang retomber dans la

1. K. 338.

morosité. Convaincu que son opéra *Le Sérail* ne serait jamais représenté, il en arrêta la composition au quatuor vocal de l'acte II, au moment où le courageux Allazim suppliait le sultan d'épargner sa fille Zaïde et son fils Gomatz. Le jeune homme n'eut pas le cœur d'écrire la scène finale, magnifiant la grandeur d'âme du tyran qui accordait sa grâce aux trois héros.

Colloredo, lui, n'agirait sûrement pas de la même manière.

Dépité, Wolfgang confia son mal-être à trois brèves chansons sur des poèmes de Johann Timotheus Hermès.

D'allure modérée, la première, *À l'espérance*[1], évoquait la douleur de vivre et la nécessité de trouver un ami qui aidait à la supporter. Triste et calme, la deuxième, *À la solitude*[2], la célébrait comme l'unique refuge de l'être blessé, proche de la mort. La troisième, *Grâce soit à l'éclat des grands*[3], à chanter avec indifférence et satisfaction, recommandait de ne pas ressembler aux puissants de ce monde, de ne pas se laisser prendre à leurs fastes et de se méfier de leur hypocrisie. À l'expérience d'enseigner à chacun de n'être ni audacieux ni futile, et de ne pas se réduire à la petitesse.

— Ne confonds pas le pouvoir des gouvernants avec la vraie grandeur, recommanda Thamos à Wolfgang en marchant à ses côtés. Exprimer solitude, souffrance et déception te libère, mais j'apprécie surtout ta conclusion : ne pas t'enfermer dans la médiocrité. Si tu confortes ta magie, elle brisera tous les carcans.

— *Le Sérail*... Encore un échec !

— Tu te trompes. De même que *Thamos, roi d'Égypte* et *Sémiramis*, des préludes à un grand opéra.

1. K. 390.
2. K. 391.
3. K. 392.

— Devrai-je attendre encore de nombreuses années ?

— Deux temps nous régissent : celui qui s'impose à nous de l'extérieur et celui que nous façonnons. Quand ils se rejoindront, tu connaîtras des joies intenses, à condition de ne pas céder un pouce de terrain à la veulerie. Sinon, tu ne seras qu'un fétu de paille.

— Jamais Colloredo ne me commandera d'opéra.

— Exact.

— Et il empêchera quiconque de m'en commander !

— La solitude se brisera, et ton espérance sera couronnée de succès. Travaille sans relâche, car rien de ce que tu as préparé ne sera perdu.

Malgré la pluie, le soleil brillait.

10.

Strasbourg, le 16 septembre 1780

S'interrogeant sur les qualités initiatiques et les véritables intentions de Cagliostro, Thamos se rendit dans la capitale de l'Alsace pour y assister à une Tenue que dirigeait l'étrange personnage qui se vantait d'avoir séduit l'un des hauts dignitaires français, le cardinal de Rohan. Le prélat était persuadé que Cagliostro savait produire de l'or et lui en fournirait si nécessaire.

Thamos espérait donc un rituel alchimique inspiré de l'Égypte ancienne et porteur de connaissances fondamentales, mais il assista à un tout autre spectacle.

Au milieu du local, le mage déposa une coupe d'eau pure.

Puis il fit introduire une jeune fille, Colombe, et un jeune garçon, Pupille, auxquels il demanda d'y lire le message des anges et des prophètes. Ensuite, ils entrèrent en contact avec l'âme des morts chers aux personnes présentes.

La séance terminée, Thamos interrogea Cagliostro.

— Est-ce l'essentiel de votre initiation ?

— À vous, et à vous seul, je puis dire la vérité : je recueille des fonds afin de développer mon réseau de Loges. Le cardinal de Rohan vient d'ailleurs de m'accorder de nouveaux subsides. Le jour où je révélerai mes véritables secrets, vous serez présent et comprendrez le sens de ma Quête.

Salzbourg, le 17 septembre 1780

Homme de théâtre jusqu'au bout des ongles, Emmanuel Schikaneder était à la fois directeur de troupe, acteur, chanteur, metteur en scène, chorégraphe et même un peu compositeur quand les circonstances l'exigeaient. Âgé de vingt-neuf ans, la mine épanouie, il arborait une abondante chevelure noire. Son épaisse mâchoire et son menton fendu trahissaient une détermination à toute épreuve.

En cette belle soirée de fin d'été, la troupe de Schikaneder se produisait au théâtre de Salzbourg où le comédien itinérant comptait s'installer quelque temps. Au programme figureraient Calderón, Goldoni, Lessing, Shakespeare mais aussi des auteurs moins difficiles et même des comédies de son cru avec un seul souci : plaire au public, l'amuser, le surprendre, l'envoûter ! Donnant de sa personne, Schikaneder veillait sur chaque détail et pouvait jouer les jeunes premiers, les pères nobles ou un simple paysan.

Il voulait conquérir la ville avec une pièce burlesque, *La Joyeuse Misère ou les Trois Apprentis mendiants*, et tenait le premier rôle en pleurant gaiement sur son sort.

Comme les autres spectateurs, Wolfgang sourit. Et le 1er octobre, il assista à la représentation du *Vaisseau de Ratisbonne*, la patrie de Schikaneder dont il se moquait à travers le personnage d'un domestique chantant un air « à la manière turque ». Féru d'effets spéciaux, allant du feu d'artifice aux variations d'éclairage, le comédien fit surgir des singes et des ours se livrant à mille facéties.

Cette débauche de merveilleux enchanta Wolfgang qui ne manqua pas de féliciter le metteur en scène.

Entre les deux hommes passa aussitôt un courant de sympathie.

— Êtes-vous comédien ?

— Musicien à la cour. Je m'appelle Wolfgang Mozart.

— Mozart... L'enfant prodige dont toute l'Europe a parlé ?

— Aujourd'hui, un simple organiste au service du prince-archevêque Colloredo.

— Entre nous, il ne passe pas pour un amateur de bonnes plaisanteries !

— C'est le moins qu'on puisse dire.

— Y a-t-il beaucoup de distractions, à Salzbourg ?

— Vous nous apportez une bouffée d'air pur, monsieur Schikaneder ! Accepteriez-vous de dîner à la maison ?

— Avec plaisir ! Mon épouse Éléonore, une excellente comédienne, vous racontera mille et une anecdotes.

En dépit des réserves de Nannerl, Leopold apprécia le couple Schikaneder.

Le jovial comédien se révéla excellent lanceur de fléchettes et, ravi de cette amitié nouvelle, offrit des entrées gratuites à la famille Mozart pour toute sa saison salzbourgeoise.

Brunswick, le 19 septembre 1780

Ferdinand de Brunswick était effondré. Il venait d'achever la lecture d'un pamphlet anonyme intitulé *La Pierre d'achoppement et le Rocher de scandale dévoi-*

lés à tous mes concitoyens allemands en dehors et en dedans de la septième province.

Ce texte abominable dévoilait l'organisation de la Stricte Observance et ses points faibles, racontait son histoire secrète, exposait le contenu de ses grades et critiquait ses chefs.

Qui pouvait être l'auteur d'une telle trahison, sinon l'une des créatures du duc de Sudermanie, furieux de ne pas obtenir le pouvoir absolu et préférant saborder le navire ?

Après avoir consulté Charles de Hesse, le Grand Maître décida de réunir ses Frères en convent, à Wilhelmsbad, afin de sauver l'Ordre, gravement menacé. Pour préparer les débats de cette assemblée, il posa plusieurs questions à toutes les Loges :

Premièrement, l'Ordre a-t-il de vrais Supérieurs ? Quels sont-ils ? Où résident-ils ? Se rattache-t-il à une société plus ancienne et laquelle ? Descend-il de l'Ordre du Temple ?

Deuxièmement, comment le cérémonial et les rituels doivent-ils être organisés de la façon la plus appropriée ?

Troisièmement, peut-on restaurer économiquement, en toute sécurité, l'Ordre du Temple ?

Quatrièmement, le but assigné à l'Ordre doit-il être public ou intérieur ? La bienfaisance, l'appui mutuel entre les Frères, l'éducation des hommes pour l'État peuvent-ils constituer des buts extérieurs justifiant l'existence de la société ?

Cinquièmement, y a-t-il certaines connaissances dont l'Ordre est le seul dépositaire ?

Comme son ange gardien ne se manifestait d'aucune manière, Charles de Hesse s'interrogea sur le bien-fondé de cette démarche stupéfiante.

— N'exposons-nous pas ainsi nos doutes à l'ensemble des Frères ?

— Constatant notre sincérité, les Supérieurs inconnus nous viendront en aide, estima Ferdinand de Brunswick.

11.

Salzbourg, le 5 octobre 1780

— Tu plaisantes, Anton ? questionna Wolfgang.

— Pas du tout, répondit Stadler en toisant le compositeur.

— Toi, te marier ?

— Eh bien oui, je me marie le 12 avec Francisca Bichler.

— Alors, tu t'assagis ?

— Bien entendu, puisque je suis un honnête garçon. Nous n'avons pas d'argent, mais nous serons très heureux et fonderons une famille nombreuse [1].

— Magnifique programme, Anton ! Je suis heureux que tu prennes enfin le bon chemin.

— Moi aussi, soupira Stadler. Les femmes sont si compliquées ! Au moins, celle-là sait ce qu'elle veut. Et puis une bonne nouvelle n'arrive jamais seule. Mes talents de clarinettiste sont reconnus à la cour, et j'obtiendrai bientôt un poste officiel.

1. Huit enfants naîtront, entre 1781 et 1791.

Vienne, le 15 octobre 1780

— La Stricte Observance templière est morte ! claironna Geytrand dont le visage sinistre exprimait une gaieté malsaine. En réponse au pamphlet révélant ses turpitudes, voilà l'incroyable réponse du Grand Maître : un questionnaire aux Loges qui prouve son total désarroi !

Joseph Anton lut lentement le texte.

— Cette démarche provoque tellement de remous que le convent de Wilhelmsbad, s'il a lieu, ne se réunira pas de sitôt, ajouta Geytrand. Et un nouveau séisme frappe l'Ordre templier : la démission du duc de Sudermanie et de tous les Frères suédois qui refusent d'être mêlés à des scandales.

— Ferdinand de Brunswick élimine donc son rival, constata Anton.

— À quel prix ! Il ne s'en remettra pas.

— Je suis moins optimiste que toi, car Brunswick et son complice Charles de Hesse ont des caractères bien trempés et lutteront jusqu'au bout. Jamais ils ne retrouveront une armée comme la Stricte Observance. Peut-être ne traverse-t-elle qu'une mauvaise passe, peut-être en ressortira-t-elle plus forte et plus soudée après le convent. J'ai relu les rituels templiers et je les juge menaçants. Le nouveau Chevalier ne se livre-t-il pas au simulacre d'un meurtre, ne rentre-t-il pas en loge en brandissant une « tête couronnée », ne veut-il pas venger Jacques de Molay en décapitant Philippe le Bel et tous les mauvais rois, ne prône-t-il pas l'égalité entre les hommes et ne réclame-t-il pas l'attribution de la souveraineté aux peuples ? Ne baissons surtout pas la garde, que tes informateurs restent mobilisés.

Salzbourg, le 31 octobre 1780

Grâce à son nouvel ami Schikaneder, Wolfgang oubliait un peu sa prison salzbourgeoise. Il s'évadait dans les féeries théâtrales et les joyeuses soirées bien arrosées où l'on jouait à divers jeux de société en échangeant force propos grivois.

Ravi d'y participer, Anton Stadler était gêné d'apprendre à Wolfgang une nouvelle qui risquait de l'attrister.

— Comment te sens-tu, aujourd'hui ?

— Pas trop mal.

— Crois-tu que l'on pourrait reparler... du passé ?

— Te voilà mystérieux, Anton !

— C'est délicat, extrêmement délicat, et je ne voudrais pas...

— Si tu en venais au fait ?

Anton Stadler avala sa salive.

— Il s'agit d'Aloysia.

— Serait-elle... malade ?

— Non, oh non ! À moins que l'on ne considère le mariage comme une maladie.

— Aloysia, mariée ?

— Oui, avec un comédien, Joseph Lange [1].

— Un comédien... Je leur souhaite beaucoup de bonheur et je leur offrirai un cadeau.

Wolfgang composa deux *Lieder* présentant la particularité d'être accompagnés à la mandoline. Le premier, sur des paroles du poète Johann-Martin Miller, s'intitulait *Le Bonheur* [2] et chantait la joie sereine, loin

1. Ils eurent six enfants.
2. K. 349.

de la vanité des grands de ce monde. Le second, *Viens, chère cithare*[1], était une sérénade amoureuse.

Avec ces œuvrettes, Wolfgang coupait définitivement le fil ténu le reliant encore à Aloysia. Son premier grand amour n'était plus qu'une ombre, à jamais perdue dans les brumes de l'oubli.

Munich, le 31 octobre 1780

Héritier présomptif du trône de Bavière, Karl Theodor parvenait à ses fins. Après une longue période d'instabilité menaçant de déboucher sur un conflit meurtrier entre l'Autriche et la Prusse, il régnait sur Munich et songeait de nouveau à faire refleurir la vie artistique en dépit des objections de son conseiller et confesseur, le jésuite Frank, qui souhaitait le voir se consacrer davantage à la dévotion et à la prière.

Aussi recevait-il plusieurs personnalités afin de recueillir des suggestions. Il apparaissait comme un prince libéral, désireux d'améliorer le quotidien de ses sujets en leur offrant d'excellents spectacles.

— Comte de Thèbes ! Heureux de vous accueillir en Bavière.

— Sachant à quel point votre temps est précieux, puis-je me permettre de vous soumettre un projet ?

— Je vous en prie.

— La prochaine période de carnaval pourrait accueillir un opéra de grande qualité qui séduira cette ville magnifique.

— Une œuvre... sérieuse ?

— Ne conviendrait-elle pas aux circonstances ? Un beau sujet, une musique ample et rigoureuse serviraient

1. K. 351. Elle préfigure celle de *Don Giovanni*.

votre renommée, davantage qu'une farce ou un opéra bouffe.

« Ce comte de Thèbes n'a pas tort », pensa le prince-électeur.

— Avant le carnaval, il reste peu de temps. Quel compositeur serait capable de mener à bien un tel projet ?

— Je n'en connais qu'un seul : Wolfgang Mozart.

Karl Theodor fit la moue.

— Un caractère plutôt rebelle...

— Il est aujourd'hui un fidèle serviteur du prince-archevêque Colloredo et travaillerait avec Varesco, un religieux de la cathédrale de Salzbourg, de manière à vous offrir une œuvre conforme à la morale et à la religion. De plus, Mozart ne cesse de proclamer sa reconnaissance et son estime à votre égard, vous, l'un des plus grands protecteurs de la musique.

Karl Theodor ne fut insensible ni aux garanties ni au compliment.

— Votre proposition m'intéresse, monsieur le comte, mais je dois encore consulter. Ma décision sera prise rapidement.

Thamos s'inclina.

Le prince-électeur convoqua aussitôt son confesseur.

— Varesco, vous connaissez ?

— Un chapelain salzbourgeois digne d'estime, répondit le jésuite.

— Et Wolfgang Mozart ?

— Qui est-ce ?

— Un musicien de la cour de Colloredo. Aucun dossier sur lui, pas de rumeurs désastreuses ?

Frank le confesseur était aussi l'un des informateurs de Geytrand, chargé de répertorier les Francs-Maçons et de recueillir un maximum d'informations les concernant. Doté d'une excellente mémoire, il pouvait citer leurs noms et leurs grades.

— Ni dossier ni rumeurs. Ce Mozart n'appartient à aucun mouvement subversif.

12.

Salzbourg, le 5 novembre 1780

Le comte Hieronymus Colloredo n'avait pas changé. Glacial, cassant, il ne s'embarrassa pas de formules de politesse pour annoncer sa décision à Mozart, son valet-musicien.

— Le prince-électeur de Bavière, Karl Theodor, souhaite que vous composiez un opéra, à l'occasion du carnaval de Munich. Le livret est l'œuvre de mon chapelain Varesco qui vous en remettra le texte. Vous partez aujourd'hui même et je vous accorde six semaines d'absence afin que vous dirigiez les répétitions et offriez au prince-électeur une musique satisfaisante, dans le style de l'opéra italien. Tâchez de ne pas nous décevoir.

D'un geste sec, Colloredo congédia le domestique.

Jean-Baptiste Varesco attendait Wolfgang. D'un esprit plutôt lent, le chapelain avait eu la chance de recevoir un texte déjà bien abouti, reprenant un livret d'Antoine Danchet utilisé par Campra[1], un musicien français.

— Quel est le thème ? s'inquiéta le compositeur, redoutant une ineptie.

1. 1660-1744.

— La tragique histoire du roi de Crète Idoménée. De retour de la guerre de Troie, il doit assurer la survie de son peuple en sacrifiant son fils.

— Des héroïnes ?

— Deux, également amoureuses du fils condamné.

— Les dieux ?

— Tout repose sur la malédiction et la clémence de Neptune.

— Donnez-moi votre travail.

Pour la première fois, Wolfgang allait partir seul en voyage, car son père n'était pas autorisé à l'accompagner.

Munich, le 6 novembre 1780

La tête bouillonnante de musique, la main prête à courir sur le papier, Wolfgang fulminait contre le livret de Varesco qu'il fallait profondément modifier en supprimant les temps morts et les erreurs de dramaturgie.

Il fut accueilli à bras ouverts par ses amis de l'orchestre de Mannheim, à présent installés à Munich. À leur tête figurait Christian Cannabich, qui le conduisit à un logement confortable, dans la Burggasse.

Le soir même, sa chambre munichoise se transforma en île de Crète et il chanta la première phrase de l'héroïne, Ilia : « Quand cessera donc ma cruelle infortune ? » Fille de Priam et prisonnière des Crétois, la belle jeune femme était tombée amoureuse d'Idamante, fils du roi Idoménée et régent du pays en l'absence de son père.

Enfin, ce dernier revenait sain et sauf après avoir participé à la guerre de Troie ! Mais il ne survivrait à la tempête qu'en réalisant un vœu solennel adressé à Neptune : sacrifier au dieu la première personne qu'il rencontrerait en posant de nouveau le pied sur le sol de sa patrie.

Sort cruel, la victime expiatoire n'était autre que son propre fils, Idamante. Le roi ordonne donc au malheureux, ignorant la promesse de son père, de quitter à jamais la Crète en compagnie de la sombre et torturée Electra, amoureuse du prince et jalouse d'Ilia.

Les forces surnaturelles se montrent supérieures aux ruses des humains ! Jaillissant des flots, un monstre menace d'anéantir l'île de Crète. Face à sa population apeurée, le roi Idoménée avoue la vérité. Et chacun d'exiger qu'il tue son fils afin d'apaiser la colère divine.

Prêt à mourir, Idamante attaque le monstre... et l'abat ! Une fin heureuse ? Non, car cette victoire n'annule pas le vœu. Alors, la courageuse Ilia veut prendre la place de l'homme qu'elle aime. Cette fois, la tragédie semble inévitable.

« Un dieu peut à lui seul changer la face du monde, affirmait le livret, et la rigueur s'effacera devant la clémence. » Admettant le triomphe de l'amour, Neptune délie le roi Idoménée de sa promesse, mais pose une condition : qu'il renonce au trône en faveur de son fils Idamante, lequel épouse Ilia, au grand dam d'Electra, folle de douleur.

L'amour pur, le sacrifice de soi, le respect de la parole donnée, la puissance du divin... Tous ces aspects enthousiasmaient Wolfgang. Et quelle étrange conclusion : un père digne, qui aime son fils, se voit condamné à le sacrifier ; mais la volonté divine modifie le destin et fait triompher le fils en obligeant le père à abdiquer. Un instant, un court instant, Wolfgang songea à Leopold. Puis il se remit au travail, ravi de pouvoir exprimer mille sentiments à travers un opéra « sérieux » dont il rendrait les personnages bien vivants.

Munich, le 7 novembre 1780

Wolfgang fut reçu par le comte Seeau, confirmé dans son poste d'intendant du théâtre et de la musique. Ce parfait hypocrite, qui l'avait naguère congédié comme un moins- que-rien sans avenir, se montra souriant et courtois.

— Ravi de vous revoir, Mozart. À ce qu'on dit, vous donnez toute satisfaction au prince-archevêque Colloredo dont chacun connaît les goûts excellents en matière de musique. Je ne vous cacherai pas une certaine inquiétude. Vous disposez d'un minimum de temps pour composer cet *Idoménée* que notre bonne ville souhaite écouter à la période du carnaval.

— Les désirs du prince-électeur ne sont-ils pas des ordres ? Le sujet me plaît, je me jouerai des délais.

— Vous engagez-vous fermement à les respecter ?

— En douteriez-vous ? Quand un Mozart donne sa parole, il ne la reprend pas.

— Parfait, vous me rassurez.

À l'évidence, le comte Seeau ne pensait qu'à sa propre réputation. En cas de retard, le prince-électeur Karl Theodor ne manquerait pas de le lui reprocher.

L'œil rieur, Wolfgang regarda s'éloigner le courtisan qui passerait sa journée à colporter des ragots et à en semer d'autres. Par bonheur, techniciens et décorateurs faisaient de l'Opéra de Munich un haut lieu musical où la partition d'*Idoménée* brillerait de tout son éclat.

Loin de Salzbourg, Wolfgang respirait. La veille, il avait rencontré les chanteurs dont le niveau lui paraissait satisfaisant, à l'exception du vieux ténor Raaff, promis au rôle-titre. Et puis il fallait modifier plusieurs passages du livret, encore bancal.

13.

Munich, le 15 novembre 1780

— Heureux de vous avoir ici, dit le prince-électeur Karl Theodor à Mozart. Avancez-vous de manière satisfaisante ?

— Très satisfaisante, Votre Altesse.

— Notre *Idoménée* sera donc prêt à temps ?

— Soyez sans crainte. J'ai la tête libre et beaucoup de joie à travailler.

— Un joli sujet, n'est-ce pas ?

— À condition que le livret soit amélioré, car le chapelain Varesco n'entend rien aux exigences de la musique.

— Je compte sur votre sens de la diplomatie, Mozart !

— Vous pouvez, Votre Altesse.

— Côté chanteurs, pas de problèmes ?

— Quelques-uns.

— Faciles à résoudre, j'espère ?

— Je m'en arrangerai.

— Parfait, Mozart, parfait ! Je veux un beau succès.

— Moi aussi, Votre Altesse.

— Vous avez eu raison de regagner Salzbourg et de

servir un prince aussi éclairé que Colloredo. Dorénavant, votre carrière est assurée.

Munich, le 20 novembre 1780

Le ténor Raaff, naguère si sympathique, ne cessait d'importuner Wolfgang en lui demandant de modifier son rôle et de l'adapter à ses capacités vocales déclinantes. Quant au castrat Del Prato, interprète d'Idamante, le fils du roi Idoménée, il était tellement inexpérimenté que le compositeur devait chanter avec lui en lui apprenant chaque note. Totalement dépourvu de méthode, il se comportait comme un enfant.

Heureusement, les cantatrices excellaient !

En dépit d'occupations qui ne lui laissaient aucun moment de répit, Wolfgang ficela, pour son ami Schikaneder, un air à intercaler dans un opéra de Gozzi et intitulé : *Ô amour, pourquoi prendre ce plaisir cruel*[1] *?* qu'il envoya aussitôt à Salzbourg.

Malgré la fatigue, le jeune créateur vivait des moments exaltants. Ne réalisait-il pas son rêve, écrire un opéra et le faire représenter ? De nouveau, il goûtait à l'espérance et à une certaine forme de liberté.

Ce bonheur-là, il le devait à son protecteur, Thamos. C'était lui, sans nul doute, qui avait convaincu Karl Theodor de passer commande d'*Idoménée*. Certes, Wolfgang aurait préféré poursuivre son exploration de l'univers des prêtres du soleil, mais le thème de l'œuvre ne le mettait-il pas en contact avec les dieux ?

1. K. 365a, perdu.

Salzbourg, le 29 novembre 1780

« Décidément, pensa Emmanuel Schikaneder, ce Mozart est quelqu'un de bien. L'air promis est arrivé à temps. Voilà un homme de parole, et ils se font rares ! »

Franc-Maçon, l'homme de théâtre ne regrettait pas d'avoir écouté le conseil d'un Frère, un certain comte de Thèbes, qui lui recommandait de passer par Salzbourg où, ce soir même, sa nouvelle pièce à grand spectacle, *Œil pour œil*, allait déchaîner l'enthousiasme du public.

Née au cours de beuveries en compagnie des comédiens de la troupe, elle était assaisonnée d'un comique pétillant afin que les spectateurs n'aient pas sur l'estomac un ragoût indigeste ou réchauffé.

Pitreries et grosses blagues ne dégelèrent pas l'assistance.

À la grande déception de Schikaneder, la noblesse et la bourgeoisie salzbourgeoises manquaient d'humour. Un émissaire du prince-archevêque aborda le directeur de la troupe.

— Comme vous le constatez, ce genre de spectacle ne plaît guère à notre principauté.

— Il y avait pourtant de quoi rire !

— Salzbourg déteste la grossièreté.

— J'ai d'autres pièces au répertoire.

— Après un tel échec, mieux vaudrait tenter votre chance ailleurs.

Schikaneder s'étrangla.

— Dois-je comprendre...

— Pliez vos bagages au plus vite. Notre théâtre attend d'autres troupes.

Vienne, le 29 novembre 1780

Vêtu de noir, le médecin s'inclina devant Joseph II.

— Majesté, Dieu vient d'accueillir en son sein l'âme de l'impératrice Marie-Thérèse.

Désormais seul maître de l'empire d'Autriche, Joseph II ne manifesta aucune émotion. Voilà longtemps que la vieille dame, trop à l'écoute de l'Église, ne gouvernait plus vraiment, bien qu'elle gardât la capacité de bloquer d'indispensables réformes.

Le visage tout en longueur, les joues sillonnées de rides, austère, économe, vêtu simplement, l'empereur réunit ses ministres.

— Les grandes choses doivent s'accomplir d'un trait, déclara-t-il. Tout changement suscite tôt ou tard des controverses. La meilleure manière de s'y prendre est d'informer le public de ses intentions dès le départ et, une fois sa décision prise, sans écouter aucune opinion contraire, de la mener à bien résolument.

La fermeté du ton et la clarté des intentions surprirent. À l'évidence, le règne de Joseph II ne serait pas empreint de mollesse.

— Quelle sera notre ligne politique, Majesté ? demanda le doyen des dignitaires.

— Elle se résume en peu de mots : l'État doit assurer le plus grand bien au plus grand nombre. Confirmer l'abolition de l'esclavage et du servage, améliorer le système pénal, assurer l'égalité devant l'impôt, limiter les pouvoirs de la noblesse et de l'Église, supprimer les monastères et les couvents ne remplissant aucune fonction sociale, favoriser la tolérance et la liberté de pensée : voilà les mesures urgentes qui seront adoptées par ordonnances.

— Majesté, ne craignez-vous pas...

— Le monde change. Ne pas l'admettre et refuser de réformer conduirait l'empire à sa ruine. Prenons les devants et prouvons au peuple que nous gouvernons en sa faveur et non pour notre gloriole ou notre bénéfice personnel.

Vienne, le 30 novembre 1780

Effondré, l'estomac noué, Joseph Anton but un grand verre de vin rouge. Le décès de sa protectrice, Marie-Thérèse, était une catastrophe. Elle seule finançait son service secret dont le chef de la police ignorait l'existence.

Le premier discours de Joseph II ne laissait subsister aucun doute : en s'affirmant libéral, l'empereur ouvrait grandes les portes à tous les courants d'idées, y compris la Franc-Maçonnerie !

Anton contempla avec amertume les piles de dossiers patiemment accumulés. Tant de travail inutile, tant de vains efforts, tant de découvertes vouées à disparaître... Il ne se résignait pas à brûler les feuillets couverts d'une petite écriture serrée, précise et sans à-coups. Nulle trace de passion ou d'emportement, mais une méticulosité scientifique excluant le flou et l'erreur.

Pourtant, il fallait détruire les preuves de son activité, désormais illégale.

Et puis non !

Frappant du poing sur la table, il décida de prendre l'initiative. En obéissant à la défunte impératrice, n'avait-il pas servi son pays ?

Au lieu de se saborder, il plaiderait sa cause en expliquant à l'empereur pourquoi la Franc-Maçonnerie était si dangereuse.

14.

Munich, le 1er décembre 1780

À la fin de la première répétition du premier acte d'*Idoménée*, avec un orchestre réduit, la satisfaction fut générale. Instrumentistes et chanteurs appréciaient la musique de Mozart, affligé d'un refroidissement.

— Mon rhume et ma bronchite s'aggravent, avoua-t-il au ténor Raaff. On s'échauffe davantage lorsque honneur et réputation sont en jeu. On y va à fond, même si l'on garde son sang-froid !

De fait, le chef d'orchestre manifestait une telle fougue que chacun lui emboîtait le pas, jusqu'à dépasser ses limites techniques. Seul le vieux Raaff demanda encore des modifications, conscient qu'il peinait à suivre le rythme.

— As-tu appris la grande nouvelle ? demanda-t-il à Wolfgang.

— Une guerre ?

— Heureusement non ! L'impératrice Marie-Thérèse d'Autriche vient de mourir.

— Donc, un deuil officiel !

— Rassure-toi, il sera terminé avant la première représentation d'*Idoménée*. Ce décès ne semble guère t'affliger.

— Un trop long deuil n'apporte pas autant de profit au mort ou à la morte que de préjudices à un grand nombre de vivants. Le 8, répétition des deux premiers actes.

Munich, le 16 décembre 1780

En raison du retard imputable à un copiste trop lent, la deuxième répétition avait été reportée. Si rhume et bronchite commençaient à s'atténuer, une autre calamité menaçait Wolfgang : le grand mufti ! Les six semaines accordées par Colloredo seraient bientôt terminées. Or, la première de l'opéra était fixée au 20 janvier de l'année suivante. En conséquence, impossible de regagner Salzbourg à la date prévue.

— Le prince-archevêque et cette outrecuidante noblesse me sont chaque jour plus intolérables, confia Wolfgang à Raaff, enfin satisfait de son rôle.

— Évite de formuler de telles pensées, recommanda le ténor. Si tu souhaites une belle carrière, ne critique pas ceux qui nous dirigent. Sans eux, pas de théâtre, pas d'orchestre, pas de chanteurs et même pas de travail !

Tout à la joie de se trouver loin de Salzbourg et de voir jouer son œuvre, Wolfgang oublia le grand mufti et dirigea les musiciens avec un dynamisme communicatif.

Munich, le 23 décembre 1780

Lors de la troisième répétition d'*Idoménée*, un spectateur d'importance prit place au premier rang, le prince-électeur Karl Theodor en personne.

En dépit des engagements de Mozart, il préférait constater par lui-même l'état d'avancement de l'œuvre.

Toujours aussi dynamique, Wolfgang entraîna les musiciens dans un tourbillon dramatique où, cependant, aucune ligne mélodique ne fut dénaturée.

— Magnifique, jugea Karl Theodor. On n'imaginerait pas qu'à l'intérieur d'une si petite tête se cache quelque chose d'aussi grand ! Surtout, Mozart, ne vous relâchez pas.

— Soyez sans crainte, Altesse.

Vienne, le 25 décembre 1780

— Vous désiriez me voir de toute urgence, comte de Pergen ? s'étonna l'empereur Joseph II.

— En effet, Majesté, répondit Anton, tendu à l'extrême.

— Qu'y a-t-il donc de si important ?

— L'impératrice Marie-Thérèse m'avait nommé à la tête d'un service secret chargé de surveiller les Loges maçonniques. Avec un collaborateur dévoué et un réseau d'informateurs patiemment tissé, j'ai réussi à remplir des dossiers détaillés qui sont à la disposition de Votre Majesté.

— Marie-Thérèse était très croyante et détestait la Franc-Maçonnerie qu'elle soupçonnait de vouloir renverser les trônes. Puisque vous avez beaucoup travaillé, quelles sont vos conclusions ?

— L'impératrice ne se trompait pas. Il existe plusieurs mouvements maçonniques, d'importance et d'influence diverses, que j'ai tous répertoriés et qui présentent des points communs : le goût du secret, le partage d'idéaux contestataires, la volonté de former une nouvelle élite, l'étude de symboles mystérieux, la pratique de rituels étranges et des ambitions politiques. Ainsi, la Stricte Observance templière cherche à ressusciter le vieil Ordre chevaleresque et à lui redonner sa splendeur passée.

— Simple utopie, ne croyez-vous pas ?

— J'en doute, Majesté.

— Cette Stricte Observance s'est-elle implantée à Vienne ?

— Heureusement non, mais il y a d'autres dangers dont le principal me paraît être l'apparition d'un nouvel Ordre réunissant Francs-Maçons et intellectuels, les Illuminés de Bavière.

Le mince rapport que venait de recevoir Anton, juste avant cette entrevue décisive, lui avait glacé le sang. Cette fois, le péril s'aggravait. Et il devait convaincre Joseph II de ne pas le traiter à la légère.

— Connaissez-vous les noms de ces intellectuels ?

— Pas encore, Majesté. Ce mouvement reste très hermétique. Il me faudrait du temps et du doigté pour en percer tous les secrets. Seule certitude, les Loges maçonniques ne cessent de comploter.

— La Franc-Maçonnerie ne prône-t-elle pas une fraternité dont les humains ont tant besoin ? Trop d'autoritarisme et d'injustice peuvent conduire à la révolte et au chaos. Écoutons le peuple et ne fermons pas notre esprit aux idées nouvelles.

Joseph Anton devint livide.

À l'évidence, des Francs-Maçons haut placés influençaient l'empereur en le priant de n'exercer aucune répression à leur encontre.

L'énorme labeur de Joseph Anton n'avait servi à rien. Il devrait s'exiler en province et s'y morfondre en assistant à la décadence de l'empire, miné par les utopies maçonniques.

— Cela étant, reprit Joseph II, j'entends gouverner

sans faiblesse et combattre toute idéologie qui menacerait les valeurs fondamentales sur lesquelles nous avons bâti notre grandeur et notre prospérité. C'est pourquoi vous allez poursuivre vos recherches, monsieur le comte, et continuer à remplir vos dossiers avec la plus extrême discrétion. Je ne tolérerai aucun incident. Vous ne dépendrez que de moi et garderez le secret absolu.

— Je ne commettrai aucune erreur, Majesté, et vous serez le souverain d'Europe le mieux informé des véritables buts de la Franc-Maçonnerie.

15.

Munich, le 3 janvier 1781

Ma tête et mes mains sont tellement prises par le troisième acte qu'il n'y aurait rien de miraculeux si j'étais moi-même transformé en troisième acte, écrivit Wolfgang à son père. *Il me cause à lui seul plus de peine qu'un opéra entier, car il n'y a pratiquement pas une scène qui ne soit intéressante à l'extrême. Je ne m'habille jamais avant midi et demi parce que je dois écrire et ne peux donc pas sortir.*

Cette fièvre créatrice enchantait le jeune homme. Enfin, il donnait le meilleur de lui-même, avec la certitude que ses efforts aboutiraient à la représentation d'un opéra ! Il comprenait mieux, à présent, pourquoi il avait fallu tant de voyages et d'échecs formateurs. Parfois douloureuses, ces multiples expériences lui avaient enseigné l'art si difficile de la dramaturgie chantée et la nécessité d'exprimer le caractère de chaque personnage. Certes, ceux d'*Idoménée*, *opera seria* répondant à des critères anciens, semblaient un peu figés, mais il leur donnait un maximum de vie.

Et Wolfgang reçut une excellente nouvelle : en raison du décès de l'impératrice Marie-Thérèse, Colloredo courait à Vienne présenter ses condoléances à l'empereur et, surtout, lui proclamer son absolue fidélité. Le grand mufti ne voulait pas être oublié et perdre une once de ses prérogatives.

Formidable bénéfice : Wolfgang n'était pas obligé de rentrer à Salzbourg ! Quant à son père et à sa sœur, ils pouvaient quitter la principauté et se rendre à Munich afin d'assister à la première représentation d'*Idoménée*.

L'étau se desserrait.

Munich, le 10 janvier 1781

— En raison des circonstances, annonça le comte Seeau à Wolfgang, la première de votre opéra sera retardée d'au moins huit jours.

— De quelles circonstances s'agit-il ?

L'aristocrate se rengorgea.

— Je suis le directeur de la musique et des spectacles, rappela-t-il, et n'ai nullement à justifier mes décisions.

Ce retard arrangeait le compositeur qui devait encore écrire quelques airs pour le dernier ballet. Il bénéficierait ainsi de répétitions supplémentaires.

— J'ai examiné de près votre partition, Mozart. Elle me convient, à l'exception de l'usage excessif des trombones.

— Excessif ?

— C'est bien le terme que j'ai employé. Vous réduirez donc leur intervention.

— Certainement pas.

— Pardon ?

— Je vous le confirme : certainement pas.

— Savez-vous bien à qui vous vous adressez ?

— À un administrateur, pas à un musicien. Vous n'avez pas à juger des couleurs qu'il faut donner à une orchestration, en fonction du texte de la scène et de la présence d'un ou plusieurs chanteurs. Quand je fais intervenir des trombones, c'est parce qu'ils sont nécessaires à l'intelligence de l'œuvre.

Vexé, le comte Seeau se promit que cet insolent n'occuperait jamais le moindre poste à la cour de Karl Theodor.

Munich, le 25 janvier 1781

Wolfgang embrassa son père et Nannerl.

— Bon voyage ?

— Excellent, répondit Leopold.

— Si vous saviez comme je suis heureux ! Le 13, nous avons répété le troisième acte et le 18, les récitatifs. Après-demain, le jour de mon anniversaire, répétition générale.

— Pas de gros problèmes ?

— Une infinité ! J'ai dû lutter contre les conventions de l'opéra, la médiocrité de certains chanteurs, les insuffisances du livret, les défauts de la mise en scène, la stupidité du comte Seeau et cent autres obstacles ! Le plus ennuyeux, c'est de confier le rôle d'Idamante, fils du roi Idoménée et jeune prince viril, à un castrat dépourvu de talent et de technique. Comme héros et futur souverain de Crète, un repoussoir ! Malheureusement, pas d'autre solution. Dès la reprise de l'opéra, je le remplacerai par un vaillant ténor.

— Tu ne t'es fâché avec personne, j'espère ?

— Bien sûr que non ! Par mesure d'économie, vous logerez dans ma chambre d'hôtel. C'est tellement bon de vous revoir !

Leopold était ravi d'assister au succès de son fils. *Idoménée* marquerait peut-être le départ de la brillante carrière qu'il avait imaginée. Salzbourg, certes, n'était qu'un cul-de-sac, mais aussi un abri rassurant. Un bon poste à la cour de Munich, dont la réputation musicale méritait le respect, serait un vrai bonheur.

Munich, le 29 janvier 1781

Attentif, le public du Residenz Theater de Munich assista à la première représentation d'*Idoménée, roi de Crète*[1], *opera seria* de Mozart, sous la direction du chef d'orchestre Cannabich.

À aucun moment, la partition ne souleva l'enthousiasme.

— Belle musique, mais un peu guindée, murmura le comte Seeau à l'oreille de sa voisine, une prétentieuse qui se vantait de son goût infaillible.

— Normal, cher ami. Pensez donc, un opéra dans le vieux style avec un livret ennuyeux ! Impossible de s'intéresser à ces marionnettes dont les émotions sont si convenues qu'elles nous laissent de marbre.

— Certains airs ne sont pas déplaisants.

— Ah, lesquels ?

— Par exemple, les ensembles. On n'en a jamais entendu de semblables, à mon avis.

— Trop longs, trop dramatiques ! Croyez-moi, cet *Idoménée* ne tiendra pas longtemps la scène et l'on oubliera vite ce Mozart.

Cette critique radicale se répandrait à la vitesse de l'éclair. Le médiocre musicien salzbourgeois se mettrait à dos le Tout-Munich et n'aurait plus jamais l'occasion d'y faire jouer l'une de ses œuvres, à supposer qu'il en composât d'autres...

1. K. 366.

16.

Brunswick, le 30 janvier 1781

— La réponse de Jean-Baptiste Willermoz vient de nous parvenir, dit Charles de Hesse au Grand Maître Ferdinand de Brunswick. En échange de notre promesse d'absolue discrétion, il consent à nous communiquer des documents relatifs au grade secret de Profès.

— Mes renseignements étaient donc exacts ! Ce mystique français écrit ses propres rituels et recrute ses propres adeptes en dehors de la Stricte Observance.

— Certes, mais il paraît progresser sur la bonne voie, car il s'écarte de l'aspect chevaleresque et prône un christianisme ésotérique.

Ferdinand de Brunswick ne protesta pas. Depuis quelque temps, il pensait, comme son Frère Charles, que l'âme de la Franc-Maçonnerie était chrétienne et non templière.

— Le nouvel Ordre de Willermoz se compose de Chevaliers bienfaisants de la Cité Sainte, rappela Charles de Hesse. Ils n'ont rien de menaçant et ne veulent pas mener d'autre combat que la conversion totale de leur âme au Christ. Voilà pourquoi je tenais à vous présenter le comte von Haugwitz, dont la profession de foi vous intéressera.

Âgé de vingt-neuf ans, cet homme politique était à la fois croyant et débauché. Initié à Leipzig, membre du Rite suédois et des hauts grades templiers, il cédait à des élans d'extase mystique.

— Mon Frère, déclara von Haugwitz, je vous invite à revenir vers le Christ. Il est la voie, la vérité et la vie. Si notre chère Franc-Maçonnerie s'égare dans les sentiers malodorants de l'occultisme et de la magie, elle sera damnée ! Au contraire, si nous comprenons que notre Ordre peut devenir la véritable Église chrétienne, nous lui donnerons son authentique grandeur. Je vous en conjure, auguste Grand Maître : ramenez nos Frères templiers sur le bon chemin.

— Avec von Haugwitz, précisa Charles de Hesse, nous comptons créer une Loge secrète[1] où nous façonnerons la nouvelle doctrine chrétienne dont la Franc-Maçonnerie sera l'étendard.

Ferdinand de Brunswick n'émit aucune objection.

Pourtant, au fond de lui-même, un doute refusait de s'éteindre : pourquoi le comte de Thèbes, l'un des Supérieurs inconnus, ne réapparaissait-il pas ? Désapprouvait-il cette orientation ?

— J'ai entendu la voix de mon ange protecteur, affirma Charles de Hesse. Nous ne nous trompons pas.

Munich, le 10 février 1781

Interprète de l'Électre d'*Idoménée*, Elizabeth Wendling ne manquait pas de charme. Sa jolie voix de soprano

1. La Loge des Frères de la Croix.

avait séduit Wolfgang qui lui offrit un air de bravoure d'une grande virtuosité, *Mais que vous importe, étoiles*[1] *!*, où prédominaient la passion et la révolte.

— Quel merveilleux cadeau, monsieur Mozart ! Après la deuxième représentation d'*Idoménée*, le 3 février, êtes-vous rassuré ?

— Plus ou moins. La critique ne m'est guère favorable.

— Douteriez-vous de votre talent ?

— Moi, non. Le comte Seeau, certainement. Et c'est lui qui décide de la programmation des opéras.

— Le prince-électeur n'intervient-il pas ?

Wolfgang opina du chef. Il avait d'ailleurs façonné un kyrie en *ré* mineur[2], en vue d'obtenir, à Munich, un poste de compositeur de musique religieuse.

— Surtout, insista la soprano, ne désespérez pas !

Dans le regard d'Elizabeth Wendling se lisait davantage que de l'admiration.

— Merci de vos encouragements. Pardon de vous abandonner, mais j'ai promis de terminer un quatuor[3] pour un ami, le hautboïste Ramm.

Hautbois, violon, alto et violoncelle mêlaient leurs voix d'une manière tantôt intime et grave, tantôt joyeuse et presque frivole. Après le travail épuisant d'*Idoménée*, Wolfgang désirait retrouver un cadre plus intime et, surtout, entraîner son père et sa sœur dans les folies du carnaval munichois en oubliant les soucis du lendemain.

1. K. 368.
2. K. 341. Il s'agit peut-être d'une autre œuvre, car la musicologue Monika Holl date ce Kyrie de 1791.
3. K. 370.

Salzbourg, le 21 février 1781

Alors qu'il s'apprêtait à partir pour Vienne, le prince-archevêque Hieronymus Colloredo reçut une lettre de Joseph II auquel il s'apprêtait à rendre hommage : « L'empire sur lequel je règne doit être gouverné selon mes principes : les préjugés, les fanatismes, l'arbitraire et l'oppression des consciences, il faut les réprimer, et chacun de mes sujets doit être établi dans les libertés qui lui sont natives. »

Excellent programme, concrétisé par un édit de tolérance assurant la liberté de culte aux protestants et aux orthodoxes, qui n'auraient plus à quitter l'Autriche. De plus, autorisés à sortir de leurs ghettos, les juifs habiteraient où bon leur semblerait. Quant aux banquiers, fussent-ils suisses ou juifs, ils pourraient désormais s'installer à Vienne et favoriser de nouveaux courants d'affaires.

Colloredo approuvait les réformes de l'empereur. L'heure venait de choisir le chemin du progrès, à condition de ne rien céder sur le chapitre de l'autorité. Qui contestait la sienne, à part le jeune Mozart, toujours désireux de quitter Salzbourg et de connaître des aventures sans lendemain ? Il outrepassait sans cesse les bornes, n'en faisait qu'à sa tête et n'aboutissait qu'à des insuccès préjudiciables à la réputation de la principauté.

D'après les derniers échos, *Idoménée* ne survivrait pas à l'hiver. Et Mozart aurait perdu son temps à écrire une œuvrette vite oubliée au lieu de travailler pour la cour du prince-archevêque.

Désormais, Colloredo ne tolérerait plus la moindre frasque. Il avait brisé le père, il briserait le fils. Nul musicien ne devait oublier qu'il était d'abord un domestique, contraint d'obéir aux exigences de son seigneur. Sinon, ce serait l'anarchie.

— Mes bagages sont-ils enfin prêts ?

— Oui, Éminence.

En s'attirant la bienveillance de Joseph II, Colloredo conforterait sa position et s'assurerait de longues années de règne que personne, et surtout pas un petit musicien au caractère difficile, ne troublerait.

17.

Vienne, le 1er mars 1781

— Nous poursuivons notre mission, annonça Joseph Anton à Geytrand.

— L'empereur nous encourage-t-il, ou nous approuve-t-il du bout des lèvres ?

— Il exige une extrême discrétion. Au moindre scandale, notre service sera démantelé.

— Notre tâche va donc devenir très délicate.

— À l'instar de beaucoup d'autres souverains, Joseph II ne perçoit pas encore tous les vices dont est porteuse la Franc-Maçonnerie. Voici le document qu'il m'a remis, une lettre de la reine de France, Marie-Antoinette, à sa sœur Marie-Christine : « Vous vous frappez beaucoup trop de la Franc-Maçonnerie pour ce qui regarde la France ; elle est bien loin d'avoir ici l'importance qu'elle peut avoir en d'autres parties de l'Europe, par la raison que tout le monde en est ; on sait ainsi tout ce qui s'y passe ; où est donc le danger ? On aurait raison de s'en alarmer si c'était une société secrète de politique ; l'art du gouvernement est au contraire de la laisser s'étendre et ce n'est plus que ce que c'est en réalité, une société de bienfaisance et de plaisir ; on y mange beaucoup et l'on y parle et l'on y chante, ce qui fait dire au Roi que des gens qui chantent et qui boivent ne conspirent pas ; ce n'est nullement une société d'athées déclarés, puisque, m'a-t-on dit, Dieu y est dans toutes les bouches ; on y fait beaucoup de charités, on élève les enfants des membres pauvres ou décédés, on marie leurs filles ; il n'y a pas de mal à cela. »

« Tel est bien le rideau de fumée habituel des Francs-Maçons, conclut Anton. Ils se présentent comme des fêtards inoffensifs, uniquement préoccupés de bonnes œuvres, et les naïfs tombent dans le panneau ! Derrière la masse de joyeux drilles se cachent des comploteurs, tels les Illuminés de Bavière qui, d'après les derniers rapports, ne cessent de recruter des intellectuels. Il faut les suivre à la trace, Geytrand. »

Munich, le 8 mars 1781

Après la troisième représentation d'*Idoménée*, le 3, Wolfgang se rendit à l'évidence : l'opéra ne resterait pas au répertoire.

Dernière possibilité d'obtenir un poste à Munich : plaire au prince-électeur Karl Theodor en offrant à sa maîtresse du moment, la comtesse Baumgarten, un air dramatique pour soprano, *Malheureuse, où suis-je ? Ah, ce n'est pas moi qui parle*[1] *!*, d'après un texte du poète Métastase. Il évoquait la détresse de Fulvia, passant de la colère au désespoir parce qu'elle ne comprenait ni son destin ni l'indifférence des dieux.

L'avis de la comtesse pesa bien peu face au venin distillé à la cour par le comte Seeau et à l'intransigeance morale du père Frank, le confesseur jésuite de Karl Theodor.

1. K. 369.

N'espérant plus rien à Munich, Wolfgang emmena son père et sa sœur à Augsbourg où ils touchèrent l'orgue afin d'oublier cette nouvelle déception.

— Ordre de Colloredo, annonça Leopold à son fils. Tu dois le rejoindre à Vienne sans passer par Salzbourg. Nannerl et moi rentrons immédiatement. Surtout, ne tarde pas. Le prince-archevêque devient de plus en plus autoritaire et ne supporte pas la moindre insubordination.

Wolfgang obéirait mais, avant de quitter Munich, il voulait jouer avec ses amis de l'orchestre une œuvre à laquelle il travaillait depuis des mois et qui lui tenait particulièrement à cœur, une sérénade[1] pour deux hautbois, deux clarinettes, deux bassons, quatre cors, deux cors de basset et un seul instrument à cordes, la contrebasse. C'était la première fois, sur les conseils de Thamos l'Égyptien et d'Anton Stadler, que Wolfgang utilisait le cor de basset en *fa*. Sa sonorité lui ouvrait un monde nouveau qu'il ressentit intimement lié à la gravité et à la sérénité des initiés aux mystères.

La partition qu'interprétèrent treize solistes, en parfaite harmonie, stupéfia Thamos dès les premières mesures. Durant presque une heure, elle alternait gravité, sourire, maturité, jeunesse de l'âme, élans maîtrisés. Couleurs et mélodies déployaient une richesse jamais atteinte. Débutant par un mouvement lent, offrant un adagio digne de figurer dans un rituel d'initiation, dépassant les formes et les conventions avec ses sept mouvements dont une romance et un thème à six variations, cette merveille laissait éclater la créativité de Wolfgang.

Lorsque l'émotion devenait trop intense, la gaieté

1. Sérénade (N° 10) en *si* bémol majeur, dite *Gran Partita*, K. 361.

d'un thème populaire et dansant ramenait l'auditeur sur terre.

En tant qu'initiateur, Thamos n'avait pas le droit de dévoiler ses sentiments à son disciple qui, en atteignant ce sommet, prouvait définitivement sa qualité de Grand Magicien.

— Nous partons ensemble pour Vienne, dit-il à Wolfgang. D'importants événements vont s'y produire.

— Pas en ce qui me concerne, déplora le jeune homme. Moi, je rentre dans le rang des domestiques du grand mufti.

— Une bataille décisive s'engage, Wolfgang. Ne cède rien.

— Colloredo...

— Colloredo ne se trouve plus sur ses terres, à Salzbourg, mais à Vienne, la capitale de l'empire, une grande ville dont il n'est pas le maître.

— C'est pourtant lui que je dois servir et chez lui que je dois loger.

— Ton œuvre est devant toi. Elle t'appellera et te guidera.

Weimar, le 12 mars 1781

Le Frère Johann Joachim Christoph Bode frappa un grand coup en publiant un texte destiné à éclairer les Francs-Maçons sur la manière dont les Jésuites pervertissaient l'initiation.

Au début du siècle, ces rois de la ruse et de l'hypocrisie avaient inventé la Franc-Maçonnerie dite « symbolique » afin de lutter contre le protestantisme qui triomphait en Angleterre. Ces fameux symboles étaient des déguisements religieux, comme les trois coups pour la sainte Trinité, ou bien les lettres J et B gravées sur les colonnes du temple maçonnique, à savoir « Jésuites » et « Bénédictins ».

Sans s'en rendre compte, les Francs-Maçons faisaient le jeu de l'Église et reconstituaient l'Ordre jésuitique dont la disparition n'était qu'apparente. Pis encore, la Stricte Observance templière, dirigée par de fervents croyants, voulait redonner sa toute-puissance à la foi catholique !

Bode, lui, voyait clair dans le jeu trouble de Ferdinand de Brunswick et de son principal complice, Charles de Hesse. Il souhaitait réveiller chaque Frère, rassembler les lucides et les courageux, et ne plus autoriser les Jésuites déguisés en Francs-Maçons à ronger l'Ordre de l'intérieur.

La grande bataille débutait.

18.

Vienne, le 12 mars 1781

Fils d'un roi africain, précepteur des princes Lobkowitz et Liechtenstein, Angelo Soliman avait réussi, malgré la couleur de sa peau, à devenir un membre respecté de la bonne société viennoise.

Ce soir-là, il participait à la fondation d'une nouvelle Loge, À la Vraie Union[1].

Sur le conseil de Thamos, comte de Thèbes, Angelo Soliman présentait un nouvel adepte d'une exceptionnelle envergure, le minéralogiste Ignaz von Born.

Conformément aux recommandations du même Thamos, von Born ne révéla pas qu'il animait une Loge de recherche à Prague depuis plusieurs années. Aussi fut-il reçu comme Apprenti, sachant qu'il serait rapidement élevé aux grades de Compagnon et de Maître pour orienter les destinées de la Vraie Union, qui rassemblait des écrivains, des scientifiques et d'autres notables, les uns catholiques, les autres protestants.

Accueilli avec « tous les honneurs de notre Ordre

1. *Zur wahren Eintracht*. On traduit souvent : À la Vraie Concorde.

royal », selon les paroles de Soliman, Ignaz von Born remercia ses Frères et leur promit de participer de manière très active à la recherche symbolique afin de bâtir une Loge dont l'initiation serait la première et constante préoccupation.

Cette déclaration troubla certains Frères, peu habitués à un tel programme. L'autorité et les compétences de von Born dissiperaient peut-être les tiédeurs.

— Avez-vous lu le texte de Bode ? demanda Soliman à l'Égyptien pendant le banquet.

— La violence de ses attaques contre l'Église et les Jésuites lui vaudra de nombreux ennemis.

— Sans doute, mais il ne manque ni de courage ni de lucidité. Tant que la Franc-Maçonnerie n'échappera pas aux influences extérieures, et notamment à la mainmise des religions, elle ne prendra pas son véritable essor.

— De telles pensées animent-elles les Loges viennoises ?

— Loin de là, mon Frère ! Remplies de croyants, elles se montrent encore très conformistes. J'espère qu'Ignaz von Born nous sortira de cette ornière.

Vienne, le 16 mars 1781, neuf heures

Wolfgang pénétra dans le palais de Colloredo, surnommé la « Maison allemande », 7, Singerstrasse, ancien siège des chevaliers Teutoniques où il serait logé avec les autres domestiques, musiciens, valets ou cuisiniers formant la suite du prince-archevêque.

Premiers impératifs : concert à la Maison allemande le jour même, à seize heures, et le lendemain soir chez le prince Galitzin, diplomate très fortuné sur lequel comptait le grand mufti pour lui faire une excellente réputation.

Les déjeuners, à midi pile, furent de pénibles épreuves. Wolfgang devait prendre ses repas en compagnie de deux cuisiniers et d'un pâtissier qui passaient leur temps à proférer des grossièretés. En tant que musicien, il obéissait aux ordres d'un aristocrate brutal, le comte d'Arco, « maître des cuisines ». Les productions musicales n'étaient-elles pas assimilées à des plats digestibles ?

Wolfgang mangeait sans prononcer un mot. Être ainsi humilié devenait insupportable. *Monsieur l'archevêque a la bonté de se glorifier de ses gens*, écrivit-il à son père. *Il leur vole leurs profits.*

Depuis son dernier entretien avec Thamos, un projet obsédait le compositeur : organiser des concerts à son propre profit. Et afin d'échapper à l'atmosphère étouffante du palais du grand mufti, Wolfgang se rendit chez Mesmer. Désormais installé à Paris, le magnétiseur ne reviendrait plus à Vienne, mais sa famille reçut le visiteur de manière fort aimable. Elle lui conseilla d'aller voir des nobles épris de belle musique, à commencer par le comte Thun et son épouse, grands amateurs de nouveautés.

Vienne, le 16 mars 1781

— Voici la liste des membres de la nouvelle Loge viennoise À la Vraie Union, monsieur le comte.

Geytrand la remit à Joseph Anton qui la consulta aussitôt.

Un nom attira son attention.

— Ignaz von Born... le minéralogiste de l'université ?

— Lui-même.

— Un protégé de la défunte impératrice Marie-Thérèse ! Il cachait bien son jeu, celui-là. Et voilà comment les Francs-Maçons infiltrent notre pays !

— D'après mon informateur, il sera bientôt l'une des figures majeures de cette Loge qu'il compte mettre au travail. Son discours et son attitude ont choqué plusieurs Frères, peu habitués à étudier les symboles et les rituels.

— Tu sembles encore mieux renseigné qu'à l'ordinaire, Geytrand. Dès la fondation de cette Loge, un Frère la trahirait-il ?

— En effet.

— Son nom ?

— Soliman, le précepteur de plusieurs princes.

— Pourquoi se comporte-t-il ainsi ?

— C'est un mulâtre qui a subi beaucoup d'humiliations et ne songe qu'à se venger de l'humanité entière.

— Pourtant, la Franc-Maçonnerie l'a admis en son sein !

— Certes, mais sans lui donner une place prépondérante. De son point de vue, les Loges n'agissent pas assez. Lui veut une véritable révolution. Et puis il est vénal et a de gros besoins d'argent.

— Surveille Ignaz von Born sans lui donner l'éveil, préconisa le comte. Surtout, pas d'impair ! S'il se méfie, abandonne. L'empereur ne nous pardonnerait pas d'importuner un brillant universitaire viennois. Voici précisément le genre de personnage que j'aurais voulu voir loin, très loin ! Chacun vante sa rigueur et son intelligence, et il jouit d'une réputation internationale. S'il réussit, il donnera à cette Loge un éclat qui attirera d'autres intellectuels.

— Je doute de son succès, objecta Geytrand. De nombreux concurrents se dresseront sur sa route et l'empêcheront de concrétiser ses projets. Vanité, jalousie et corruption ne sont heureusement pas absentes de la Franc-Maçonnerie. Sinon, à l'exemple des anciennes confréries initiatiques, elle produirait de grandes œuvres.

19.

Vienne, le 23 mars 1781

Muni d'une recommandation de la famille Mesmer, Wolfgang se rendit chez le comte Franz-Joseph Thun-Hohenstein.

Franc-Maçon de la Loge À la Vraie Union et Frère de Thamos qui lui avait longuement parlé de Mozart, le comte, âgé de quarante-sept ans, était un adepte du spiritisme, du magnétisme et de toutes les sciences occultes. Très cultivée, ex-élève du grand musicien Joseph Haydn, son épouse, Maria Wilhelmine, tenait un célèbre salon dans le palais Ulfelde, propriété familiale proche de la Minoritenkirche.

— Monsieur Mozart ! s'exclama Franz-Joseph. Un rêve prémonitoire m'a annoncé votre visite. Comment un véritable artiste échapperait-il à ma chère Wilhelmine ? Vous croyez aux esprits, bien entendu ?

— La musique n'en est-elle pas remplie ?

— Mais bien sûr ! Venez découvrir les lieux. L'acoustique est excellente, paraît-il, et les interprètes qui fréquentent ce salon en disent le plus grand bien. Ensuite, je vous présenterai mon épouse et nous passerons à table. Croire aux esprits ne coupe pas l'appétit.

D'emblée, la comtesse Wilhelmine discerna chez

Wolfgang une personnalité hors du commun. Avant même d'entendre une seule note de ce jeune homme, elle sut que ses œuvres ne ressembleraient à rien de connu.

— Cette maison vous est ouverte, lui dit-elle avec un bon sourire. Si vous le désirez, venez-y tous les jours.

— Le prince-archevêque Colloredo ne m'accorde guère de liberté.

— Il vous faudra donner des académies [1] afin de séduire les Viennois, décréta la comtesse. Pour commencer, vous pourriez intervenir lors du spectacle de bienfaisance qu'organise la Société des musiciens. Colloredo ne vous interdira pas de participer à une bonne œuvre.

Vienne, le 24 mars 1781

Ne supportant pas ses compagnons de déjeuner, de plus en plus grossiers, Wolfgang n'avait rien mangé et faisait les cent pas dans l'antichambre du grand mufti en attendant sa réponse.

Enfin, le comte d'Arco sortit du bureau de Son Éminence.

— Ma requête est-elle acceptée ? demanda Wolfgang.

— Refusée. Vous êtes au service du prince-archevêque et de personne d'autre.

— Il s'agit d'un concert de charité où je ne serai qu'un musicien parmi beaucoup d'autres.

— Le prince-archevêque connaît parfaitement la vie artistique viennoise. En tant que domestique appartenant à sa suite, vous devez vous soumettre au règlement qu'il édicte. Bonne journée, Mozart.

Le comte d'Arco retourna voir son auguste patron.

1. Nom donné aux concerts.

— J'ai transmis votre décision, Éminence.

— Ce jeune coq s'incline-t-il ?

— Il n'a pas le choix.

— Nous lui briserons les reins, et il continuera à me manger dans la main. Sans le salaire que je lui verse, il deviendrait un mendiant. Son père n'acceptera pas une telle déchéance et saura convaincre son fils de se montrer docile.

— Tout en partageant les vues de Votre Éminence, je tiens à l'informer de divers remous qui agitent la noblesse viennoise.

Colloredo fronça les sourcils.

— Me concerneraient-ils d'une manière ou d'une autre ?

— Je le crains.

— Alors, parle !

— Beaucoup de mélomanes souhaiteraient de votre part une attitude un peu plus souple et désireraient entendre certains de vos musiciens lors d'académies qui permettraient aux amateurs de découvrir la richesse artistique de la cour de Salzbourg.

— Mozart, par exemple ?

— Lui et d'autres. Le prestige de Votre Éminence n'en serait-il pas rehaussé ?

— Pas question de céder sur le concert de demain. Mozart croirait que je recule. Quelle sera la prochaine occasion ?

— L'académie du 3 avril.

— Je vais y réfléchir.

Vienne, le 24 mars 1781

À la lecture de l'ordonnance de Joseph II, Joseph Anton n'en crut pas ses yeux : l'empereur interdisait à toute association, religieuse ou civile, de reconnaître l'autorité de supérieurs étrangers et de leur verser des redevances.

Étaient concernés les ordres monastiques, mais aussi les Loges de la Stricte Observance templière et du Rite suédois encore implantées à Vienne.

Qui transgresserait la nouvelle loi serait passible de poursuites pénales.

Le libéralisme affiché de Joseph II s'accompagnait de l'exercice d'un pouvoir central fort, décidé à tout contrôler.

20.

Vienne, le 3 avril 1781

La veille, Wolfgang avait terminé un rondo pour violon et orchestre [1], en prévision d'un concert futur. Et ce soir, au théâtre de la Porte de Carinthie, il faisait sa première apparition publique à Vienne, hors de l'empire du grand mufti ! Enfant, il y avait connu un certain succès, mais à la manière d'un rêve vite dissipé. Cette fois, il était conscient des difficultés et du défi qu'il lançait à Colloredo.

Lors de cette académie donnée au profit de la caisse des veuves et des orphelins des médecins viennois, en présence de cent quatre-vingts auditeurs, Wolfgang dirigea une symphonie, joua des variations pour piano [2] et improvisa longuement.

Charmé, le public ne voulait plus laisser partir ce jeune musicien à la fois dynamique et pondéré. Enchanté par cette expérience qu'il comptait renouveler, Wolfgang écrivit à son père : *Je vous assure que c'est ici un endroit magnifique et, pour mon métier, le meilleur du monde.*

1. K. 373.
2. K. 354 (299a).

Vienne, le 4 avril 1781

— Un succès, dites-vous ? demanda Colloredo, furieux, au comte d'Arco.

— La prestation de Mozart a beaucoup plu, confirma le maître des cuisines. Mais il ne s'agissait que d'une manifestation charitable, et l'assistance aurait applaudi n'importe qui.

— Peut-être, peut-être... Néanmoins, je n'autorise pas mon domestique à parader ainsi !

Le comte d'Arco toussota.

— Vous n'aviez pas prononcé une interdiction formelle, Éminence.

De rage, Colloredo brisa sa plume d'oie.

— Ce jeune révolté se vante déjà de son exploit ! S'il croit triompher, il déchantera vite. Tu lui ordonneras d'aller jouer chez mon père, le 8 avril. S'il se comporte correctement, je le garderai au nombre de mes gens.

Au même instant, Wolfgang affirmait à Leopold : *Imaginez ce que je pourrais faire, maintenant que le public me connaît, si je donnais un concert pour mon propre compte ? Il n'y a vraiment que notre rustre pour l'interdire.*

Vienne, le 5 avril 1781

Wolfgang se réjouissait à l'idée de participer à l'importante académie du 8 avril qu'organisait, chez elle, la comtesse Thun. L'empereur Joseph II y assisterait, et le jeune homme comptait le convaincre de son talent, avec l'espoir d'obtenir un poste à la cour.

Au moment où il sortait de table, sans avoir prononcé le moindre mot, le comte d'Arco lui barra le chemin.

— Le prince-archevêque vous ordonne de donner un concert chez son père.

— Volontiers.

— Cette soirée aura lieu le 8.

— Le 8 ? Impossible !

— Comment, impossible ?

— Je suis déjà invité chez la comtesse Thun.

— Peu importe, Mozart. Vous êtes au service exclusif du prince-archevêque Colloredo et vous lui devez une obéissance absolue. Oubliez vos obligations mondaines et faites votre travail.

Abasourdi et furieux, Wolfgang hésitait.

Aller chez la comtesse Thun revenait à injurier Colloredo. Si l'empereur prenait le parti du prince-archevêque, le Salzbourgeois serait contraint de quitter Vienne. Privé d'emploi, ne se condamnerait-il pas à la misère ?

Une nouvelle fois, il céda. Et le 7 avril, de vingt-trois heures à minuit, il composa une sonate pour violon et piano [1] sans avoir le temps de mettre par écrit la partie de piano qu'il jouerait donc de mémoire.

Vienne, le 9 avril 1781

— Nous vous avons beaucoup regretté, dit la comtesse Thun à Wolfgang. Comme promis, l'empereur a honoré le concert de sa présence et donné cinquante ducats à chacun des musiciens.

« Cinquante ducats, la moitié de mon salaire à Salzbourg », pensa le compositeur, navré d'avoir raté une telle occasion.

— Un geste généreux de la part de Joseph II, reprit

1. K. 380.

la comtesse, car il conduit une politique d'austérité, y compris dans le domaine artistique. Économiser, voilà son mot favori ! D'après lui, Marie-Thérèse accordait beaucoup trop de pensions à quantité de gens dépourvus de tout talent. Même de vieux chevaux touchaient une retraite ! Désormais, chaque florin sera contrôlé, et personne ne dilapidera l'argent public.

— Inutile, par conséquent, de songer à un poste de musicien à la cour.

— En effet, mon jeune ami. Les titulaires s'accrocheront à leurs prérogatives et ne laisseront personne briser leur cercle très étroit. Si vous désirez rester à Vienne, il faudra vous imposer par vos dons.

— Le prince-archevêque Colloredo m'en empêchera.

— Gâcherez-vous encore longtemps votre talent au service de ce tyran ?

— Je suis un domestique, comtesse, et je dois plier l'échine.

Elle sourit.

— Votre regard affirme le contraire.

Brunswick, le 10 avril 1781

Le duc Charles de Sudermanie avait confirmé sa démission. Il n'était plus Grand Maître de la septième province de l'Ordre templier, qu'il ne considérait pas comme légitime et dont il souhaitait ouvertement la disparition. Désormais, il se consacrerait au Rite suédois et aux affaires de son pays.

— Enfin débarrassés de cet arriviste ! s'exclama Charles de Hesse.

— Amère victoire, constata Ferdinand de Brunswick. La Pologne, la Prusse, le Hanovre et les États autrichiens se retirent de la Stricte Observance.

— Les réponses à votre convocation au convent de Wilhelmsbad tardent à nous parvenir, mais celles déjà reçues sont argumentées et détaillées. Tous les Francs-Maçons de valeur et de renom apporteront leur contribution et nous aideront à dégager une ligne directrice. La Stricte Observance n'est pas morte, Grand Maître, bien au contraire ! Elle se replie momentanément afin de mieux rassembler ses forces et de partir à la conquête de nouveaux territoires.

Parfois, le duc de Brunswick se sentait las. Certes, son bilan n'était pas négatif mais il avait espéré mieux, tellement mieux ! Beaucoup plus jeune que lui, Charles de Hesse lui redonnait confiance. Son inébranlable détermination l'incitait à ne pas renoncer.

Mais pourquoi le Supérieur inconnu, venu d'Égypte, ne se manifestait-il pas ?

21.

Vienne, le 16 avril 1781

Grâce à l'hospitalité de la comtesse Thun, Wolfgang s'évadait souvent du palais de Colloredo où, de temps à autre, le prélat donnait la communion à ses sujets. De la part d'un admirateur des philosophes français athées, une telle hypocrisie amusait Wolfgang dont le jugement ne variait pas : « un prince mal pensant qui me couillonne chaque jour ».

Et ce jour-là, lors du déjeuner chez des amis, les Auernhammer, dont la fille au physique ingrat était son élève, le musicien rencontra Gottlieb Stephanie, dit le Jeune, inspecteur général du théâtre allemand de Vienne, qui se vantait d'avoir l'oreille de Joseph II.

— Auriez-vous composé un peu d'opéra, Mozart ?

— Un peu.

— Pas de grands succès, semble-t-il. Sinon, j'en aurais entendu parler.

— Le prince-électeur de Bavière m'a commandé un *Idoménée, roi de Crète*, joué à Munich, pendant le dernier carnaval.

— Ah !... Vous connaissez donc le métier.

— Je suis à la recherche d'un bon texte.

— En italien ou en allemand ?

— De préférence en allemand.

— L'empereur aimerait disposer enfin d'une belle œuvre dans notre langue. Jusqu'à présent, nous n'avons eu que des pièces comiques françaises et des opéras bouffes italiens. Notre talentueux Salieri a bien composé *Le Ramoneur,* qui sera créé le 30 avril au Burgtheater, mais il s'agit d'une grosse farce. Sa Majesté souhaite quelque chose de plus sérieux, sans excès d'austérité.

— Auriez-vous une idée... précise ?

— Ce n'est pas impossible.

« Propos mondains, pensa Wolfgang. Comme la plupart de mes interlocuteurs, ce Stephanie m'aura oublié dès qu'il sortira de table. »

Vienne, le 17 avril 1781

La quarantaine triomphante, le prince-archevêque Hieronymus Colloredo trônait dans le vaste bureau de son palais viennois où il recevait quantité de personnalités influentes de la cour. Le prélat ne manquait pas d'approuver la politique de l'empereur et ses projets de réforme.

Or, ce matin-là, son visiteur n'appartenait pas à l'élite.

— Je ne suis pas content de vous, Mozart.

— N'ai-je pas obéi aux ordres de Son Éminence ?

— Avec une mauvaise grâce évidente !

— Personne ne s'est plaint de mon jeu. Lors du concert donné à la gloire de votre maisonnée, n'ai-je pas improvisé une bonne heure sur un thème que Votre Éminence elle-même m'a imposé ? Donc, ma bonne volonté ne saurait être mise en doute.

— Il n'y a pas que la technique, Mozart ! À mes

yeux, l'état d'esprit de mes domestiques est tout aussi important.

— Un homme a-t-il le droit de régner sur l'esprit d'un autre ?

— Il suffit ! Je ne vous paie pas pour faire de la philosophie de pacotille. Apprêtez-vous à quitter Vienne.

— Quitter Vienne, mais...

— Oseriez-vous enfreindre mes ordres ?

Wolfgang préféra se taire.

— La date n'est pas encore fixée, précisa Colloredo. Dès que ma décision sera prise, elle vous sera communiquée.

Quitter Vienne, regagner Salzbourg, retourner en prison, s'y morfondre à jamais alors qu'un librettiste allait peut-être lui permettre de composer un opéra et que ses nouveaux amis, telle la comtesse Thun, l'aidaient à asseoir une réputation naissante !

À l'évidence, son avenir était ici et nulle part ailleurs. Mais désobéir à Colloredo ne le condamnerait-il pas à la ruine ? Hélas ! Thamos ne se trouvait pas auprès de lui pour le conseiller.

Seule solution : gagner du temps, s'implanter davantage à Vienne, tenter de concrétiser des projets.

Berlin, le 20 avril 1781

En contemplant le bel immeuble que l'empereur Frédéric II avait offert à l'Ordre des Architectes africains, son fondateur, l'officier prussien Friedrich von Köppen, ne put retenir une larme.

— Échec total, avoua-t-il à Thamos l'Égyptien. Le bâtiment revient à l'administration, l'Ordre est dissous. Pourtant, je croyais que notre brochure sur les initiations aux anciens mystères des prêtres d'Égypte modifierait profondément la Franc-Maçonnerie.

— Les idées se sont répandues, et l'aventure n'est pas terminée.

— Pour moi, si. Aucune de mes initiatives n'a été couronnée de succès. La bibliothèque, le cabinet d'histoire naturelle et le laboratoire d'alchimie sont restés désespérément vides. Pourtant, ici, nous avions tout : la protection de l'empereur, des locaux magnifiques, les livres nécessaires... Et voilà le résultat ! Notre société est incapable de s'intéresser à l'essentiel et de placer l'initiation au centre de ses préoccupations.

— Renoncer ne serait-il pas le pire des échecs ?

— Si vous persistez, comte de Thèbes, je vous souhaite bonne chance. Mais vous ne réussirez pas. Moi, je me retire dans le silence et la solitude.

Thamos sentit qu'il ne parviendrait pas à modifier la décision de Friedrich von Köppen. La disparition de cet Ordre privait la Franc-Maçonnerie d'un centre de recherches qui aurait pu accueillir le Grand Magicien.

Vienne, le 25 avril 1781

— Deux bonnes nouvelles, annonça Geytrand à Joseph Anton. D'abord, la rupture définitive entre le duc de Sudermanie et la Stricte Observance templière, désormais absente de tous les États autrichiens ; ensuite, l'extinction de l'Ordre des Architectes africains, à Berlin.

— Une intervention des autorités ?

— Non, l'insuffisance des Frères, incapables d'utiliser les moyens mis à leur disposition.

— Cet Ordre ne comptait qu'un petit nombre de membres, et les Francs-Maçons des autres Rites le dédaignaient. Le retour au néant de ces Architectes africains n'entraînera aucun séisme. Le convent de Wilhelmsbad se prépare-t-il ?

— Avec beaucoup de difficultés ! Si le duc de Brunswick ne parvient pas à l'organiser, il devra s'effacer.

— Il réussira, car la Stricte Observance est sa raison de vivre. Ne mésestimons jamais l'idéal d'un homme, Geytrand. Il le rend parfois capable de soulever des montagnes.

22.

Vienne, le 1er mai 1781

Le facteur du prince-archevêque Colloredo ne s'embarrassa pas de politesses.

— Wolfgang Mozart, c'est bien toi ?

— C'est bien moi.

— Son Éminence t'ordonne de déménager à l'instant. Il ne veut plus te voir chez lui.

— Où dois-je aller ?

— Moi, je m'en moque. L'essentiel, c'est que tu déguerpisses immédiatement.

— Me laisse-t-il un peu de temps ?

— Tu fais tes bagages et tu décampes.

L'émissaire de Colloredo n'ayant pas mentionné Salzbourg, Wolfgang décida de rester à Vienne en attendant la suite des événements.

Plusieurs solutions se présentaient. Le musicien choisit la plus simple, à savoir L'Œil de Dieu, la demeure bourgeoise proche de l'église Saint-Pierre que tenait Mme Weber. Elle y résidait en compagnie des trois sœurs d'Aloysia, qui sortait au moment où l'expulsé arrivait.

— Wolfgang ! Comment vas-tu ?

— À peu près bien. Et toi ?

— À merveille ! Je te présente mon mari, le comédien Joseph Lange.

Les deux hommes se saluèrent.

— Que viens-tu faire ici ? demanda Aloysia, intriguée.

— Colloredo m'ayant chassé de son palais viennois, je cherche un logement.

— Tu frappes à la bonne porte, ma mère dispose d'une chambre agréable. Pardonne-moi, nous sommes pressés. Sans doute nous reverrons-nous.

— Sans doute.

Ce fut Constance Weber, timide et réservée, qui accueillit le musicien. Âgée de dix-neuf ans, elle avait un visage fin, un nez pointu et une bouche menue. De sa voix douce et distinguée, elle souhaita la bienvenue au visiteur.

— Pourrais-je voir votre mère ?

— Je vais la chercher.

Maîtresse femme et commerçante avisée, la matriarche apprécia ce nouveau locataire dont elle connaissait l'honnêteté.

Vienne, le 9 mai 1781

— Cette situation a assez duré, Mozart, estima le prince-archevêque Colloredo. Voici un paquet que vous allez immédiatement porter à Salzbourg, où vous resterez. Votre séjour à Vienne est terminé.

— Éminence, je ne suis pas votre facteur.

— Assez d'insolence, Mozart ! Taisez-vous et obéissez.

— Je suis musicien, pas porteur de paquets. Je ne m'abaisserai pas à ce genre de tâche et refuse d'être ainsi couillonné !

— Il suffit, sale petit gamin, dévoyé, polisson, gueux, gredin et crétin !

— Puisque vous me traitez d'une manière indigne, je ne travaillerai plus pour vous.

— Alors, filez !

— Demain, vous recevrez ma démission.

Tremblant, Wolfgang courut jusqu'à son nouveau logement et rédigea un compte rendu du drame à l'intention de son père.

Impossible de placer un mot, expliqua-t-il, *cela fusait et éclatait comme un feu. Je suis encore tout rempli de colère, on a si longtemps mis ma patience à l'épreuve ! Aujourd'hui a été pour moi un jour de joie. C'est à présent que commence mon bonheur, et j'espère qu'il est aussi le vôtre.*

Le soir même, Wolfgang fut pris d'une violente fièvre. L'émotion avait été si intense qu'il grelottait à en rendre l'âme.

Vienne, le 10 mai 1781

Miraculeusement guéri, ce fut un Mozart élégant qui se rendit au palais de Colloredo et s'adressa à son supérieur hiérarchique direct, le comte d'Arco, maître des cuisines.

— Je viens remettre ma démission, déclara-t-il avec gravité. À partir de cet instant, je ne suis plus un domestique de Colloredo mais un homme libre.

— Allons, allons, Mozart, ne vous emballez pas ainsi ! Vous avez tort de vous comporter de manière agressive envers Son Éminence, dont la bonté toute chrétienne vous lavera de cette faute déplorable. À l'avenir, tenez-vous tranquille.

— Vous ne comprenez pas, monsieur le comte. Ma

décision a été mûrement réfléchie. Veuillez accepter ma démission.

— Impossible.

— Pour quelle raison ?

— Parce qu'il me faut le consentement écrit de votre père. Vous n'êtes qu'un grand enfant irresponsable, prompt à gâcher votre existence sur un stupide coup de tête. Revenez me voir avec ce document ou, mieux encore, lorsque vous aurez changé d'avis.

Wolfgang déjeuna chez la comtesse Thun qui l'encouragea à ne plus se soumettre aux exigences de Colloredo. Enflammé, le musicien exagéra quelque peu en écrivant à son père : *Tout Vienne est au courant de mes aventures. Toute la noblesse déclare que je ne dois plus me laisser duper*.

Incapable de composer, attendant avec impatience l'approbation paternelle qui le délivrerait enfin du prince-archevêque, Wolfgang arpenta les rues de la ville.

Forcément, Leopold comprendrait son attitude et lui accorderait l'autorisation indispensable. Enfin, son fils prenait son envol !

— Cette nuit, précisa la voix apaisante de Thamos l'Égyptien, tâche de dormir un peu.

— J'aurais eu besoin de votre aide, ces jours derniers !

— Tu t'es fort bien débrouillé seul.

— Vous n'imaginez pas la violence de l'entrevue avec le grand mufti ! Ce sale bonhomme est un monstre de vanité. Maintenant, je n'hésite plus ! Puisque la porte de la prison s'ouvre, je prends ma liberté et ne reviendrai plus en arrière.

— As-tu envisagé toutes les conséquences de cette décision ?

— Il me faudra lutter et lutter encore, mais ce ne sera

plus au bénéfice de Colloredo. Vous, vous ne me reprocherez pas de briser mes chaînes !

— Au contraire, Wolfgang. Mais ne te laisse pas emporter par cette ivresse.

— Mon adolescence s'achève, ma vie d'homme débute. Vienne a oublié l'enfant prodige, moi aussi. Ou bien je suis capable de m'imposer comme musicien indépendant, ou bien je ne mérite pas la chance que m'offre le destin.

23.

Vienne, le 19 mai 1781

Wolfgang était atterré.

Au lieu de lui donner son accord et d'approuver son désir de liberté, Leopold l'enjoignait de se soumettre à Colloredo afin de garder son poste à Salzbourg !

Cruellement déçu, il laissa parler son cœur : *À aucune des lignes de votre lettre, je ne reconnais mon père ! Et je devrais me faire considérer comme un crétin et l'archevêque pour un noble sire ? Si c'est une satisfaction que d'être débarrassé d'un prince qui ne vous paie pas et vous couillonne à mort, alors, oui, c'est vrai, je suis satisfait. J'ai été forcé de faire ce pas décisif et ne puis plus maintenant reculer d'un cheveu. Mon honneur doit être au-dessus de tout.*

Leopold comprendrait-il enfin ses véritables aspirations ? Quoi qu'il en fût, Wolfgang ne courberait plus l'échine.

Munich, le 20 mai 1781

Le professeur Adam Weishaupt se félicitait d'avoir recruté le baron Adolphe von Knigge, qui se consacrait avec une ardeur constante au développement de l'Ordre secret des Illuminés de Bavière.

— À ce jour, déclara le baron, nous comptons plus de trois cents membres et sommes implantés, outre la Bavière, en Souabe, en Basse-Saxe, dans le Haut et le Bas-Rhin, et même à Vienne. Ce n'est qu'un début, car beaucoup de Francs-Maçons commencent enfin à se détacher de l'Église et à combattre l'influence rampante des Jésuites. À juste titre, ils reprochent aux catholiques de faire un meilleur sort à un meurtrier, à un débauché ou à un imposteur croyant à la transsubstantiation qu'à l'homme honnête et vertueux qui a le malheur de ne pas comprendre comment un morceau de pâte peut être en même temps un morceau de chair. Le temps de ces superstitions est dépassé, et nous autres, Illuminés et Francs-Maçons, devons préparer la naissance d'une ère où la lumière de la connaissance remplacera les ténèbres de la croyance.

Adam Weishaupt jubilait, mais souhaitait aller beaucoup plus loin.

— Ne crois-tu pas, mon Frère, que les empereurs et les rois protègent et encouragent cet obscurantisme ?

— Il faut condamner les mauvais gouvernants, qu'ils soient rois ou roturiers, estima von Knigge, et surtout provoquer une évolution de la morale. Cette tâche immense nous prendra peut-être des millions d'années. Je vous le répète, toute révolution violente aboutirait à un désastre. Renverser les régimes en place ne servira à rien tant qu'on n'aura pas changé le cœur des hommes.

Des millions d'années, une évolution morale... Weishaupt, lui, souhaitait une action politique et tranchante, mais il préféra taire ses véritables desseins, tant il avait besoin d'Adolphe von Knigge et de la Franc-Maçonnerie.

— J'ai bâti l'architecture de notre Ordre, reprit le baron. Il se composera de trois classes : la Pépinière, la Franc-Maçonnerie et les Mystères [1].

Von Knigge ignorait qu'Adam Weishaupt contrôlait l'Ordre des Illuminés de Bavière d'une poigne de fer en utilisant le cloisonnement, la délation et l'espionnage.

Avec la mise en place de la Pépinière, une mainmise absolue deviendrait plus difficile. Néanmoins, il fallait recruter et convaincre quantité d'esprits brillants et influents d'adhérer à un mouvement spirituel, intellectuel et social dont le but était le bonheur de l'humanité.

En réalité, Weishaupt souhaitait mener à bien son projet révolutionnaire dont les Francs-Maçons, naïfs et manipulables, ignoraient l'ampleur. Malgré eux, ils deviendraient les vecteurs d'un incendie capable d'embraser l'Europe. Sans doute en seraient-ils eux-mêmes victimes, mais peu importait. Terrasser l'Église et la royauté, faire surgir un nouveau pouvoir politique, voilà l'important.

— Le Grand Maître de la Stricte Observance templière a-t-il répondu à vos commentaires sur sa circulaire ? demanda-t-il au baron.

— Son entourage ne les a guère appréciés. Nos Frères templiers se leurrent en s'imaginant aptes à ressusciter un lointain passé au lieu de s'intéresser au présent. Lors du convent de Wilhelmsbad, nous

1. Première classe : la Pépinière (trois grades : Noviciat, Minerval, Illuminé mineur). Deuxième classe : la Franc-Maçonnerie (cinq grades : Apprenti, Compagnon, Maître, Illuminé majeur, Illuminé dirigeant ou Chevalier écossais). Troisième classe : les Mystères, comprenant les Petits Mystères (Prêtres et Régents) et les Grands Mystères (Mages et Rois).

interviendrons de manière vigoureuse et orienterons la Franc-Maçonnerie dans la bonne direction.

Vienne, le 25 mai 1781

— Spartacus, Brutus, Philon, Lucien, Abaris... C'est une nouvelle folie maçonnique ? demanda Joseph Anton à Geytrand qui venait de lui remettre une bien curieuse liste de Frères.

— Il s'agit des noms de code de plusieurs Illuminés de Bavière sous lesquels se cachent de hautes personnalités. Elles se réunissent à Athènes, à Éleusis, à Héliopolis ou en Égypte, autres noms de code de villes d'Allemagne, voire d'Autriche, que je ne suis pas encore parvenu à déchiffrer. Tout cela reste bien mystérieux, et je n'ai grappillé que des miettes d'information. Ces Illuminés forment une société secrète à peu près hermétique. En se développant, elle nous fournira forcément des bavards et des traîtres.

— Ces Illuminés sont-ils alliés aux Francs-Maçons et aux Templiers ?

— La plupart semblent être eux-mêmes francs-maçons, et plusieurs Loges commencent à parler de leur mouvement qui arracherait les Frères à leur torpeur.

— Exactement ce qu'il faut éviter ! Ont-ils une doctrine précise ?

— J'éprouve des difficultés à la cerner, tant les Illuminés avancent masqués. Ils critiquent l'Église tout en reconnaissant l'existence d'un christianisme ésotérique.

— Approuvent-ils les réformes de l'empereur ?

— En apparence.

— Ça ne m'arrange pas ! S'ils plaisent à Joseph II, il m'interdira de les attaquer. Aucune déclaration franchement subversive à nous mettre sous la dent ?

— Pas encore, monsieur le comte.

— Suivons ce dossier de très près, Geytrand. Ces Illuminés m'apparaissent plus dangereux que les adeptes de la Stricte Observance templière. Certains ne se contenteront peut-être pas de fumeuses théories intellectuelles et de croyances bizarres.

24.

Vienne, le 28 mai 1781

Encore sous le choc de sa violente altercation avec Colloredo, Wolfgang se réfugia chez la comtesse Thun qui ne cessa de lui prodiguer réconfort et encouragements.

— Mon père m'abandonne, déplora le jeune homme.

— Ne vous souciez pas ainsi, recommanda le comte Franz-Joseph. J'ai consulté les esprits à votre sujet, et ils se sont montrés très favorables. Votre père ne s'opposera pas à votre volonté, puisqu'elle est juste et droite. Surtout, pas de retour en arrière, il vous serait fatal ! Cher Wolfgang, c'est à Vienne que votre carrière s'épanouira. Je vais vous présenter deux bons amis qui vous soutiendront.

Pris dans un tourbillon, le musicien rencontra Joseph von Sonnenfels et le baron Gottfried Van Swieten, fort différents l'un de l'autre.

Professeur de sciences politiques à l'université de Vienne, premier juriste autrichien à défendre les thèses de la philosophie des Lumières, directeur du périodique *L'Homme sans préjugés*, Joseph von Sonnenfels avait obtenu l'abolition de la torture en 1776. Sur ordre de l'empereur, il s'était attaché à promouvoir le Burgtheater, le théâtre national allemand. Franc-Maçon, l'éminent universitaire appartenait aussi à l'Ordre des Illuminés de Bavière sous le nom de code de Fabius.

— Mon ami Franz-Joseph Thun m'a beaucoup parlé de vous, monsieur Mozart. Vous ne supportez plus la tutelle du prince-archevêque Colloredo, paraît-il ?

— Disons plutôt sa tyrannie.

— Les grands prélats sont souvent prétentieux et, lorsqu'ils se mêlent de politique, deviennent tout à fait odieux. Je partage vos sentiments et j'approuve votre démarche. L'auteur d'*Idoménée* ne doit pas rester enfermé à Salzbourg.

— Vous... vous connaissez mon opéra ?

— Il est rempli de promesses. Surtout, avancez. Le comte Thun me tiendra au courant.

Joseph von Sonnenfels laissa Mozart face au baron Gottfried Van Swieten. Bien en chair, le préfet de la Bibliothèque impériale était un curieux mélange de bonhomie et de sévérité.

— Heureux de vous revoir. Ainsi, vous partez à la conquête de Vienne.

— Je n'ai pas tant d'ambition, baron, et j'aimerais simplement y vivre de ma musique.

— Ce ne sera pas facile.

— J'en ai conscience, mais cette destinée-là ne m'effraie pas alors que la prison salzbourgeoise me condamne à une mort lente.

— La destinée... Elle prend parfois des chemins surprenants. J'aime beaucoup la musique et prise des auteurs peu connus des Viennois. Si vous vous installez dans la capitale, peut-être viendrez-vous jouer chez moi.

— Volontiers, baron.

Gottfried Van Swieten demeurait sceptique, car le Grand Magicien ne payait pas de mine. Ce petit homme nerveux, au regard sans cesse en alerte, était-il vraiment l'être d'exception capable de donner un nouveau souffle à l'initiation maçonnique ? Peut-être Thamos l'Égyptien se trompait-il lourdement.

Une surprenante promotion réjouissait Van Swieten : en raison de ses bons et loyaux services, l'empereur venait de lui confier une nouvelle fonction qui faisait déjà beaucoup d'envieux, celle de président de la commission des Études pour l'éducation et la culture, autrement dit chef de la commission de censure de toutes les publications.

Il écarterait les pamphlets antimaçonniques et laisserait imprimer des textes diffusant les idées des Loges, à condition qu'elles respectent l'État et ses lois.

Ce poste lui permettrait-il de débusquer enfin le responsable de la chasse aux Francs-Maçons, placé à la tête d'un service si secret qu'aucune information ne filtrait ? Et ce service existait-il vraiment ?

La défunte Marie-Thérèse rêvait de fermer les Loges et avait certainement ordonné à des policiers de remplir des dossiers, à présent entre les mains de Joseph II dont les tendances libérales s'opposaient à de telles manœuvres. Mais l'empereur restait l'empereur, et il ne dédaignait probablement pas d'aussi précieux renseignements.

Pas à pas, avec une extrême prudence, le Frère Van Swieten poursuivait ses investigations.

Vienne, le 2 juin 1781

L'archevêque fulmine contre moi devant le monde entier, écrivit Wolfgang à son père, *et il n'a pas assez de jugement pour s'apercevoir que cela ne lui fait aucun honneur. Car ici, on me prise plus que lui, prêtre arrogant et présomptueux qui méprise tout ce qui est viennois, alors qu'on me tient pour un homme aimable.*

C'est vrai, je suis orgueilleux si je m'aperçois qu'on me traite avec mépris et en bagatelle, et c'est ainsi qu'agit avec moi l'archevêque. En me parlant correctement, il aurait obtenu de moi ce qu'il voulait. Soyez sûr que ce n'est pas l'oisiveté que j'aime, mais le travail. Néanmoins, pour un aussi médiocre salaire, je ne puis et je ne veux plus servir.

Après d'aussi fortes paroles, il espérait l'accord explicite de Leopold qui lui permettrait de briser enfin ses chaînes. Aussi se rendit-il confiant au palais de Colloredo, où il rencontra le comte d'Arco.

— Êtes-vous revenu sur votre décision, Mozart ?

— Bien sûr que non.

— J'ai reçu une lettre de votre père.

— Enfin ! Donc, vous acceptez ma démission.

— Tel n'est pas le sens de sa missive. Au contraire, il me demande de vous faire changer d'avis. En conséquence, je refuse votre requête.

— Je resterai à Vienne et j'y réussirai.

— Je connais bien les Viennois, Mozart. Ils sont versatiles et n'aiment que la nouveauté et le goût du jour. Leurs faveurs ne durent pas. Peut-être connaîtrez-vous un petit succès qui vous grisera. Puis ils vous oublieront et vous sombrerez dans la misère. À Salzbourg, comme votre père, vous mènerez une existence honnête et tranquille. Présentez vos excuses à Son Éminence, et tout rentrera dans l'ordre.

— Hors de question ! Mon père finira par m'approuver et vous serez contraint d'accepter ma démission.

Vienne, le 8 juin 1781

Wolfgang repartit à l'assaut du comte d'Arco. Cette fois, l'entrevue fut aussi brève que violente.

Excédé, le maître des cuisines le congédia définitivement « avec un coup de pied au cul, par ordre de notre cher prince-archevêque », comme l'écrivit aussitôt Wolfgang à son père, avec l'espoir de pouvoir botter les fesses de ce nobliau s'il le croisait dans la rue.

Jamais plus Wolfgang ne travaillerait pour Colloredo, même si celui-ci ne lui signifiait pas son renvoi en bonne et due forme.

Moi qui ai maintenant constamment à composer, conclut-il, *j'ai besoin d'une tête sereine et d'un esprit tranquille*.

25.

Vienne, le 20 juin 1781

— Êtes-vous certain d'avoir plusieurs élèves ? demanda la soupçonneuse Mme Weber.

— Grâce à la comtesse Thun et à d'autres amis fortunés, répondit Wolfgang, je donnerai des leçons correctement rétribuées.

La matrone parut satisfaite. Un musicien indépendant, sans emploi fixe, risquait de devenir un locataire indésirable. Mais elle entendait dire du bien de ce petit homme sérieux.

Alors qu'il regagnait sa nouvelle chambre, plutôt agréable, la jolie Constance le salua.

— Je suis très heureuse que vous restiez chez nous.

— Moi aussi, mademoiselle.

— Vous êtes très courageux, monsieur Mozart. Vous opposer ainsi à un noble...

— Seul le cœur ennoblit l'homme. Si je ne suis pas comte, j'ai peut-être plus d'honneur en moi que bien des comtes. Valet ou noble, celui qui m'insulte est une canaille.

Heureux de savourer enfin la liberté, Wolfgang ignorerait à jamais Colloredo et le comte d'Arco. Dans un style galant, il écrivit de séduisantes variations sur des airs français, *La Bergère Célimène*[1], *Au bord d'une fontaine*[2] et une marche des *Mariages samnites* de Grétry[3].

Certes, Thamos critiquerait ce retour à la légèreté, mais ne lui fallait-il pas d'abord plaire aux Viennois afin d'assurer son indépendance financière ?

— Reprends ton souffle à ta manière, lui conseilla l'Égyptien, alors que son protégé sortait d'un déjeuner chez la comtesse Thun.

— Ai-je vraiment une chance de réussir, à votre avis ?

— La grande aventure débute, Wolfgang. À toi de créer ton propre chemin vers le temple, de façonner ton destin d'homme et de musicien.

Cobenzl, le 13 juillet 1781

En terminant une sonate pour piano et violon[4] au début tumultueux mais au développement apaisant, Wolfgang jouissait d'une période heureuse et tranquille chez le comte Cobenzl, cousin d'une de ses élèves, qui l'avait invité à goûter les charmes de la campagne au pied du mont Reisenberg, à une heure de Vienne.

Au cours de ses nombreux voyages, Wolfgang n'avait pas eu souvent l'occasion d'apprécier la nature. Cette fois, il prit le temps de la contempler, de parcourir le vaste jardin, de s'asseoir au bord de l'étang et de méditer dans la grotte artificielle où il songea au délicieux visage de Constance Weber, animé de si pétillants

1. Douze variations pour piano et violon, K. 359.
2. Six variations pour piano et violon, K. 360.
3. Huit variations pour piano, K. 352.
4. K. 377.

yeux noirs. Elle n'avait ni la beauté ni la prestance de sa sœur aînée, Aloysia, mais sa délicatesse l'enchantait.

À plusieurs reprises, pendant ce mois de juillet, Wolfgang retourna à cet endroit, « somptueux et très agréable », comme il le confia à son père. Pendant quelques journées ensoleillées, il se détendit et n'eut plus aucune angoisse de l'avenir.

Vienne, le 25 juillet 1781

Wolfgang composa deux sonates pour piano et violon [1] plutôt fébriles et agitées, où prédominait le sentiment d'une lutte contre soi-même et le monde extérieur.

Son père devait lui laisser le temps de s'installer à Vienne et d'y creuser son sillon. Le succès ne viendrait pas en un jour.

Et surtout, pourquoi le soupçonner de s'être installé chez les Weber pour séduire l'une des trois filles qui habitaient avec leur mère ! L'aînée, Josepha, lui déplaisait ; la cadette, Sophie, n'était qu'une gamine ; Constance, celle du milieu, ne songeait nullement au mariage.

De plus, Wolfgang ne se sentait pas amoureux d'elle. Enfin, pas tout à fait. Quoi qu'il en fût, il n'avait pas l'intention de l'épouser. Seul comptait cet opéra allemand dont il attendait le livret.

Vienne, le 30 juillet 1781

— Voici le texte promis, déclara Gottlieb Stephanie le Jeune, pénétré de sa fonction d'inspecteur du théâtre

1. K. 379 et K. 380.

allemand de Vienne. J'en ai parlé à Sa Majesté l'empereur qui approuve le sujet : *Belmonte et Constance, ou L'Enlèvement au sérail.* En quelques mots, une noble jeune femme, Constance, est prisonnière d'un sultan, de même que sa servante anglaise, Blonde, et Pedrillo, le valet de l'homme qu'elle aime, Belmonte. Ce dernier tente de les délivrer, mais le tyran et le gardien du sérail veillent ! Je vous laisse découvrir les coups de théâtre.

Wolfgang demeura silencieux.

Constance... Comme Constance Weber et comme la haute vertu du *Songe de Scipion*, Constance, supérieure à Fortune !

— Vous paraissez étonné ! L'histoire vous déplairait-elle ?

— Oh non, au contraire ! Voilà un bel hymne à la liberté.

— Tâchez d'écrire une musique à mi-chemin entre le sérieux et la bouffonnerie. L'empereur ne veut pas d'une grosse farce, mais il n'aimerait pas s'ennuyer à l'écoute d'un sombre drame.

— À quelle date est prévue la première représentation ?

Stephanie toussota.

— Nous allons avoir la joie de recevoir à Vienne le grand-duc Paul de Russie, fils de Catherine II et futur tsar. À cette occasion, l'empereur souhaite lui faire entendre de nouveaux opéras, dont *L'Enlèvement au sérail*.

— La date de cette visite ? insista Wolfgang.

— Mi-septembre.

— Un mois et demi...

— C'est peu, j'en conviens, mais on prétend que vous écrivez très vite.

— Les chanteurs ?

— La prima donna Caterina Cavalieri chantera le rôle de l'héroïne, Constance. Malgré son léger surpoids, elle est, à vingt-six ans, dans la plénitude de ses moyens et peut interpréter avec brio les airs les plus difficiles. En dépit de ses quarante et un ans, Valentin Adamberger sera un superbe Belmonte, amoureux et vaillant à souhait. Le célèbre Ludwig Fischer rendra l'affreux Osmin à la fois odieux et comique. La jolie et sémillante Theresa Teyber incarnera Blonde et Johann-Ernst Dauer campera un amusant Pedrillo. Vous ne trouverez pas meilleure distribution.

Stephanie n'exagérait pas.

— Le 15 septembre... Je serai prêt.

Prenant le livret sous le bras, le compositeur courut à la recherche d'un piano. Il n'avait pas une seconde à perdre.

— Je mets à ta disposition un salon et un instrument, indiqua la voix posée de Thamos l'Égyptien.

26.

Vienne, le 30 juillet 1781

Wolfgang joua au piano l'ouverture de *L'Enlèvement au sérail*, le chœur du premier acte et quelques airs, sans oublier un peu de musique « à la turque », un style conventionnel souvent pratiqué à Vienne qui voulait oublier qu'en 1683, les Turcs avaient failli prendre la ville.

— Un miracle ! s'exclama le compositeur. Cet *Enlèvement* ressemble tellement à *Zaïde* que j'ai déjà de nombreux morceaux tout prêts.

— Miracle n'est pas le terme exact, rectifia Thamos. Pour lancer ta carrière à Vienne, il te fallait un opéra. C'est pourquoi j'ai contacté Stephanie le Jeune en l'orientant vers le livret d'un certain Christoph Friedrich Bretzner, commerçant à Leipzig. Il s'en est emparé sans avoir grand labeur à fournir et il t'impose, à toi, une tâche impossible. Si tu échoues, il envisage une solution de remplacement, l'un de ses propres livrets. Bien entendu, Stephanie ignore que tu possèdes de l'avance.

— Le couple formé par Constance et Belmonte m'enchante, avoua Wolfgang. Ensemble, ils affrontent de terribles épreuves, y compris la mort. Même les pires menaces ne les effraient pas, car leur fidélité réciproque se révèle inébranlable.

— Pedrillo, le serviteur de Belmonte, le présentera comme « un habile architecte », précisa Thamos, en incluant ce clin d'œil maçonnique. Et le pacha Sélim, d'abord dépeint comme un tyran, sera un rôle entièrement parlé. Simple orateur, il se comportera avec une bonté exemplaire, tel un monarque capable de pardonner à ses ennemis et de gouverner sagement.

— Le public songera à Joseph II, avança Wolfgang.

— Pourquoi pas ? À lui s'opposera le gardien du sérail, Osmin, colérique, borné, violent, esclave de son propre fanatisme au point d'en devenir pitoyable.

— Voici le début du premier air de Belmonte : *Ô ciel, exauce mes désirs : rends-moi le repos ! Je n'ai que trop supporté les souffrances, ô Amour. Apporte-moi la joie et conduis-moi au but.*

— Puisse le ciel vous exaucer, toi et ton héros, commenta Thamos.

— Belmonte n'a pas la tâche facile. Certes, il retrouve la trace de sa fiancée Constance, de sa servante Blonde et de son serviteur Pedrillo enlevés par des pirates, mais ils sont enfermés dans un sérail et réduits à la condition d'esclaves. Pis encore, le pacha Sélim veut faire de Constance sa maîtresse !

— Elle porte bien son nom, précisa Thamos, car elle ose lui résister, au péril de sa vie.

— Constance... Oui, c'est un beau prénom et une superbe vertu.

— Née en Angleterre, le pays de la liberté, la malheureuse Blonde est promise à l'abominable Osmin, mais le repousse avec la même vigueur que Constance, mise en demeure par le pacha Sélim : ou bien elle cède, ou bien elle mourra dès le lendemain.

— Après avoir été présenté au pacha, le grand

architecte Belmonte parvient, grâce à Pedrillo, à s'introduire dans le palais. Mais Osmin songe à se débarrasser de ce visiteur qu'il déteste. Et voilà notre premier acte !

Berlin, le 8 août 1781

Pour Frédéric-Guillaume II, appelé à devenir roi de Prusse, c'était le grand soir. Permettant à la Rose-Croix d'Or de conquérir les principales Loges allemandes au détriment de la Stricte Observance templière, il allait obtenir la récompense tant espérée : entrer enfin en contact avec les esprits.

Les deux patrons des Rose-Croix, Wöllner et Bischoffswerder, se présentèrent à l'entrée du château de Charlottenburg en compagnie d'un petit homme rondouillard au moment où se déclenchait un violent orage. Des éclairs zébrèrent le ciel noir d'encre.

— Excellent présage, Majesté, estima Wöllner, fier de diriger vingt-six cercles comprenant plus de deux cents membres. Les puissances supérieures nous signalent ainsi leur approbation : cette nuit, vous pourrez les interroger.

À la suite de l'initiation de Frédéric-Guillaume II aux rites maçonniques et chrétiens de la Rose-Croix, Wöllner et son acolyte lui offraient un cadeau inestimable : l'intervention d'un authentique médium.

Salué par un coup de tonnerre plus violent que les autres, le mage se lança dans une série d'incantations dont les résultats dépassèrent les espérances du futur souverain.

Des esprits se manifestèrent et lui parlèrent !

— Dès que je régnerai, dit Frédéric-Guillaume II à

Wöllner, je vous nommerai ministre des Cultes. Bischoffswerder, lui, sera mon ministre de la Guerre[1].

Vienne, le 15 août 1781

— Impossible ! estima Joseph Anton. Cette fois, Geytrand, tu inventes !

— Malheureusement non, monsieur le comte. D'après le domestique qui me sert d'informateur, la scène s'est déroulée comme je viens de vous la raconter.

— Un médium... Frédéric-Guillaume II n'est pas crédule à ce point !

— Les deux manipulateurs, des Rose-Croix astucieux et convaincants, ont su toucher juste.

Anton était abasourdi. Comment l'un des futurs dirigeants d'une grande puissance pouvait-il tomber si bas ?

— Il écoute donc les voix de Leibnitz, un penseur ennuyeux et sans importance, et de Marc Aurèle, un empereur romain qui croyait à la sagesse mais n'entretenait guère d'illusions à propos du genre humain. Ç'aurait pu être pire ! Si les futurs esprits avec lesquels communiquera Frédéric-Guillaume II sont Néron, Caligula ou Attila, il deviendra un incendiaire, un fou furieux ou un foudre de guerre !

— Tant que Francs-Maçons et Rose-Croix se perdront dans de telles rêveries, ils ne s'occuperont pas de politique.

1. La promesse sera tenue.

Vienne, le 22 août 1781

Dès le 7, Wolfgang avait fait entendre à la comtesse Thun les premiers airs de *L'Enlèvement au sérail*. Ce jour-là, elle eut le privilège de savourer la totalité du premier acte.

— Superbe, Mozart ! C'est enlevé, gai et dramatique en même temps. Vous allez conquérir le cœur des Viennois.

— Le 15 septembre se rapproche, et j'ai encore deux actes à composer, sans être satisfait du livret. Mais le temps me manque pour le modifier.

— Vous réussirez, à condition de ne pas vous disperser et de vous concentrer sur votre œuvre.

— Telle est bien mon intention, comtesse !

— Même en étant assailli par une soupirante dont vous êtes follement épris, paraît-il ?

Wolfgang rougit.

— Je... je ne comprends pas.

— À moi, vous pouvez tout dire.

— Qui se permet de répandre de tels ragots ?

— Une demoiselle Auernhammer.

Le compositeur se frappa le front.

— Oh non, pas elle !

— Ne serait-elle pas une charmante personne ? s'inquiéta la comtesse Thun.

— Simplement mon élève, et je n'ose vous la décrire de crainte d'être féroce.

Trop grosse, engoncée dans ses vêtements de luxe, libérant un flot de sueur dès qu'elle jouait vite, lente d'esprit, Mlle Auernhammer n'était pas vraiment le type féminin de Wolfgang.

— Sachez, comtesse, que je n'éprouve aucun sentiment à son égard. Ses inventions me déplaisent au plus haut point, car je tiens beaucoup à ma réputation.

— Vous avez raison, Mozart. Mais ce ne serait pas un péché de tomber amoureux.

27.

Vienne, le 29 août 1781

Constance Weber semblait sincèrement émue.

— Vous nous quittez déjà, monsieur Mozart ?

— J'avais besoin d'un grand meublé pour y travailler à mon aise. Je dois terminer très vite un opéra qui m'imposera comme compositeur.

— Habiterez-vous loin d'ici ?

— Non, tout près, à côté de la place Saint-Pierre[1].

Elle était touchante, avec ses petits yeux noirs et son visage si fin.

— Peut-être nous reverrons-nous... souhaita Constance à voix basse.

— Certainement ! Marcher me détend. Explorer les jardins de Vienne vous conviendrait-il ?

— Si ma mère ne me l'interdit pas, volontiers.

— À bientôt, Constance.

Le local qu'avait trouvé Thamos plut beaucoup à Wolfgang. Plusieurs intellectuels francs-maçons logeaient dans l'immeuble, notamment un juif, Isaac

1. À l'actuel 1175, Am Graben.

Arnstein, spécialiste de la Kabbale, en partie héritière de l'enseignement ésotérique de l'ancienne Égypte.

Le contact avec Wolfgang fut immédiat. À plusieurs reprises, il eut l'occasion de recueillir les paroles de cet expert en nombres sacrés.

— Au commencement, révéla le kabbaliste, lorsque se manifesta la volonté du Roi, il grava des signes dans la sphère céleste. Ces signes devinrent des puissances créatrices. Pour vous, musicien, ce sont les notes et les mélodies qui permettent d'aller au centre de la flamme et de retrouver la Sagesse, le point primordial[1].

— Celle des prêtres et des prêtresses du soleil ?

— Il incombe au chercheur d'initiation d'être toujours en même temps mâle et femelle. Ainsi, la Présence divine ne l'abandonne jamais. Au foyer, la femme fait perdurer cette Présence.

Le mariage était un acte grave, décisif, et la femme jouait un rôle essentiel à tous les stades de la vie. Pourquoi la religion lui accordait-elle si peu de place, pourquoi lui interdisait-elle toute fonction sacrée ?

— Les étoiles du firmament sont les gardiennes du monde, poursuivit le kabbaliste. Chaque objet a une étoile qui lui est assignée et le protège. Elle remplit la fonction d'un élixir de vie et nous guide vers la sagesse de l'Orient. Tout comme le vin doit être versé dans une cruche pour se conserver, la vérité doit être enveloppée dans un vêtement extérieur, composé de fables et de récits.

Méditant les paroles du savant, Wolfgang alla déjeuner chez la comtesse Thun.

— Mauvaise nouvelle, lui annonça-t-elle sans détour. La visite du grand-duc Paul de Russie est reportée à novembre.

1. Nous citons les extraits du *Zohar* d'après G. Scholem, Paris, 1980.

— Tant mieux, j'aurai le temps de modifier le livret et d'approfondir les situations dramatiques.

— On murmure déjà contre vous, déplora la comtesse. Un grand opéra, à Vienne, composé par un artiste si jeune...

— Hypocrites, envieux, jaloux et mesquins se dressent sur mon chemin depuis que j'ai écrit ma première note. Cette fois, ils ne m'empêcheront pas de réussir.

— Mon mari, mes amis et moi-même vous aiderons de toutes nos forces.

Grâce à de tels appuis, Wolfgang se sentait plus solide que jamais.

Vienne, le 5 septembre 1781

Sans jouir d'une santé de fer, Wolfgang disposait d'une belle énergie qui lui avait permis de vaincre la variole, un début de pneumonie, des grippes et des bronchites, et de lutter contre les rhumatismes. À la différence de tant d'artistes aux mœurs légères qu'il condamnait vertement, il ne souffrait d'aucune maladie vénérienne, menait une existence saine et ne supportait donc pas les insinuations de son père, si prompt à croire les ragots concernant son séducteur de fils !

Aussi lui rappela-t-il la réalité : *Les gens peuvent bien écrire à se faire sortir les yeux de la tête, et vous pouvez les écouter autant que vous voulez. Je ne changerai pas mon attitude d'un cheveu et resterai, comme d'habitude, le plus honnête des garçons.*

Parce qu'il avait conquis son indépendance, on l'accusait de coucher avec toutes les cantatrices afin de mieux ruiner sa réputation. Un musicien libre ne saurait être qu'un débauché ! Lui qui rêvait d'un mariage marqué au sceau d'une absolue fidélité, lui qui n'avait connu qu'un seul grand amour malheureux, lui qui plaçait la femme sur un piédestal et la respectait plus que quiconque, se voyait ravalé au rang d'un misérable coureur de jupon.

Comme l'injustice et la médisance étaient difficiles à supporter ! Heureusement, il y avait les promenades avec la douce Constance.

Constance, l'héroïne de *L'Enlèvement au sérail*. Constance, la plus belle des vertus. Constance, qui vouait à Belmonte un amour éternel.

— Mon père ne me comprend pas, déplora Wolfgang. Au fond, il désapprouve mon combat et désire me voir revenir au plus vite à Salzbourg où j'implorerai le pardon du prince-archevêque.

— Est-ce votre intention ?

— Je ne retournerai pas en arrière, Constance, car je me suis juré de réussir à Vienne et de ne pas me trahir moi-même.

— Vous êtes très courageux.

— Je veux vivre de mon art et ne rien regretter, même si je froisse mon père.

— Le mien était un brave homme qui me manque beaucoup. Lui comme moi avons été très affectés par la conduite d'Aloysia à votre égard.

— Qu'importe le passé, Constance.

— Ne la détestez-vous pas ?

— Je lui souhaite d'être heureuse. Votre sœur a beaucoup de talent.

— Quand je m'essayais au chant, à côté d'elle, je me sentais ridicule.

— Soyez vous-même ! Chaque voix est unique, au compositeur de la mettre en valeur.

— Le pensez-vous vraiment ?

— Je ne sais pas mentir.

— Un grave défaut, aujourd'hui ! Surtout, ne changez pas.

Saverne (Alsace), le 22 septembre 1781

Comme promis, Cagliostro avait invité Thamos, comte de Thèbes, à vivre la naissance du nouveau Rite égyptien qui allait conquérir la Franc-Maçonnerie.

Cette fois, ni Colombe ni Pupille pour déchiffrer le message des esprits dans l'eau pure, mais un décalque des rituels des Chevaliers bienfaisants de la Cité Sainte et des invocations du mystique lyonnais Jean-Baptiste Willermoz avec lequel Cagliostro correspondait.

Parfait ouvrage de Dieu à l'origine, l'homme avait abusé de son pouvoir sur les anges et l'ensemble des êtres vivants. Aussi le Seigneur le châtiait-il en le rendant mortel. Comment échapper à ce sinistre sort, sinon par l'initiation qui lui restituerait sa dignité perdue ?

Le Rite de Cagliostro prétendait régénérer les initiés en leur faisant absorber un élixir et des gouttes blanches auxquelles il ajoutait un baume. Ensuite, ils apprenaient la science des Nombres, héritée de Pythagore.

— Satisfait ? demanda le mage à Thamos.

— Je n'ai rien appris.

— Ma révélation doit être progressive, car la plupart des êtres sont esclaves du matérialisme.

— J'attends donc la prochaine étape.

— Vous serez étonné.

28.

Vienne, le 13 octobre 1781

Avant de reprendre le travail sur le livret de *L'Enlèvement au sérail* en tentant de convaincre Stephanie de procéder à plusieurs modifications, Wolfgang mit les choses au point avec son père. Si « l'opéra traînait », il n'en était nullement responsable. Dû aux circonstances politiques et mondaines, ce retard lui permettait de peaufiner le texte « au poil près », par exemple en traitant de juste façon les emportements du violent Osmin, le gardien du sérail, *car l'homme qui se trouve dans une aussi violente colère excède toute règle, toute mesure, toute borne. Il ne se connaît plus. Et il faut qu'elle aussi, la musique, ne se connaisse plus. Pourtant, les passions, violentes ou non, ne doivent jamais être exprimées jusqu'à susciter le dégoût. Et la musique, même dans les situations les plus terribles, ne doit jamais offenser l'oreille mais la charmer et rester toujours de la musique.*

De plus, le compositeur devait affirmer clairement sa prédominance et non se soumettre au joug d'auteurs prétentieux. *Dans un opéra*, affirmait Wolfgang, *il faut absolument que la poésie soit fille obéissante de la musique. Pourquoi, avec tout ce que leurs livrets ren-*

ferment de misérable, les opéras bouffes italiens plaisent-ils partout ? Parce que la musique y règne sans partage ! Oui, un opéra plaira d'autant plus que le plan de la pièce aura été mieux établi, que les paroles auront été écrites pour la musique et qu'on ne rencontrera pas ici ou là de malheureuses rimes ou des strophes entières qui gâtent l'idée du compositeur. Les rimes pour les rimes, rien de plus nuisible ! Les pédants qui rédigent ainsi sombreront, eux et leur musique. Le mieux, c'est quand un bon compositeur, qui comprend le théâtre et qui est lui-même en état de suggérer des idées, rencontre un judicieux poète, un vrai phénix. Alors, on ne doit pas s'inquiéter de l'opinion des ignorants ! Avec leurs farces de métier, les poètes me font un peu l'effet des trompettes. Si nous autres compositeurs voulions toujours suivre leurs règles, nous ferions d'aussi médiocre musique qu'ils produisent de médiocres livrets.

Vienne, le 31 octobre 1781

Après que sa dernière sérénade [1], populaire et vigoureuse, fut jouée trois fois en plein air sans offenser le goût viennois, Wolfgang écouta l'*Iphigénie* de Gluck, le musicien en vogue. En ce jour de la Saint-Wolfgang, il se rendit chez la baronne Martha Elisabeth von Waldstätten, une originale de trente-sept ans, séparée d'un conseiller d'État. Fortunée, elle habitait un vaste appartement au 360, Leopoldstadt, et désirait aider le jeune Mozart à conquérir Vienne.

Utilisant parfois un langage fort cru rappelant à Wolfgang celui de sa cousinette d'Augsbourg, la

1. K. 375.

baronne se montrait volubile, excentrique et anticonformiste.

— Bonne fête, Mozart ! Quand donnera-t-on votre *Enlèvement* ?

— Mi-novembre, j'espère.

— En attendant, je vous réserve une surprise.

— Laquelle ?

— Ce soir, vous verrez.

À l'issue d'une longue journée de labeur, Wolfgang était épuisé. Au moment où il se déshabillait, il entendit les premières mesures de sa sérénade en *si* bémol majeur !

Se penchant par la fenêtre, il aperçut un ensemble de pauvres diables, des musiciens des rues qui jouaient son œuvre de manière agréable et lui souhaitaient ainsi une excellente fête.

Cadeau de la baronne Waldstätten, ce premier hommage viennois lui procura un délicieux sommeil.

Vienne, le 18 novembre 1781

— Les affaires du duc de Brunswick ne s'arrangent pas, annonça Geytrand à Joseph Anton. Le voilà contesté à Brunswick même, sur ses terres !

— Une révolte sérieuse ?

— Tellement sérieuse qu'il transfère le gouvernement de sa province templière à Weimar, où il compte des appuis solides. Le Grand Maître vacille et, avec lui, l'Ordre entier.

— Le convent pourrait lui redonner force et vigueur.

Geytrand eut un regard étonné.

— Sauf votre respect, monsieur le comte, vous venez d'utiliser une expression maçonnique.

— À force de lire leurs rituels... Des nouvelles précises de ce convent ?

— Les réponses des Loges tardent à parvenir au Grand Maître, et rien ne semble encore décidé.

— Ton réseau d'informateurs à Weimar est-il déjà alerté ?

— Bien entendu, mais je n'en suis pas satisfait. Les renseignements me sont distillés au compte-gouttes et me paraissent douteux. Je dois renforcer ce réseau-là et le rendre fiable.

— Brunswick est un grand fauve blessé, donc très dangereux. Je veux tout savoir de ses projets réels. N'oublions pas son comparse, Charles de Hesse. Pour le moment, il reste dans l'ombre en attendant son heure. Si son très cher Frère Ferdinand venait à s'effondrer, il reprendrait le flambeau.

— D'après des indications concordantes, précisa Geytrand, Charles de Hesse serait un véritable mystique qui voudrait faire de la Stricte Observance la nouvelle Église, fidèle au message du Christ.

— En ce cas, il n'est pas au bout de ses peines, et nous risquons d'avoir face à nous un redoutable fanatique ! La seule bonne Église est celle des croyants ordinaires qui ne se posent aucune question, respectent les coutumes et ne se préoccupent que de leur salut.

29.

Vienne, le 22 novembre 1781

Enfin, le grand-duc Paul de Russie arrivait à Vienne en compagnie de son épouse !

Wolfgang parvint à rencontrer Stephanie le Jeune.

— Mon pauvre Mozart, je n'ai plus une minute à moi ! Une visite d'une telle importance, vous imaginez ?

— *L'Enlèvement au sérail* peut être représenté dans son état actuel, mais j'aimerais plusieurs modifications car...

— Vous avez le temps d'y penser. L'empereur souhaite faire écouter à son hôte illustre des opéras un peu... sérieux. Nous avons donc songé à Grétry et, surtout, à notre grand Gluck dont les nombreux succès ont conquis tous les esprits. Ses œuvres raviront certainement le grand-duc.

— Et... l'*Enlèvement* ?

— Il sera monté au Burgtheater, rassurez-vous, mais pas immédiatement.

— Me donnez-vous toute liberté pour améliorer le livret ?

— Si vous voulez, Mozart, si vous voulez ! Pardonnez-moi, je suis débordé.

Loin de se décourager, Wolfgang décida de mettre ce retard à profit afin de transformer le texte en fidèle serviteur de la musique.

Le lendemain, le 23, il donna un concert avec l'aide de la transpirante Josepha Auernhammer, qui enveloppait encore son professeur de regards langoureux mais tenait sa langue. Ensemble, ils jouèrent un concerto pour deux pianos [1] et une sonate en *ré* majeur [2]. Ces partitions brillantes plurent à l'assistance où figuraient la comtesse Thun et le baron Van Swieten.

— N'êtes-vous pas abattu, monsieur Mozart ? s'inquiéta Constance.

— Au contraire ! Je n'osais espérer cette période de répit qui me permet de réfléchir et de progresser. *L'Enlèvement au sérail* ne sera plus l'œuvre de Stephanie, mais la mienne.

— Désire-t-il vraiment faire représenter votre opéra ?

— L'empereur le veut.

— Les grands de ce monde ne sont-ils pas versatiles ?

— Pas Joseph II. Je comprends qu'il mette en avant un musicien aussi célèbre et confirmé que Gluck. Ensuite viendra mon tour, et je ne le décevrai pas.

— J'en suis certaine !

— Votre amitié m'est précieuse, Constance.

— La vôtre plus encore, Wolfgang... Oh, pardon ! Je ne souhaitais pas me montrer si familière !

— Puisque nous nous connaissons mieux, tutoyons-nous.

— Avec joie ! Puis-je vous... te... t'embrasser sur la joue ?

1. K. 365.
2. K. 448.

Elle n'attendit pas son consentement.

Ce fut un baiser furtif et convenable, mais beaucoup plus ardent qu'une simple marque d'amitié.

Pour la première fois, Wolfgang regarda Constance avec d'autres yeux. Timide et réservée, elle était aussi une charmante jeune femme.

— Constance...

— Oui, Wolfgang ?

— J'ai vingt-cinq ans, toi dix-neuf et...

— Notre jeunesse serait-elle un péché ?

— Certes pas, néanmoins...

— Si Wolfgang Mozart désirait m'épouser, je lui donnerais mon consentement, murmura-t-elle en baissant les yeux. Et s'il était aussi amoureux que je le suis, il n'hésiterait pas à me le dire.

— Constance, je...

Son délicieux regard exigeait une réponse.

— Je parlerai à ton tuteur, promit-il.

Souriante, épanouie, elle s'échappa.

Étourdi, ne comprenant pas ce qui lui arrivait, le musicien marcha au hasard et faillit bousculer Thamos.

— Tu sembles perdu dans tes pensées, Wolfgang.

— Non, enfin oui...

— L'*Enlèvement* est retardé, je sais, mais ne redoute pas un nouvel échec. D'après mes contacts à la cour, la pièce sera montée, sans qu'une date précise soit encore fixée.

— Accepteriez-vous de revoir le livret avec moi ?

— Auparavant, je vais te présenter à des amis qui joueront un rôle important tout au long de ta carrière.

— Des interprètes ?

— Non, des éditeurs. Il faut songer à publier tes œuvres pour qu'elles passent à la postérité. La profession compte beaucoup d'incapables et de voleurs. Les frères Artaria, eux, te traiteront correctement.

Originaire de la région du lac de Côme, la famille Artaria était arrivée à Vienne en 1769 et avait ouvert un commerce florissant sur la Michaelerplatz, près du Burgtheater. Francs-Maçons, Francesco et Carlo reçurent Mozart avec chaleur et acceptèrent de publier plusieurs de ses sonates pour piano et violon, lui conférant ainsi un statut de professionnel digne de l'intérêt des Viennois.

Pas encore la gloire, mais une étape importante. De plus, l'auteur recevrait un peu d'argent, cet argent indispensable à son indépendance, si loin de Salzbourg et de Colloredo !

Vienne, le 15 décembre 1781

Nannerl percevrait-elle les intentions de Wolfgang révélées à demi-mot dans sa lettre : *« Le Secret au grand jour » n'est acceptable que considéré comme une pièce italienne, car la condescendance de la princesse pour le valet est tout à fait inconvenante et contraire à tout naturel. Le meilleur, dans cette pièce, est certainement le secret au grand jour, c'est-à-dire la façon dont les deux amants, mystérieusement et pourtant publiquement, se font comprendre l'un de l'autre.*

Ainsi, c'était cela, l'amour. Pas un feu dévorant comme celui éprouvé pour Aloysia, mais une flamme paisible, nourrie de tendresse et de complicité. Constance lui apportait de l'équilibre et du calme, elle lui laissait l'esprit libre pour composer. Entre eux, ni compétition, ni affrontements, ni orages, seulement une communion profonde, enrichie jour après jour.

À présent, il savait. Le destin lui accordait un amour vrai et raisonnable, au-delà de la frivolité et des passions destructrices.

C'est pourquoi Wolfgang marchait d'un pas ferme vers la demeure des Weber où le reçurent Constance, visiblement tendue, sa mère et son tuteur, un bonhomme froid et désagréable que le musicien détestait.

Il alla droit au but.

— Constance et moi nous aimons. Je souhaite l'épouser, madame Weber, et vous demande officiellement sa main.

— Le mariage est une affaire sérieuse, intervint le tuteur. Une jeune fille court de gros risques et doit donc être protégée. L'admettez-vous, Mozart ?

— Bien entendu.

— J'exige votre signature au bas d'un contrat qui vous engagera de façon irréversible. En cas de renoncement, vous verserez des dommages et intérêts.

30.

Vienne, le 15 décembre 1781

Le tuteur de Constance présenta à Wolfgang le texte qu'il avait rédigé en compagnie de la mère de la jeune femme : « Je m'engage à épouser Mlle Constance Weber en l'espace de trois ans ; au cas où cela me serait impossible et où je devrais changer d'avis, elle serait en droit d'exiger de moi 300 florins par an. »

Le musicien lut le document à haute voix.

Tremblante, Constance était au bord des larmes.

— Ça vous convient ? demanda Mme Weber d'une voix éraillée.

— J'accepte et je signe.

— Voici une plume.

Constance l'arracha des mains de sa mère puis déchira le papier en mille morceaux.

— Cher Wolfgang, s'exclama-t-elle, je n'ai pas besoin de cette assurance écrite ! Je te crois sur parole.

— Tais-toi donc, petite idiote ! ragea sa mère. Les promesses orales ne sont que du vent. Ce musicien se contentera peut-être de te séduire et, quand il aura obtenu ce qu'il désirait, il t'abandonnera. Avec un contrat en bonne et due forme, tu seras protégée.

Jamais Wolfgang ne giflerait une femme, même si

cette abominable Mme Weber ne méritait peut-être plus ce qualificatif.

— Je ne vous permets pas de douter de ma parole ! déclara-t-il, outré.

— Votre parole, je m'en moque ! Seule votre signature m'intéresse.

— Maman, cria Constance, vous êtes odieuse et grotesque. Je ne resterai pas une minute de plus dans cette maison.

La jeune femme s'enfuit, Wolfgang la suivit et la rattrapa.

— Où me réfugier ? lui demanda-t-elle avec angoisse.

— La baronne Waldstätten t'abritera.

— Moi, une fille pauvre ?

— La baronne est une personne charitable qui nous viendra en aide.

— Je suis sûre que non !

Constance se trompait. Martha Elisabeth von Waldstätten embrassa la jeune femme en pleurs et lui offrit une chambre où elle pourrait reprendre ses esprits.

— Vous resterez ici aussi longtemps que nécessaire, et Wolfgang viendra vous réconforter.

— Je ne peux pas vous payer, baronne !

— Pas question d'argent, ma petite. En revanche, vous allez m'expliquer tous vos malheurs.

Sachant sa bien-aimée en sécurité, Wolfgang s'empressa d'écrire à son père en pesant chacun de ses termes afin de ne pas le contrarier. Il lui fallait présenter son projet de mariage sans trop mettre en valeur sa fiancée, au risque d'attirer la critique et de se faire traiter de rêveur.

Je vous ai découvert mon désir, permettez-moi aussi de vous découvrir mes raisons qui sont très fondées. La nature parle en moi aussi fort et peut-être plus fort qu'en de grands et vigoureux lourdauds. Il m'est impossible de vivre comme la plupart des jeunes gens d'aujourd'hui. D'abord, j'ai trop de religion, ensuite trop d'amour pour mon prochain et des sentiments trop honnêtes, pour pouvoir séduire une innocente jeune fille ; enfin, trop d'horreur et de dégoût, de répulsion et de crainte des maladies et trop d'amour de ma santé pour aller me commettre avec des catins. Je puis d'ailleurs jurer que je n'ai jamais fréquenté des femmes de cette sorte ! Pour ma nature plus attirée par la vie tranquille et le foyer que par le bruit, pour moi qui depuis mon enfance n'ai jamais eu coutume de veiller à mes affaires, blanchissage, vêtements et ce qui s'ensuit, je ne puis rien imaginer de plus nécessaire qu'une femme. Je vous l'assure, combien de fois fais-je d'inutiles dépenses parce que je ne veille à rien. Je suis tout à fait persuadé qu'avec une femme – et le même revenu que j'ai pour moi seul – je m'en tirerais mieux ainsi. Et que de dépenses inutiles tomberaient du même coup ! Il est vrai que cela en occasionne d'autres, mais on les connaît, on peut se régler là-dessus et, en un mot, mener une vie régulière. Un célibataire, à mes yeux, ne vit qu'à moitié.

L'objet de mon amour ? Constance Weber. L'aînée des sœurs Weber, Josepha, est paresseuse, fruste, fausse et sournoise. Aloysia est fausse, malveillante et coquette. Sophie, la cadette, est trop jeune pour être quelque chose. Ce n'est qu'une bonne créature, mais trop étourdie ! Que Dieu la garde de la séduction. Celle du milieu, en revanche, ma bonne, ma chère Constance, est la martyre et, pour cette raison peut-être, la plus généreuse, la plus avisée, en un mot la meilleure d'entre elles. Elle n'est pas laide, mais rien moins que belle. Toute sa beauté tient en ses deux petits yeux noirs et en une belle allure. Elle n'a pas d'esprit, mais suffisamment de bon sens pour remplir ses devoirs d'épouse et de mère. Elle sait tenir un ménage et a le meilleur cœur du monde. Je l'aime et elle m'aime cordialement.

Vienne, le 24 décembre 1781

La réponse de son père déçut cruellement Wolfgang. Elle ne contenait que reproches et soupçons, notamment à propos d'une promesse de mariage chiffrée. Qui avait parlé à Leopold de cette horreur ?

Il s'acharna à lui expliquer la vérité en décrivant le magnifique comportement de Constance, évoqua aussi son travail de compositeur et de professeur, de manière à le rassurer. Cette lettre lui parut si importante qu'il ne l'expédia pas immédiatement, afin de la laisser mûrir.

Puis il se prépara à un étrange duel, imposé par l'empereur pour amuser le grand-duc Paul de Russie : affronter au piano le virtuose Muzio Clementi. À vingt ans, ce dernier faisait preuve d'une incroyable vélocité.

Le soir de ce combat, Wolfgang préféra jouer sur d'autres registres : l'invention, l'expression et la sensibilité. Alors que son adversaire se lançait dans une course effrénée qui stupéfia l'assistance, Mozart improvisa une éblouissante série de variations en alternant les mouvements lents et rapides.

On ne proclama pas de vainqueur, et l'empereur remit cinquante ducats à chacun des deux pianistes. Au moins, avoir affronté ce *mechanicus* privé d'âme lui rapportait une belle somme en attendant la représentation de *L'Enlèvement au sérail* !

Vienne, le 25 décembre 1781

Étrange Noël, en vérité !

Heureux de se trouver loin de Salzbourg, malheureux d'être en froid avec son père, Wolfgang réconforta Constance qui refusait de retourner chez elle, de peur d'y être enfermée et de ne plus revoir l'homme qu'elle aimait.

— Ma mère me terrorise, avoua la jeune femme. Elle écoute trop mon tuteur et ne songe qu'à l'argent. S'ils me font rechercher, vous aurez des ennuis !

— Je ne crains pas Mme Weber, affirma la baronne von Waldstätten.

— Nous nous marierons dès que possible, promit Wolfgang, mais il me faut l'assentiment de mon père. Ensuite, je convaincrai la mère de Constance de la laisser libre de son choix.

— Après un tel drame, objecta la jeune femme, elle se vengera en refusant.

— Ne soyez pas si pessimiste, recommanda la baronne. Si votre amour est profond et sincère, il renversera tous les obstacles.

— Tel est bien mon avis, renchérit Wolfgang.

Constance s'apaisa.

Tout bien pesé, ce n'était pas un si mauvais Noël.

31.

Vienne, le 25 décembre 1781

Dans les appartements de la grande-duchesse, épouse de Paul de Russie, Joseph Haydn[1] fit entendre ses derniers quatuors à cordes. Parmi l'assistance, Thamos et Mozart, admiratif. À l'approche de la cinquantaine, Haydn était en pleine possession de son art.

Ce soir-là, Wolfgang n'osa pas l'aborder. Il laissa reposer en lui cette musique qu'il intégrerait à sa propre création.

L'Égyptien lui montra un étrange document.

— Il est temps de bien te connaître grâce à une très vieille science, l'astrologie. Voici ta carte du ciel.

Autour d'une bouteille de tokay, Thamos révéla au musicien les forces et les faiblesses que les dieux avaient déterminées.

— Trois points essentiels à souligner : un signe du zodiaque dominant, ton ascendant et le maître de ton thème.

— D'où provient votre savoir ?

1. Joseph Haydn (1732-1809) travaillait à Esterháza, résidence des Esterházy, riche famille hongroise. Il disposait d'un orchestre et d'un théâtre de cinq cents places.

— De l'abbé Hermès, qui le tenait des sages égyptiens. Il permet à chaque être de se découvrir, non dans les limites étroites de son individualité, mais en fonction de ses rapports avec les puissances célestes. Le Grand Architecte de l'Univers se compose des douze signes du zodiaque et symbolise ainsi la parfaite harmonie. Nous autres humains n'en sommes qu'une expression partielle, plus ou moins discordante.

— Ma propre expression serait-elle négative ? s'inquiéta Wolfgang.

— Négatif ou positif, cela ne veut rien dire. Le ciel t'offre un matériau dont tu dois percevoir la nature afin de l'utiliser au mieux. Le Soleil, Mercure, Vénus et Saturne habitent le Verseau, soit quatre planètes ! Un véritable amas qui fait de toi un superbe représentant de ce signe.

— Qu'est-ce que ça signifie ?

— Le sens des rythmes, des résonances et du flux créateur s'écoulant des deux vases du dieu Hâpy, le génie de la crue du Nil. Il apporte abondance et prospérité. Jamais la source de vie ne te fera défaut, jamais l'inspiration ne te manquera à condition que tu accomplisses l'unité de ton être, sans concessions, et que tu demeures sur la voie où tu te construis autour d'un axe.

— La musique ! s'exclama Wolfgang. Voilà mon unité et mon axe.

— À partir d'elle s'organise ton existence, à partir de l'unité de ta création se manifeste la multiplicité de tes œuvres, de la plus amusante à la plus profonde. Tu penses le monde et ta propre vie au travers de l'architecture de ta musique. En elle et par elle, tu discernes une énergie subtile que toi seul peux rendre audible. Là réside ton devoir suprême. À toi de développer une intelligence sensible pour t'ouvrir aux vibrations de l'univers. Cette démarche t'entraînera loin de la réalité

Thème natal de Wolfgang Amadeus Mozart,
né le 27-01-1756, 20 h 00, à Salzbourg

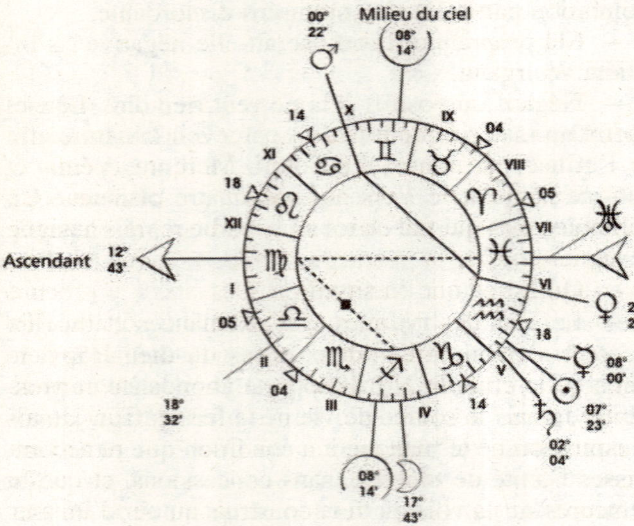

Deux planètes non encore découvertes : Neptune, à 9° 39' du Lion, et Pluton, à 17° 34' du Sagittaire, en conjonction avec la Lune.

ordinaire. Alors, ton œuvre ne sera d'aucune époque. Mais sauras-tu aller au-delà de la lettre d'un tel idéal, ne pas confondre pureté et rigidité ? T'intégrer à la société actuelle présente de nombreuses difficultés, car tu préfères l'authenticité à la duplicité et au mensonge. Pourtant, tu éprouves un besoin viscéral d'autrui et tu rêves d'appartenir à une communauté dont chacun des membres serait fidèle à ses engagements.

— Celle des prêtres du soleil ?

Thamos sourit.

— Encore faut-il aller jusqu'au terme de ta Quête et t'adapter aux contraintes sans perdre ta spontanéité.

— Cela revient à marcher sur le fil d'une épée !

— Insolence, colère et passions te condamneraient à l'abîme, si ton énergie était mal contrôlée. Mais le signe de ton ascendant, la Vierge, point du zodiaque situé au lever de l'horizon à l'heure de ta naissance, te procure une aide remarquable, au prix d'un labeur acharné. Tu ne connaîtras pas une minute de repos jusqu'à ton dernier souffle et tu ne t'égareras pas dans des chemins de traverse. Précision, sens du travail bien fait font de toi le contraire d'un rêveur. Pas de flou, des partitions tirées au cordeau où chaque note est à sa juste place. Tu ne supportes pas l'imperfection, au point de te blesser toi-même. Veille à ne pas devenir susceptible, même si la critique, si souvent stupide et aveugle, heurte ta sensibilité. Jaloux et stériles ne cesseront de t'attaquer, oublie-les et poursuis ton chemin.

— Pas si simple, objecta Wolfgang. Ma carrière dépend d'eux !

— Seulement en partie, car ta planète dominante te permettra de leur échapper, une planète que l'astronome Herschel vient de découvrir et qu'il a baptisée Uranus. Comme certains peuples de l'Antiquité l'avaient déjà repérée, son champ d'action ne nous est pas inconnu.

— Que recouvre-t-il ?

— Une formidable énergie qui passe par des phases d'extrême intensité. C'est pourquoi ta destinée ne sera ni linéaire ni tranquille. Tension, exaltation, émotions intenses seront ton lot quotidien. À la fois force et handicap, ta lucidité te fera voir le monde et les hommes tels qu'ils sont, et tu désespéreras parfois. Ni tiédeur ni indifférence, mais un sens de l'absolu qui te causera bien des désagréments puisque tu n'as aucun sens de la diplomatie. Tu n'imiteras personne, tu ne ressembleras à personne, et tu te battras farouchement pour préserver ton indépendance. Nul ne parviendra à te soumettre. Et tu apporteras à notre humanité tant de novations qu'elle mettra plusieurs siècles à les assimiler. Certes, tu subiras de profonds déchirements, car la puissance de cette planète contredit le sens de la mesure imprimé dans le signe de la Vierge.

— Encore le fil de l'épée !

— Ta demeure lunaire te promet d'importantes créations dont les résultats, bénéfiques, dureront bien au-delà de ta propre existence. Malgré le succès, tu garderas une vraie distance avec toi-même et ne seras pas dupe de tes propres dons. Néanmoins, seul, tu n'atteindras pas tes buts. Autrui te sera indispensable afin de concrétiser tes aspirations.

— J'aime Constance Weber, avoua Wolfgang.

— En raison de la présence de Vénus en Verseau et de sa liaison harmonique avec Mars, cet amour sera durable.

— Mais il ne suffira pas, je le sens. Autrui, ce sont aussi les initiés aux mystères !

— Le plus difficile, pour un Uranien, c'est d'apprendre la patience.

32.

Vienne, le 1er janvier 1782

— Il faut vous réconcilier avec votre mère, mon enfant, recommanda la baronne Waldstätten à Constance Weber. Une telle situation ne saurait s'éterniser.

— Elle me battra !

— Si elle osait, prévenez-moi immédiatement.

— Elle m'enfermera !

— Mozart ira vous voir régulièrement. Si votre mère lui fermait sa porte, j'interviendrais. Êtes-vous rassurée ?

— Un peu...

— Il va vous reconduire chez vous et calmer le jeu. Quelle mère ne serait pas heureuse de revoir sa fille ?

— Moi, je veux me marier !

— Votre fiancé tient à l'accord de son père, et je lui donne raison. Si vous devez bâtir une existence commune, mieux vaut que vos familles respectives vous approuvent et s'entendent. Et puis un petit délai vous permettra d'approfondir vos sentiments.

La démarche de Wolfgang et de Constance fut couronnée de succès. En dépit de son air bougon et d'une parole embarrassée par un abus d'alcool, la veuve

Weber sembla contente d'accueillir sa fille et consentit à l'embrasser.

— Nous désirons devenir mari et femme, déclara le musicien. Dès que mon père aura formulé par écrit son consentement, nous préparerons la cérémonie.

— En attendant, travaillez et gagnez de l'argent ! Je ne donnerai pas ma fille à un va-nu-pieds.

— Wolfgang est déjà honorablement connu, protesta Constance.

— Possible, mais il faut que ça rapporte !

— À très bientôt, dit le jeune homme à sa bien-aimée.

Vienne, le 15 janvier 1782

Pris dans la tourmente, Wolfgang avait omis d'adresser à son père les vœux traditionnels du nouvel an. Sa lettre du 9 janvier était explicite : *Sans ma très chère Constance, je ne puis être heureux et satisfait. Et sans votre satisfaction à vous, je ne le serais qu'à moitié. Rendez-moi donc tout à fait heureux.*

La réponse tant attendue de Leopold fut cinglante et blessa profondément son fils. La mère Weber et son sinistre « homme de loi » ne devaient-ils pas être condamnés à balayer les rues en portant au cou un écriteau sur lequel serait inscrit « séducteurs de jeunesse » ? Hors de question d'épouser une fille Weber, de ruiner la réputation des Mozart et de se ruiner tout court.

Face à une opposition aussi résolue et hargneuse, comment réagir ? Wolfgang aimait Constance, Constance l'aimait, et il ne renoncerait pas à ce mariage. Mais il ne souhaitait pas se brouiller avec Leopold qui avait toujours désiré son bien-être, même de manière maladroite.

Concilier l'inconciliable... La tâche s'annonçait ardue, d'autant que la conquête de Vienne était loin d'être accomplie ! En ne lui promettant aucun repos, Thamos l'Égyptien ne se trompait pas.

Vienne, le 16 janvier 1782

Le fondateur[1] des Frères initiés d'Asie était fier de recevoir au grade suprême[2] deux illustres adeptes, Ferdinand de Brunswick et Charles de Hesse, les dirigeants de la Stricte Observance templière.

L'Ordre accueillait les juifs rejetant le formalisme du Talmud et désirant découvrir une interprétation ésotérique de la Bible, grâce à l'étude de la Kabbale.

Certes, le succès de ce nouveau système rituel était limité et le nombre des Frères demeurait réduit. Mais la venue de deux grands seigneurs favoriserait peut-être son expansion.

Le Grand Maître de la Stricte Observance fut stupéfait de découvrir son initiateur : Thamos l'Égyptien !

— Vous, enfin ! Pourquoi une si longue absence ?

— M'occuper du Grand Magicien reste ma priorité.

— Notre Ordre est en danger. Les attaques fusent de partout, et je dois rechercher des appuis, comme ceux des Frères initiés d'Asie.

— Le convent de Wilhelmsbad marquera une étape décisive.

Le duc de Brunswick entrevoyait enfin une issue, grâce au chemin que lui traçait le Supérieur inconnu.

1. Hans Heinrich von Ecker-und-Eckoffen.

2. L'ordre en comprenait cinq : Chercheur, Souffrant, Chevalier, Maître des Sages et Prêtre royal ou Melchisédech.

Le Grand Maître et son adjoint burent l'élixir de régénération, furent jugés dignes de recevoir les textes majeurs de la Kabbale et d'œuvrer à la réconciliation des religions chrétienne et juive.

Thamos ne se faisait guère d'illusions sur l'avenir de cet Ordre insolite. Trop peu de juifs y adhéraient, préférant suivre leur tradition sans se mêler aux chrétiens ; et la grande majorité de ces derniers continuait à regarder les juifs d'un œil suspicieux. Cette tentative maçonnique aurait au moins servi à ouvrir quelques esprits, dont ceux des deux dirigeants de la Stricte Observance. Sortiraient-ils l'Ordre templier de l'ornière où il s'enfonçait ? Thamos attendait la réponse à cette question avant de préciser l'orientation du Grand Magicien qui, dans l'immédiat, devait résoudre ses problèmes sentimentaux et faire ses premiers pas de musicien indépendant.

Vienne, le 23 janvier 1782

Pour dix-huit ducats par mois, Wolfgang donnait des leçons à trois élèves, tâche qu'il jugeait particulièrement pénible mais qui lui rapportait de quoi subsister. Un pis-aller, tant il détestait enseigner !

Mme Weber ne lui fermant pas sa porte, il voyait souvent Constance et constatait ainsi la solidité de leurs sentiments. Pourquoi Leopold se montrait-il si intransigeant ? Wolfgang ne voulait pas épouser la famille Weber mais Constance, si différente de sa mère et de ses sœurs !

Persuadé d'obtenir le consentement de son père, il mettait cette attente à profit en suivant diverses pistes dont l'une le mènerait forcément au succès : préparer des concerts publics, répondre à des commandes, jouer dans les salons où l'on désirait l'entendre et, surtout, entrer au service d'un patron libéral qui attribuerait sa juste place à un musicien.

En priorité, Wolfgang visait la cour de l'empereur Joseph II. Il songeait aussi à celles du prince de Liechtenstein et de l'archiduc Maximilien Franz, futur prince-électeur de Cologne.

Doté d'une belle énergie, il ne craignait qu'une seule entrave : la maladie.

33.

Vienne, le 25 janvier 1782

Invité avec Thamos à dîner chez son ami juif, Wolfgang sentit d'emblée que cette soirée serait enrichissante. Le kabbaliste posa une bougie au centre d'une table basse et questionna le musicien d'une voix paisible.

— As-tu été l'allié ou l'ennemi de la journée que tu viens de vivre ?

— J'ai... j'ai tenté de la vivre au mieux, sans perdre mon temps !

— Si l'homme adopte la droiture, la journée vient à sa juste place. Sinon, elle rejoint la dispersion du dehors et le harcèle. Si l'homme se révèle juste, la journée est son bon compagnon. Sinon, elle devient son adversaire et manquera au nombre total des jours lorsqu'il comparaîtra devant le Tout-Puissant. Malheur à l'homme qui n'a pas conservé les jours nécessaires pour être couronné dans l'autre monde [1] !

Impressionné, Wolfgang fixait l'étrange flamme qui changeait sans cesse de couleur et prenait des formes d'une beauté fascinante.

1. Textes du *Zohar*, d'après G. Scholem.

— En contemplant cet aspect du feu secret, indiqua le kabbaliste, tu ressens le moment ineffable où la Cause des causes engendre la vie. Sa source, la Couronne, est une fontaine de lumière jamais épuisée. N'avons-nous pas été créés afin de la servir ?

Cette nuit-là, Wolfgang reçut la meilleure part de l'enseignement des Frères initiés d'Asie, sans se douter qu'il le percevait davantage que bien des adeptes.

— Le jour de ton anniversaire, dit Thamos, nous avons rendez-vous chez Van Swieten. Il t'a réservé un cadeau exceptionnel.

Vienne, le 27 janvier 1782

Le baron Gottfried Van Swieten s'entretint à voix basse avec son Frère Thamos.

— L'empereur m'accorde toute sa confiance et ne semble pas décidé à prendre des mesures radicales contre la Franc-Maçonnerie, à condition qu'elle approuve ses réformes et ne trouble d'aucune manière l'ordre public. Néanmoins, il se méfie de certains courants, comme les Illuminés de Bavière ou la Stricte Observance templière.

— A-t-il confirmé l'existence d'un service secret chargé de surveiller les Francs-Maçons ?

— Non, mais tout libéral et réformiste qu'il soit, l'empereur est un véritable chef d'État et rien n'échappe à son contrôle. Il ne laisserait pas se développer une Franc-Maçonnerie dont il ignorerait les objectifs.

— Aucune hypothèse sur l'identité de l'homme placé à la tête de cette armée de l'ombre ?

— Aucune. Pas la moindre indiscrétion, pas le moindre bavardage.

— Surprenant et inquiétant, jugea l'Égyptien.

— Je continue à chercher, assura Van Swieten, auquel son majordome annonça l'arrivée de Mozart.

Le musicien découvrit l'appartement de fonction du baron, au cœur de la Bibliothèque impériale et royale. Une pièce entière était réservée aux instruments de musique et aux partitions.

— Cet endroit est ouvert à mes amis musiciens tous les dimanches midi, précisa Gottfried Van Swieten, et vous y serez désormais le bienvenu, mon cher Mozart. Nous y écouterons vos œuvres nouvelles et jouerons celles des deux grands génies que je vénère : Haendel et Bach.

— Jean-Chrétien Bach, mon protecteur londonien ?

— Non, son père, Jean-Sébastien.

— Je n'ai jamais entendu une note de ce Bach-là !

— Voilà plus de trente ans qu'il est complètement oublié. J'ai eu la chance de découvrir un certain nombre de ses œuvres, dont *Le Clavier bien tempéré*, *L'Art de la fugue*, des sonates en trio et plusieurs autres merveilles. Aimeriez-vous déchiffrer l'une de ces partitions ?

— Avec joie !

Intrigué, Wolfgang joua l'un des préludes et fugues du *Clavier bien tempéré*.

Dès les premières mesures, un univers s'ouvrit. Ce fut comme une nouvelle naissance, une transfusion de sang [1], le passage dans une autre dimension dont le jeune homme n'imaginait même pas l'existence.

Il ne s'agissait pas seulement d'une rencontre avec un art d'une rigueur inouïe dont émanait pourtant une sensibilité touchant au plus profond de l'âme, mais sur-

1. L'expression est de Georges de Saint-Foix (voir Bibliographie en fin de volume).

tout de la communion avec un génie qui avait atteint l'essence même de la musique.

Bouleversé, au bord des larmes, Wolfgang se demanda s'il était encore possible de composer. Non, il ne fallait pas réagir ainsi ! Au contraire, à lui d'assimiler ces fantastiques richesses, de partager l'être de Jean-Sébastien Bach et de le prolonger sans l'imiter.

— Mon plus bel anniversaire, murmura-t-il.

Lyon, le 31 janvier 1782

Jean-Baptiste Willermoz jubilait. D'après les derniers courriers de Ferdinand de Brunswick et de Charles de Hesse, les deux chefs de la Stricte Observance templière étaient désemparés. Particulièrement flatté de recevoir les confidences d'aussi grands seigneurs dont les titres et la renommée l'impressionnaient, le riche commerçant se félicitait néanmoins de les tenir au creux de sa main. Lui, le roturier lyonnais, allait décider du destin de deux princes allemands !

La stratégie du Grand Maître et de son adjoint lui paraissait chaotique. Alors qu'ils détenaient les cartes maîtresses, ils s'acharnaient à jouer perdants. Pourquoi déstabiliser les Frères Chevaliers en niant toute filiation avec l'Ordre du Temple, la base même de la confrérie, et leur expédier un questionnaire prouvant que le Grand Maître en personne succombait au désarroi ?

Seule solution : imposer un nouveau système maçonnique capable d'emporter l'adhésion d'un maximum de Frères. La clé du succès, Jean-Baptiste Willermoz la détenait.

Si Ferdinand de Brunswick et Charles de Hesse voulaient rester à la tête d'un Ordre maçonnique puissant et respecté, ils devaient se rallier aux thèses de l'École mystique de Lyon et reconnaître les Chevaliers bienfaisants de la Cité Sainte et les Profès comme seuls détenteurs des hauts grades.

Aussi Willermoz envoya-t-il aux chefs de la Stricte Observance un mémoire indiquant clairement le chemin à suivre, le retour vers le christianisme ésotérique dont les Templiers avaient eu le tort de s'éloigner.

Sa conclusion résumait ses longues années de recherche : « Le seul homme qui a connu et pratiqué la vraie science maçonnique, c'est Jésus-Christ. »

34.

Vienne, le 8 février 1782

— Regarde ce document, dit Anton Stadler à Mozart, regarde-le bien !

— Une ordonnance de l'empereur Joseph II...

— Exactement ! Et qui concerne-t-elle ?

— Toi et ton frère êtes engagés comme clarinettistes dans l'orchestre de la cour.

— Fabuleux, non ? Heureux en amour et, maintenant, musicien professionnel au service de Sa Majesté ! Que pouvais-je espérer de mieux ?

— Deviens le meilleur spécialiste de cet instrument merveilleux et trop méconnu.

— Alors, tu écriras pour moi ?

— Pourquoi pas ?

— Comment résisterais-tu à l'envoûtement de la clarinette ? Il n'existe pas de sonorité plus chaude et plus magique. En attendant, nous allons fêter ça et boire comme quatre ! Ensuite, je te vaincrai aux quilles, puisque c'est mon jour de chance.

Vienne, le 13 février 1782

Wolfgang exposa à sa sœur Nannerl son emploi du temps quotidien. Ainsi, elle interviendrait auprès de son père et lui expliquerait que son fils travaillait d'arrache-pied afin de se faire une place à Vienne.

Lever, six heures. À sept, complètement habillé, Wolfgang écrivait jusqu'à neuf heures, puis enseignait jusqu'à treize. Ou bien il déjeunait seul chez lui, ou bien il honorait l'une des nombreuses invitations dont on le gratifiait. En fonction des circonstances, il se mettait à table vers quatorze ou quinze heures. S'il ne donnait pas de concert, il composait de dix-sept heures à vingt et une heures, puis se rendait chez les Weber où il s'entretenait avec Constance avant de retourner au labeur, de vingt-trois heures à une heure du matin.

Ce rythme infernal lui conférait un parfait équilibre. Se sentant en rectitude, il espérait que ces journées seraient comptabilisées comme bienveillantes par le Très Haut.

Ce soir-là, Mme Weber tarda à ouvrir sa porte. Il dut frapper fort pour qu'apparaisse enfin une bouille rougeâtre, visiblement avinée.

— Tu veux quoi ?

— Voir Constance.

— Constance, toujours Constance !

— Elle est ma fiancée, madame Weber.

— Fiancée, tu parles ! Combien as-tu gagné, ce mois-ci ?

— Suffisamment.

— Avec tous les frais qu'on a, on ne gagne jamais suffisamment. Moi, j'ai trois filles à élever !

— Puis-je voir Constance ?

— Elle est malade.

— De quoi souffre-t-elle ?
— D'une maladie.
— Qui la soigne ?
— On se débrouille.
— J'aimerais vraiment la voir, madame Weber.
— Tu veux tomber malade, toi aussi ?
— Me fermez-vous votre porte ?

La pocharde hésita.

— Entre, mais ne reste pas longtemps. Ça la fatiguerait.

Constance essuyait ses larmes, Wolfgang réussit à la consoler.

— L'existence devient impossible, avoua-t-elle. Ma mère boit trop. Quand elle est ivre, elle pique des colères et raconte n'importe quoi. Puis elle redevient gentille, presque douce. Je l'aime et je la déteste en même temps. Depuis la mort de mon père, son état empire.

— Sois courageuse, mon amour. Je te tirerai de là.
— As-tu obtenu le consentement de ton père ?
— Pas encore, hélas !
— Ma mère ne t'apprécie guère, Wolfgang. Elle veut me marier à quelqu'un d'autre.
— Ses projets échoueront, je te le jure !
— Combien de temps encore devrai-je la subir ?
— Sois patiente, je t'en supplie. Je parviendrai à fléchir mon père. Si la situation empirait, réfugie-toi chez la baronne Waldstätten.

Vienne, le 3 mars 1782

Après avoir composé un air pour soprano, *Le Céleste Sentiment d'amour*[1], Wolfgang passa chez la baronne

1. K. 119.

Waldstätten qui, fidèle à sa réputation de bonne âme, avait recueilli la jeune Auernhammer dont le père venait de mourir. Désemparée, l'élève de Mozart, toujours aussi amoureuse de son professeur, était en manque d'affection.

— Comment va-t-elle ? s'inquiéta Wolfgang.

— Je lui ai donné un somnifère, elle dort. La pauvre petite ne se remettra pas aisément. Et votre Constance ?

— Elle tient bon, mais l'atmosphère de la maison Weber devient irrespirable.

— En cas de nécessité, ma demeure lui est ouverte.

— Je ne sais comment vous remercier, baronne.

— En réussissant votre concert de ce soir et en séduisant le Tout-Vienne ! Que jouerez-vous ?

— Un concerto pour piano en *ré* majeur écrit en 1773 [1] et dont j'ai gardé les deux premiers mouvements. Le troisième me paraissant trop complexe, je l'ai remplacé par un rondo [2] très alerte où j'ai tenté d'allier humour et virtuosité.

Wolfgang ne se trompait pas.

L'assistance du Burgtheater applaudit chaleureusement le programme, composé d'extraits d'*Idoménée, roi de Crète*, d'une improvisation et du concerto dont le rondo final enchanta les plus blasés. Les Viennois découvrirent un surprenant pianiste, d'une simplicité désarmante. Ne cherchant aucun effet, il bougeait peu, gardait un calme parfait et ne s'abandonnait ni aux mouvements extravagants ni aux contorsions de ses collègues. L'interprète n'extériorisait pas ses sentiments et laissait parler la musique.

1. K. 175.
2. K. 382.

Vienne, le 10 mars 1782

— Les choses bougent, annonça Geytrand à Joseph Anton. À Weimar, Goethe est monté en grade et figure parmi les dirigeants de la Loge Amalia qui vient d'initier le duc Charles-Auguste.

— Encore un dignitaire de premier plan ! se plaignit Anton. La Franc-Maçonnerie gagne du terrain tous les jours.

— Oui et non, le rassura Geytrand, car cette Loge est en proie à des soubresauts qui pourraient aboutir à une sorte d'explosion. La violence de Bode heurte beaucoup de Frères, lassés de sa grossièreté et de ses attaques incessantes contre les Jésuites. Même s'il est promis à la direction de la plus vieille Loge[1] d'Allemagne, ce Bode semble très doué pour semer la discorde.

— Souhaitons-lui bonne chance ! Quoi d'autre ?

— D'après le Frère Angelo Soliman, toujours aussi vénal, le minéralogiste Ignaz von Born sera Vénérable de la Loge À la Vraie Union. Comme prévu, son ascension a été très rapide, et il réalisera son programme : mettre les Frères au travail, leur faire redécouvrir le sens de la symbolique et bâtir une authentique initiation.

— Malheureusement, Ignaz von Born jouit d'une excellente réputation, et l'empereur l'apprécie. Ce minéralogiste donnera une bonne image de la Franc-Maçonnerie viennoise et favorisera son expansion. Que pourrait-on lui reprocher ?

— Aucun ragot ne circule à son sujet, déplora Geytrand. Moralité impeccable, travailleur infatigable,

1. La Loge Absalom.

scientifique estimé de ses pairs... On le respecte, on l'admire et on le craint.

— Von Born ne se contentera pas de diriger une Loge viennoise, prophétisa Joseph Anton. Peut-être deviendra-t-il notre principal ennemi.

35.

Vienne, le 10 mars 1782

Alors qu'il venait de promulguer un décret relatif à la liberté du travail, l'empereur Joseph II, dont la volonté réformatrice ne s'épuisait pas, étudiait un dossier brûlant consacré aux problèmes de la paysannerie tout en se dirigeant vers les champs les plus proches de la ville. Chaque Viennois connaissait son carrosse laqué vert, au double attelage.

Vêtu simplement, l'empereur aimait se promener, rencontrer ses sujets et les écouter. Puisque de fausses rumeurs annonçaient de mauvaises récoltes et une hausse des impôts, Joseph II devait dissiper les craintes.

Aussi son carrosse s'arrêta-t-il au milieu d'un champ autour duquel s'étaient rassemblés de nombreux curieux.

Joseph II descendit de manière alerte et marcha jusqu'à une charrue abandonnée au centre du terrain.

Quand il la souleva, l'assistance applaudit.

Et la phrase courut sur toutes les lèvres : « L'empereur est le dieu des paysans ! »

Berlin, le 11 mars 1782

L'Ordre templier traversait une inquiétante période de turbulences. « Tout se trouve sans conducteur », se plaignaient plusieurs Chevaliers. Chaque mois se produisaient de nombreuses défections, et le Sérénissime Frère Ferdinand de Brunswick en personne subissait des critiques !

Avant de répondre à Jean-Baptiste Willermoz dont les exigences ne cessaient de grandir, Charles de Hesse voulait consulter dom Pernety, ex-aumônier de Bougainville, auteur des *Fables égyptiennes dévoilées* et du *Dictionnaire mytho-hermétique*. Conservateur de la Bibliothèque de Berlin, il dirigeait son Rite hermétique [1] et dispensait un enseignement fondé sur les révélations du mystique suédois Swedenborg que le prince allemand vénérait.

Sur le seuil de la demeure de dom Pernety, de nombreuses malles. Âgé de soixante-six ans, les traits tirés, le mage empilait des livres reliés dans des sacs de cuir.

— Pardonnez-moi de vous déranger, mon Frère. Je suis Charles de Hesse et j'aimerais vous parler de sujets graves.

— Je quitte définitivement Berlin pour retourner à Avignon avec mes fidèles Illuminés, révéla dom Pernety. La sainte Parole m'ordonne d'agir ainsi, et je lui ai toujours obéi.

— Louée soit-elle, approuva Charles de Hesse.

— Une terrible révolution se prépare, prophétisa le mage, à cause de la bassesse des Églises, coupables d'avoir trahi le message du Christ. La terreur et la désolation s'abattront sur notre monde corrompu.

1. Il comprenait deux hauts grades : Novice et Illuminé.

— La Nouvelle Jérusalem succédera-t-elle au Jugement dernier ?

— N'auront rien à craindre ceux qui croient à l'immortalité de l'âme, rendent un culte à la Vierge et obéissent à la sainte Parole.

— Pouvons-nous faire confiance à Jean-Baptiste Willermoz et sauver ainsi la Stricte Observance templière ?

Dom Pernety hésita.

— Il se montre très actif et cache sans doute beaucoup d'ambition.

— Ne faut-il pas revenir sur le chemin du Christ et fonder la nouvelle Église qui respectera enfin son enseignement ?

— Certes, à condition de ne pas oublier l'alchimie. Comment transformer les individus mortels en êtres célestes sans posséder l'or philosophal ? Le grand Swedenborg a beaucoup insisté sur ce point. Organisez le convent, tenez bon sur l'essentiel, et vous réussirez. Faites vite, car la révolution se prépare.

Brunswick, le 13 mars 1782

Sortant du lit d'une belle, von Haugwitz était passé par un confessionnal avant d'honorer la convocation des deux dirigeants de la Stricte Observance. En obtenant le pardon de ses péchés, il pourrait de nouveau s'adonner aux plaisirs de la chair tout en louant le Seigneur.

— Nous venons de répondre à Willermoz, déclara Charles de Hesse, en précisant notre ligne de conduite : engager définitivement l'Ordre templier sur la voie du Christ.

— Parfait, approuva von Haugwitz.

— Cependant, nous ne souhaitons pas renoncer aux expériences alchimiques, car le Christ lui-même symbolise l'or suprême.

— Mes disciples[1] sont hostiles à ces pratiques occultes, s'indigna von Haugwitz. Seule la dévotion permet d'obtenir les faveurs du Tout-Puissant.

— Afin que nous soyons réunis au sein du même Ordre, poursuivit Charles de Hesse, j'ai proposé à Willermoz un accord secret entre lui-même et nous trois, ici présents. Ainsi, nous orienterons le prochain convent maçonnique dans le bon sens.

Le visage du baron von Haugwitz s'empourpra.

— Comment avez-vous osé ? Je ne me soumettrai à personne, vous entendez, à personne ! Le Christ est mon seul maître, je ne reçois d'ordres que de Lui. À partir de cet instant, je quitte cette Franc-Maçonnerie subversive et dangereuse. Désormais, je la combattrai sans relâche.

Von Haugwitz claqua la porte du grand salon.

— Cette défection ne remet pas en cause notre stratégie, estima Ferdinand de Brunswick. Une alliance secrète avec Willermoz est le seul moyen de sauver la Stricte Observance.

Vienne, le 20 mars 1782

— Grande nouvelle, monsieur le comte ! claironna Geytrand. Le convent maçonnique organisé par la Stricte Observance débutera mi-juillet. Tous les dignitaires ont donné leur accord au Grand Maître et annoncé leur venue. Les débats dureront plusieurs jours, voire plusieurs semaines.

1. Les Frères de la Croix.

— Sur quoi déboucheront-ils, voilà la question majeure.

— Étant donné les querelles entre les courants maçonniques, on peut espérer un beau chaos.

— Ferdinand de Brunswick et Charles de Hesse ne sont pas des imbéciles. Pour garder le pouvoir, ils préparent forcément un coup fourré.

— À Berlin vient de paraître une brochure intitulée *Le Rose-Croix mis à nu*. Elle accuse les Rose-Croix et les Templiers d'être des marionnettes dont les Jésuites tirent les fils.

— Si Bode n'en est pas l'auteur, il doit la lire avec délectation.

— Le dénommé Cagliostro compte fonder à Paris une Mère-Loge d'adoption de la haute Franc-Maçonnerie égyptienne, ajouta Geytrand.

— Du sérieux ?

— Simple adaptation de rites déjà connus, avec des ajouts de magie. Le cardinal de Rohan et quelques personnalités de la cour seraient intéressés. À force de jouer avec le feu, ce Cagliostro risque de se brûler les doigts.

— Tant mieux ! Rassemble le maximum d'éléments sur les participants au convent de Wilhelmsbad et augmente les primes de nos informateurs. Je veux connaître la totalité des propos échangés et des décisions adoptées.

36.

Vienne, le 22 mars 1782

La capitale des Habsbourg était en émoi. Pendant un mois, le pape Pie VI résiderait en ses murs et affronterait l'empereur Joseph II.

Âgé de soixante-cinq ans, la parole plutôt lente, le chef de l'Église catholique avait jugé ce voyage indispensable pour défendre personnellement son point de vue face au maître de l'Empire autrichien. En mettant le poids de son autorité dans la balance, il comptait l'emporter.

Dès le premier entretien privé, le pape exposa ses craintes.

— Majesté, vous avez entrepris un nombre considérable de réformes, et je salue votre courage. Puis-je néanmoins vous demander si vous n'allez pas trop vite et trop loin ?

— Je recherche la paix, la justice et la cohésion sociale. Sans ces avancées indispensables, de graves convulsions se produiront.

— Est-il nécessaire de s'en prendre à l'Église ?

— J'ai parlé de justice, Très Saint Père, et nul ne se situe en dehors d'elle, pas davantage l'Église que l'État.

— Tout de même, fermer des monastères et mettre le clergé sous le joug du pouvoir temporel !

— Quelles que soient les institutions religieuses, elles doivent remplir une fonction sociale et ne pas empiéter sur le gouvernement d'un pays. C'est pourquoi je prends ces mesures qu'apprécie la population.

— La population... Son jugement ne saurait être lucide !

— Le bonheur de mes sujets est ma première préoccupation.

— L'impératrice Marie-Thérèse vénérait l'Église et...

— Paix à son âme, Très Saint Père. Si nous allions déjeuner ?

Le pape Pie VI ne s'attendait pas à un adversaire aussi redoutable. La négociation se présentait plutôt mal.

Vienne, le 23 mars 1782

Comment reprendre le dialogue avec son père et sa sœur ? Wolfgang ne regrettait pas d'avoir chèrement acquis son indépendance, mais il déplorait l'hostilité de sa famille et tenait à obtenir le consentement de Leopold pour épouser Constance.

— Offrons-leur des cadeaux, préconisa la jeune femme. Quels sont les goûts de ton père ?

— Envoyons-lui une tabatière et une paire de cordons de montre.

— Et ceux de ta sœur ?

— Nannerl appréciera sûrement deux bonnets à la mode viennoise.

— Je les confectionnerai moi-même. Ajoutons-y

une petite croix, preuve que nous nous marierons dans la foi du Seigneur, et un petit cœur percé d'une flèche qui évoquera notre amour.

Wolfgang étreignit sa fiancée.

— Ton âme est bonne et généreuse, ma chérie ! Grâce à toi, notre bonheur sera aussi celui de nos deux familles.

Constance ajouta quelques mots, fort humbles, à la lettre de Wolfgang.

Cette initiative fut couronnée de succès, puisque la rigide Nannerl, devenue la confidente et la conseillère de Leopold, accepta de répondre en couchant par écrit quelques banalités.

Point encore d'approbation, mais le dialogue se renouait.

Vienne, le 10 avril 1782

À la nouvelle lettre de son père qui lui recommandait de se faire engager à la cour de Vienne à n'importe quelles conditions, Wolfgang répondit : *Il faut que Joseph II me paie, car le seul bonheur d'être à lui ne me suffit pas. Si l'empereur me donne mille florins et un comte deux mille, je fais mon compliment et vais chez le comte avec mes sûretés, s'entend.*

L'empereur accordait davantage de considération à Gluck et à Salieri qu'au jeune Mozart, remarquable pianiste et compositeur agréable, mais sans réelle notoriété.

On frappa à sa porte.

— Aloysia !

— Je pars pour une longue tournée à l'étranger. Acceptes-tu de m'offrir un air brillant qui mettrait ma voix en valeur ?

— Bien sûr !

Acceptez mes remerciements, aimables bienfaiteurs[1] plut beaucoup à la cantatrice. Elle embrassa Wolfgang sur les joues et s'enfuit avec la partition.

Lui succéda le facteur, porteur d'une triste nouvelle. Le 1er janvier, Jean-Chrétien Bach était mort à Londres. « Un malheur pour le monde musical », murmura Wolfgang. Il n'oublierait jamais l'amitié et les encouragements du fils de Jean-Sébastien dont le génie illuminait à présent ses recherches.

Vienne, le 20 avril 1782

Wolfgang ne se contentait plus de jouer du Bach lors des concerts du dimanche chez Van Swieten. À présent, il tentait une expérience particulièrement difficile : assimiler sa science et son style, les incorporer à son propre langage.

Les œuvres qu'il élabora, une adaptation de cinq fugues pour quatuor à cordes[2] et quatre préludes pour trio à cordes[3], n'étaient pas destinées au public. Avec humilité et patience, sachant qu'il lui faudrait une longue période de maturation, Mozart se mit au service de Bach et le pria de le former. Débuts de fugues inachevées, esquisses de thèmes se succédèrent comme des formules de laboratoire.

D'un point de vue extérieur, des échecs et des renoncements ; de celui de Wolfgang, un apprentissage rigoureux qui, un jour, porterait ses fruits. Grâce à son

1. K. 383.
2. K. 405.
3. K. 404a, pour accompagner des fugues de Jean-Sébastien et de son fils le plus talentueux, Wilhelm-Friedman.

extraordinaire sens de la polyphonie et à sa perpétuelle exigence, Bach le décapait, le purifiait, lui ôtait toute trace de vaine séduction. Il l'obligeait à puiser sa volonté créatrice au plus profond de lui-même, loin des modes et de l'air du temps.

Tout en notant une fugue en *ut* majeur, il composa le prélude complémentaire[1], comme si son esprit fonctionnait indépendamment de sa main.

Sur l'insistance de sa fiancée, il accepta d'offrir la partition à sa sœur Nannerl : *Lorsque Constance a entendu les fugues*, lui confia-t-il, *elle s'en est tout à fait éprise. Elle ne veut plus entendre que celles de Haendel et de Bach. Comme elle m'a demandé si je n'en avais pas encore écrit, et comme je lui ai répondu que non, elle m'a très vivement grondé de n'avoir pas voulu écrire ce qu'il y a justement de plus artistique et de plus beau en musique ; elle ne m'a pas donné de cesse que je ne lui compose une fugue, et c'est celle-ci.*

Vienne, le 22 avril 1782

En quittant Vienne, le pape Pie VI remâchait son échec total. Malgré plusieurs entretiens et de multiples mises en garde, l'empereur Joseph II n'avait pas cédé un pouce de terrain. Et l'on glissa même à l'oreille de Sa Sainteté que, contrairement à la regrettée impératrice Marie-Thérèse, le nouveau maître de l'Empire autrichien laissait prospérer des Loges maçonniques où l'on émettait des critiques à peine feutrées contre Rome et le successeur de Pierre. Des Frères n'évoquaient-ils pas la nécessité de ressusciter l'Église de Jean, fidèle à l'en-

1. Prélude et fugue K. 394.

seignement initiatique du Christ, bien éloigné de la doctrine catholique officielle ?

Sans doute Joseph II ne tarderait-il pas à rencontrer des difficultés qui le rendraient moins libéral et le convaincraient de revenir en arrière.

En attendant, Pie VI était de fort méchante humeur, et l'hommage appuyé du prince-archevêque Colloredo qu'il croisa en Bavière, le 25 avril, ne le dérida pas. Adepte de Rousseau et de Voltaire, partisan des réformes de Joseph II, ce prélat infatué de lui-même mangeait à tous les râteliers.

37.

Vienne, le 29 avril 1782

Le drame éclata, aussi imprévisible que choquant.

Alors que Constance et Wolfgang participaient à une soirée dansante en oubliant leurs soucis, la jeune femme, qui s'était éloignée de son cavalier, se laissa enrouler un ruban autour du mollet par un inconnu !

Le scandale déclencha la colère de Wolfgang. Si ce malotru avait insisté, il serait intervenu.

Constance, sa douce Constance... Comment osait-elle se comporter ainsi ?

— Ma chère, ta conduite me paraît inconvenante.

— Inconvenante... Que vas-tu imaginer ?

— Je n'imagine rien, j'ai tout vu !

— Il n'y avait pourtant rien à voir.

— N'agis plus jamais ainsi, je t'en prie.

— Tes reproches me blessent gravement, Mozart. Je ne te parlerai plus !

Constance s'enfuit. Tétanisé, Wolfgang demeura sur place.

Quelle affreuse bêtise venait-il de commettre ! À cause de ses stupides soupçons, perdrait-il sa future épouse ?

Désemparé, il lui écrivit aussitôt : *À ceci, vois com-*

bien je t'aime ! Je ne m'emporte pas comme toi, je pense, je réfléchis et j'écoute les sentiments. Ce que je veux pouvoir dire de toi : voici la bien-aimée vertueuse, jalouse de son honneur, raisonnable et fidèle, de l'honnête et bienveillant Mozart.

Inquiet, il fit les cent pas devant L'Œil de Dieu, la maison Weber.

Deux fois, la porte s'ouvrit. Sortirent des locataires qui le saluèrent.

La troisième fois apparut Constance.

— Me pardonnes-tu ?

Elle sourit.

— J'y consens, mais ne sois plus aussi possessif et accorde-moi vraiment ta confiance.

Wolfgang serra tendrement Constance dans ses bras.

De retour chez lui, il composa une fantaisie pour piano en *ré* mineur [1], tragique au début, allègre à la fin.

Vienne, le 7 mai 1782

Après un travail acharné sur le livret en compagnie de Thamos, Wolfgang joua le deuxième acte de *L'Enlèvement au sérail* chez la comtesse Thun, fort attentive.

Blonde, la servante anglaise de Constance, l'héroïne emprisonnée dans le sérail du pacha Sélim, repoussait les avances de l'odieux Osmin, le gardien du harem. Téméraire, elle lui rappelait qu'on ne séduisait pas une femme par la force. Et Wolfgang faisait proclamer à cette jolie Anglaise sa règle de vie : *Un cœur né pour la liberté ne se laisse jamais traiter en esclave et, quand bien même il a perdu sa liberté, il en conserve encore l'orgueil et se rit de l'univers.*

1. K. 397.

Non contente de se révolter ainsi contre le malheur et la servitude, Blonde riait au nez d'Osmin et se promettait même d'intervenir pour que le pacha le châtie. Et si nécessaire, elle crèverait les yeux du tortionnaire !

Impressionnée, la comtesse Thun partagea la détresse de Constance dont l'avenir semblait bien sombre. *Des supplices de toutes sortes peuvent bien m'attendre*, affirmait l'héroïne, *je me ris des tortures et des souffrances, rien ne peut m'ébranler. La mort, à la fin, me délivrera.*

Opéra allemand mi-chanté, mi-parlé, ce *Singspiel* prenait une drôle de tournure ! Heureusement, le pacha admirait le ferme caractère de Constance et ignorait les projets d'évasion de Belmonte, décidé à sauver sa bien-aimée, sa servante Blonde et son serviteur Pedrillo, lequel parvenait à soûler Osmin. Le mahométan découvrait le merveilleux goût du vin, sans s'apercevoir qu'il contenait un narcotique.

Enfin, les deux couples se retrouvaient ! Mais Belmonte et Pedrillo étaient pris d'une angoisse : Constance et Blonde auraient-elles cédé à leurs geôliers ?

Les deux femmes s'indignaient : *Que les hommes nourrissent des doutes au sujet de notre honneur et nous regardent avec suspicion, c'est insupportable !* Penauds, les deux soupirants se repentaient et demandaient un pardon que leurs bien-aimées avaient la bonté de leur accorder.

— Très émouvant, Mozart, estima la comtesse Thun. On jurerait une situation vécue !

Wolfgang s'abstint de tout commentaire.

— Vos héros parviendront-ils à s'échapper ?

— Vous le saurez quand je vous jouerai le troisième acte, comtesse.

Vienne, le 25 mai 1782

Puisque le ciel l'autorisait, Wolfgang et les autres invités déjeunèrent dans le jardin de la comtesse Thun. Le soir eut lieu la répétition pour le grand concert du lendemain qui, grâce à l'intervention de Thamos et du Franc-Maçon Adamberger, futur interprète de Belmonte, serait organisé par Martin, un bon professionnel.

Placée sous l'égide du Concert des Dilettantes, une association de musiciens où prédominaient les Francs-Maçons, cette académie en plein air permettrait à Wolfgang d'être entendu d'un vaste public, à la fois cultivé et populaire.

— Les esprits vous sont très favorables, révéla le comte Franz-Joseph. Il fera beau, le public sera nombreux et vous serez en excellente forme.

— Voilà plusieurs semaines que je me prépare ! Un échec me condamnerait.

— Croyez aux esprits, Mozart. Moi, ils ne me déçoivent jamais. Vous verrez, tout se passera bien.

— Tout est fin prêt, confirma Adamberger. Les musiciens sont de qualité, les instruments ont été vérifiés.

Wolfgang songea aux moments heureux vécus à Mannheim en compagnie des membres d'un orchestre exceptionnel. À Vienne, le niveau était également remarquable ; mais cette fois, de lourdes responsabilités pesaient sur les épaules du compositeur.

— Ce sera un pas décisif, estima Adamberger. Ensuite, nous songerons à la première représentation de *L'Enlèvement au sérail.*

— Aura-t-elle vraiment lieu ? s'inquiéta Wolfgang.

— Sans aucun doute, puisque l'empereur continue d'y être favorable. Surtout, ne relâchez pas vos efforts !

Ce conseil-là, Mozart l'avait déjà entendu.

Vienne, le 26 mai 1782

Sur la porte d'accès au jardin de l'Augarten ouvert au public en 1775, Joseph II avait fait graver une formule : « À tous les hommes, par leurs protecteurs. » Là se trouvait un pavillon où l'on donnait des concerts.

— Enfin, confia Wolfgang à Thamos, je sors des salons et je vais à la rencontre des gens modestes !

Au programme figuraient une symphonie du baron Van Swieten, l'élégante et facile *Symphonie parisienne*[1], et un concerto pour deux pianos[2], allègre et brillant, qu'il jouerait en compagnie de Josepha Auernhammer, son élève enamourée.

La présence de Constance dissipait les espoirs de la malheureuse, qui respecta scrupuleusement les indications de son professeur.

Organisation parfaite, musiciens excellents, public ravi : cette académie en plein air fut un franc succès, et le nom de Mozart commença à courir sur les lèvres.

1. K. 297.
2. K. 365.

38.

Vienne, le 30 mai 1782

— Enfin le troisième acte de *L'Enlèvement au sérail* ! s'exclama la comtesse Thun, ravie d'accueillir Wolfgang et Constance, toujours aussi amoureux. J'ai hâte de savoir comment cette histoire finira. Les deux couples, Constance et Belmonte, Blonde et Pedrillo, échappent-ils à la mort ?

— Ils croient réussir, mais Osmin, le gardien du sérail, les rattrape et les ramène au pacha Sélim.

— Quel châtiment leur réserve-t-il ?

— La pendaison. Alors, Belmonte révèle que son père, un grand d'Espagne nommé Lostados, versera une énorme rançon pour les libérer.

— Le pacha accepte-t-il ?

— Hélas ! ce Lostados est le pire ennemi de Sélim. Il l'a poursuivi d'une haine injuste, a enlevé sa femme et l'a contraint à devenir un fuyard et un renégat.

— Quelle superbe occasion de se venger en tuant son fils et celle qu'il aime ! constata la comtesse.

— Constance ne redoute pas l'issue fatale, déclara Wolfgang, puisque Belmonte se trouve auprès d'elle. *Qu'est-ce que la mort ?* se demande-t-elle : *le chemin du repos. À tes côtés, mon bien-aimé, elle est l'avant-goût de la félicité.*

— Votre Constance est une femme merveilleuse, Mozart. Elle touchera de nombreux cœurs. Sauvez-la, je vous en prie !

— Elle devra son salut à l'amour que lui voue le pacha et auquel il renonce lorsqu'il admet que Constance et Belmonte sont unis à jamais. Aussi affirme-t-il : *C'est un plaisir bien plus grand de répondre à une injustice dont on a souffert par un bienfait plutôt que de rendre le vice par le vice.* Et les quatre rescapés concluent : *Rien n'est plus vil que la vengeance. En revanche, être humain et bon, pardonner de façon désintéressée, sans ressentiment, c'est à cela que l'on reconnaît les grandes âmes ! Celui qui n'en convient pas ne mérite que le mépris.*

— Vous avez un cœur pur, Mozart, jugea la comtesse Thun. Puisse le destin le préserver de trop graves blessures.

— *L'Enlèvement au sérail* est achevé, indiqua Constance, et j'en connais par cœur les airs principaux ! Quand le verrons-nous enfin sur scène ?

— Dans la coulisse, on répand les pires bruits sur votre fiancé, révéla la comtesse. Mais l'empereur est si heureux d'avoir enfin une pièce allemande, à la fois parlée et chantée, que les répétitions ne tarderont pas à commencer. Et je peux même vous donner une date précise : le 3 juin, au Burgtheater.

Weimar, le 21 juin 1782

Élevé à la dignité de Maître Franc-Maçon depuis le 2 mars, Goethe assistait à une incroyable Tenue. Lui qui avait adhéré à cet Ordre pour y découvrir les secrets de l'initiation se trouvait plongé dans une foire d'empoigne digne des pires milieux politiques.

N'en croyant ni ses yeux ni ses oreilles, Goethe subissait la violente altercation entre Bode et un dignitaire à propos du but réel de la Franc-Maçonnerie.

— Assez de discours creux et de paroles inutiles ! tonnait Johann Joachim Christoph Bode. Quand comprendrez-vous enfin que les Jésuites gangrènent la Franc-Maçonnerie ? Par bonheur, Zinnendorf est mort le 6 juin dernier en ouvrant les travaux de sa Loge [1], et son Rite chrétien disparaît avec lui !

— Propos scandaleux, indignes d'un Frère ! protesta son contradicteur.

— L'indignité, surenchérit Bode, consiste à nous incliner devant les dogmes catholiques en refusant de penser par nous-mêmes ! Les Francs-Maçons, des hommes libres ? Quelle blague !

Le Maître de la Loge frappa un coup de maillet.

— Nos travaux sont suspendus. Que les Frères se retirent en paix.

Vienne, le 25 juin 1782

— La Loge Amalia de Weimar vient d'être fermée, annonça Geytrand à Joseph Anton. Aucune date de réouverture n'a été fixée.

— La cause de ce séisme ?

— Les déclarations incendiaires de Bode.

— Un véritable Attila, cet excité ! Souhaitons qu'il rende visite à un maximum de Loges. Après son passage, il ne restera qu'un champ de ruines.

— Tous les Francs-Maçons attendent avec impa-

1. Les Trois Clefs.

tience le convent de Wilhelmsbad, précisa Geytrand. Les participants auront à définir la nature et les buts de leur Ordre.

— Ferdinand de Brunswick veut restaurer le Temple qui se lézarde de partout. À mon sens, il ne s'agira pas d'une réunion de plus, mais d'un véritable tournant.

Vienne, le 1er juillet 1782

— Toi, ma chère Constance, tu chanteras la partie de soprano ; toi, mon ami Jacquin, celle de basse ; et moi, celle de ténor.

Le trio interpréta l'œuvre burlesque de Wolfgang, *Le Petit Ruban*[1], évoquant un morceau d'étoffe perdu que deux époux recherchaient en expliquant leur douloureux problème à un ami commerçant, lequel pouvait leur en procurer autant qu'ils le désiraient. Par bonheur, les amoureux retrouvaient leur précieux bien.

Au terme de leur prestation, les trois interprètes éclatèrent de rire.

Thamos l'Égyptien avait chargé son Frère Jacquin de distraire Wolfgang dont les nerfs étaient tendus. Quoiqu'il fût persuadé d'avoir écrit un opéra à la fois plaisant et sérieux, comment réagiraient les mélomanes et la critique ?

Un autre souci obsédait le compositeur : son mariage. Leopold refusait toujours de lui envoyer son consentement et Constance, avec une admirable fermeté d'âme, continuait à supporter le mauvais caractère de sa mère.

Jacquin parti, Wolfgang enlaça sa fiancée.

1. K. 441.

— Si ton père me rejette, murmura-t-elle, renonceras-tu à notre mariage ?

— Bien sûr que non ! Avant la fin de cette année, nous serons unis devant Dieu.

Le beau sourire de Constance bouleversa Wolfgang.

— Te passeras-tu de son accord ?

— S'il s'obstine, oui. Et je prononce un vœu solennel : si Leopold nous reçoit à Salzbourg comme mari et femme, j'y ferai jouer une messe en ton honneur.

39.

Vienne, le 4 juillet 1782

Alors que se poursuivaient les répétitions de *L'Enlèvement au sérail*, Wolfgang fut invité à dîner par l'un de ses admirateurs, Johann Valentin Günther, en compagnie du ténor Adamberger et du librettiste Stephanie. Secrétaire du cabinet secret de l'empereur pour les affaires de la Guerre, Günther était l'un de ses amis intimes. Son soutien aiderait Wolfgang à s'imposer.

— Satisfait de vos chanteurs ? demanda-t-il.

— En présence du futur héros Belmonte, je ne saurais souhaiter mieux ! Nous travaillons dans une excellente ambiance, personne ne tire la couverture à lui.

— Une sorte de miracle, observa Adamberger. D'ordinaire, les divas se crêpent le chignon ! La musique de Mozart apaise les tensions et nous donne envie de la célébrer en dépassant nos mesquineries.

Des coups violents furent frappés à la porte de l'appartement.

À peine un domestique l'ouvrit-il que s'engouffrèrent plusieurs policiers dont le chef se campa devant Günther.

— Veuillez vous considérer comme prisonnier, monsieur le secrétaire.

— De quoi m'accuse-t-on ?

— Espionnage au profit de la Prusse.

— C'est insensé !

— Votre maîtresse, Eleonora Eskeles, fille du grand rabbin de Bohême et de Moravie, vous a extorqué des renseignements ultraconfidentiels. Votre complicité étant avérée, l'empereur vous assigne à résidence.

— Je veux parler à Sa Majesté !

— Hors de question.

— Je suis innocent et je proteste vigoureusement contre cette injustice !

Les policiers contraignirent Mozart, Adamberger et Stephanie à sortir de l'appartement.

— Notre ami Günther a été imprudent, jugea Stephanie. La séductrice l'a conduit au désastre !

Vienne, le 5 juillet 1782

— L'un des proches de l'empereur a été arrêté hier soir, apprit Geytrand à Joseph Anton.

— Pourquoi cet incident a-t-il retenu ton attention ?

— Parce que le Franc-Maçon Günther dînait en compagnie de deux Frères, le chanteur Adamberger et le librettiste Stephanie le Jeune.

— D'autres convives ?

— Mozart, un jeune compositeur.

— Franc-Maçon, lui aussi ?

— Non.

— Mozart... Ce nom est déjà apparu dans mes dossiers.

— Il travaille à un opéra avec Stephanie.

À tout hasard, Joseph Anton ouvrit un nouveau dossier au nom de Mozart.

Wilhelmsbad, le 11 juillet 1782

Le Lyonnais Jean-Baptiste Willermoz arriva à Wilhelmsbad, petite ville d'eaux de la Hesse, quatre jours avant l'ouverture du convent afin de rencontrer en secret le Grand Maître de la Stricte Observance, Ferdinand de Brunswick, et son adjoint, Charles de Hesse.

Quel honneur, pour un commerçant, d'être ainsi considéré par deux illustres seigneurs ! Le véritable sauveur de la Franc-Maçonnerie, c'était lui, Willermoz, et il savait comment faire plier les deux aristocrates : leur promettre ses rituels secrets sans jamais les leur donner.

À sa grande satisfaction, ils le reçurent avec déférence.

— Les débats risquent d'être houleux, estima le Grand Maître, et nous devons, ensemble, adopter une ligne de conduite qui nous permettra de sauver la Stricte Observance.

— Nous avons décidé de nous rallier à votre vision de la spiritualité, précisa Charles de Hesse, de rejeter les références templières, le rationalisme, le scientisme et la tradition ésotérique.

— Êtes-vous bien conscients, vénérés Frères, que seuls les Chevaliers bienfaisants de la Cité Sainte peuvent régénérer la Franc-Maçonnerie ?

— Nous le sommes, déclara Ferdinand de Brunswick.

— Vous rencontrerez de fortes oppositions.

— Puisque nous concluons une alliance, je saurai imposer mon autorité et réduire les contestataires au silence.

— Faudra-t-il abandonner toute pratique alchimique ? s'inquiéta Charles de Hesse.

— Le Christ est l'or philosophal. Cette révélation, je vous l'offrirai en vous initiant, après le convent, au grade suprême de mon Rite.

Le duc et le prince buvaient les paroles de Willermoz. Même si les Frères croyaient que Brunswick était encore Grand Maître, le mystique lyonnais détenait le pouvoir réel et dirigerait le convent dans la bonne direction.

D'ici quelques jours, au pire quelques semaines, son triomphe serait total.

40.

Wilhelmsbad, le 15 juillet 1782

Dès l'ouverture du convent, deux Illuminés de Bavière déclenchèrent les hostilités. Face aux délégués venus de toute l'Europe et représentant de multiples tendances, Adolphe von Knigge affirma : « Ce monde n'est pas fait pour philosopher, mais pour agir », et von Dittfurth attaqua avec une rare violence les mystiques chrétiens, coupables de dénaturer la Stricte Observance. Ne fallait-il pas enfin s'opposer aux pouvoirs et aux privilèges des aristocrates, faire éclater une société figée, promouvoir un humanitarisme égalitaire et se débarrasser des superstitions religieuses ?

Ces discours furent fort mal accueillis, sauf par Bode. Une nouvelle fois, il accusa les Jésuites d'avoir mis la main sur la Franc-Maçonnerie.

À l'issue de cette première passe d'armes, cause d'un climat épouvantable, Bode se rapprocha des Illuminés et décida d'adhérer à ce mouvement qui correspondait pleinement à ses idéaux. La révolution était en marche.

— Vous voyez, dit Bode à Thamos, nous progressons !

— Le Grand Maître n'a guère apprécié les déclarations des contestataires, semble-t-il.

— Il se trompe lourdement ! La Stricte Observance est fichue, seuls les Illuminés donneront à la Franc-Maçonnerie un véritable élan et la place qu'elle mérite. Venez donc nous rejoindre.

Thamos écouta attentivement Adolphe von Knigge, l'auteur des rituels des Illuminés, et rendez-vous fut pris pour qu'il les découvre.

— La Stricte Observance se saborde, affirma-t-il. La concurrence acharnée entre les systèmes de hauts grades, la défection du duc de Sudermanie, les attaques du Rite suédois, les faux secrets, le profond mécontentement des Frères... Quel déplorable constat ! Tournons le dos au passé et engageons-nous résolument vers l'avenir.

— Comment l'envisagez-vous ? interrogea le marquis de Chefdebien, colonel de chasseurs, chevalier de Malte et Franc-Maçon expérimenté, délégué par la Loge française des Philalèthes afin de recueillir des informations.

— Aucune entente possible avec Willermoz, les Rose-Croix et autres chrétiens plus ou moins déguisés ! C'est à cause d'eux que nous nous engluons.

— Irez-vous jusqu'à la rupture ?

— Si nécessaire, oui.

— Leurs rites secrets ne nous feront-ils pas cruellement défaut ? s'inquiéta le marquis.

— Des coquilles vides ! Le seul avenir de la Franc-Maçonnerie, martela von Knigge, ce sont les Illuminés de Bavière.

Sous l'autorité de Ferdinand de Brunswick, qui n'était pas encore personnellement attaqué, les débats reprirent.

« Qu'y gagnera l'initiation ? » s'interrogea l'Égyptien.

Vienne, le 16 juillet 1782

Contre les spasmes, Wolfgang avait absorbé de la teinture de rhubarbe avec de l'alcool éthéré. Ce remède ne l'empêcha pas de laisser tomber la partition du premier acte de *L'Enlèvement au sérail* dans une flaque de boue, alors qu'il se rendait au Burgtheater pour y diriger la première représentation de son opéra[1].

Le compositeur ne songeait pas aux précieux cent ducats que l'œuvre lui rapporterait mais aux multiples complots visant à le briser. L'empereur lui-même avait dû calmer certains opposants.

Quand le petit homme, pâle et chétif, aux yeux brillants et au nez long et fort, fit résonner les premières mesures de *L'Enlèvement au sérail*, il s'immergea dans la musique.

Ce soir, il jouait sa carrière et, au-delà du succès, sa liberté de créateur.

Thamos l'Égyptien lui manquait. En ces moments décisifs, sa présence l'aurait réconforté. Mais le destin ne lui imposait-il pas d'affronter seul les principales épreuves de son existence ?

Vers le milieu du premier acte, des sifflets. D'abord discrets, ils s'amplifièrent. Mais des bravos s'élevèrent et finirent par l'emporter.

— Trop beau pour nos oreilles, mon cher Mozart, et beaucoup trop de notes, commenta Joseph II qui honorait la soirée de sa présence.

— Juste ce qu'il faut, Majesté.

L'empereur eut un petit sourire. Décidément, ce musicien avait du caractère !

Chacun attendait avec impatience l'opinion des cri-

1. K. 384.

tiques que le comte Karl Zinzendorf, observateur de la vie culturelle viennoise, résuma d'une phrase : « Cette musique est un ramassis de choses volées. » Mozart ? Un pillard dont l'opéra était une piètre imitation de compositions estimées, comme celles de Gluck.

Vienne, le 19 juillet 1782

La deuxième représentation de *L'Enlèvement au sérail* fut proche du désastre. En l'absence de l'empereur, le clan anti-Mozart se renforça et les sifflets se déchaînèrent avec d'autant plus de hargne que Fischer, l'in- terprète d'Osmin, le gardien du sérail, chantait de manière lamentable. Approuvé par le ténor et Franc-Maçon Adamberger, aussi furieux que lui, Wolfgang exigea une nouvelle répétition avant de programmer une troisième représentation annoncée comme la dernière.

— Sûrement pas ! prophétisa Adamberger. Seule la critique est mauvaise. Le public, lui, apprécie, et le bouche à oreille fonctionne bien. Si nous chantons correctement nos rôles, les siffleurs se décourageront.

Sous l'impulsion de Wolfgang, l'équipe se remit au travail. La partie n'était pas encore perdue.

En dépit de sa fatigue et de ses angoisses, il composa une étrange sérénade [1] pour octuor à vent présentant la particularité, unique dans ce genre d'œuvre, de répondre au ton grave d'*ut* mineur. La rigueur de Bach s'y affirmait, avant que n'éclate la joie finale.

Et puis le jeune homme ne pouvait repousser la demande pressante de son père qui réclamait une symphonie à l'occasion des réjouissances célébrant l'anoblissement du bourgmestre Sigmund Haffner.

1. K. 388.

Ce retour à Salzbourg, même strictement musical, ennuyait Wolfgang, mais il espérait toujours obtenir le consentement de Leopold afin de pouvoir épouser Constance et se plia donc à ses exigences.

Surmontant sa lassitude, il prit sur ses heures de sommeil et commença à écrire la symphonie *Haffner*[1].

Son père comprendrait-il enfin que son fils l'aimait et le respectait, au point de ne pas se marier sans son accord ?

1. K. 385.

41.

Vienne, le 20 juillet 1782

— Le convent de Wilhelmsbad s'annonce comme un vrai désastre, déclara Geytrand, presque joyeux.

— Des informations fiables ? demanda Joseph Anton, sceptique.

— J'ai acheté deux délégués dont je recoupe les comptes rendus. Dès le premier jour, les affrontements ont été violents.

— Le Grand Maître réussit-il à brider ses opposants ?

— Pour le moment, oui. Les Illuminés de Bavière ont commis l'erreur de dévoiler d'emblée leurs positions radicales qui ont heurté la majorité des Frères.

— Que veulent ces excités ?

— Une révolution, monsieur le comte. Détruire l'Église et la royauté devient le but premier de la Franc-Maçonnerie.

— Comment réagit le Grand Maître ?

— Il désapprouve formellement cette ligne de conduite, et la plupart des Frères le suivent.

— Autrement dit, les Illuminés courent à l'échec.

— Les débats ne font que commencer.

— As-tu identifié leurs dirigeants ?

— Ce convent nous permettra de progresser. Je peux déjà citer les noms d'Adolphe von Knigge et de von Dittfurth.

— Même si ce courant échoue, jugea Joseph Anton, il ne s'éteindra pas.

— Bode est prêt à quitter la Stricte Observance pour aider les Illuminés à se développer, précisa Geytrand.

— Le danger se précise, mais il faut étoffer le dossier avant de le présenter à l'empereur. Il exigera des preuves et des documents irréfutables avant de s'attaquer à ces intellectuels qui rêvent de changer le monde.

Vienne, le 26 juillet 1782

Alors que Wolfgang venait de s'installer au Sabre rouge[1] et que l'on redonnait ce soir-là *L'Enlèvement au sérail*, Constance arriva chez lui en pleurs.

— Je ne peux plus rester chez ma mère ! Elle est encore ivre et menace de me frapper.

Il la serra dans ses bras.

— Tu ne retourneras plus chez toi. Je t'emmène chez la baronne Waldstätten.

— Ma mère me fera rechercher par la police et t'accusera de détournement de mineure.

— Rassure-toi, nos amis nous défendront.

— Elle sera folle de rage !

— Nous lui résisterons.

La baronne Waldstätten accueillit le couple avec sa gentillesse habituelle, et le récit de Constance lui souleva le cœur.

— Soyez tranquille, mon enfant. Ni votre mère ni la police ne franchiront le seuil de ma demeure. Je vais

1. Aujourd'hui 19, Wipplingerstrasse.

faire savoir que je vous accorde l'hospitalité, et personne ne vous importunera.

— Je voudrais tellement être mariée !

— Tu n'attendras plus longtemps, promit Wolfgang. Dès demain, j'écris de nouveau à mon père pour le supplier de me donner enfin son accord.

Vienne, le 31 juillet 1782

Les représentations du 26 et du 30 n'avaient pas été perturbées par la clique d'opposants à Mozart. *L'Enlèvement au sérail* devenait un succès, et son auteur accédait au rang de compositeur respecté.

En revanche, la dernière lettre de son père le blessa profondément. D'un côté, il lui refusait toujours son consentement ; de l'autre, il reconnaissait à peine sa réussite viennoise.

Reprenant sa plume, il reprocha à Leopold son indifférence et sa froideur. Puis, une dernière fois, il l'implora de lui permettre de s'unir à Constance Weber en précisant que, de toute manière, ce mariage aurait lieu.

Wolfgang ne pouvait plus faire attendre sa fiancée dont la situation était intenable. Pourquoi son père empêchait-il son bonheur et ne se réjouissait-il pas de l'audience grandissante de *L'Enlèvement au sérail* ?

Le musicien n'osait songer à une jalousie professionnelle. Chassant cette affreuse pensée, il se rendit chez la baronne Waldstätten afin d'annoncer à Constance qu'ils allaient bientôt vivre ensemble au grand jour, comme mari et femme.

Vienne, le 4 août 1782

Le 2, on redonna l'*Enlèvement*, vivement applaudi. Wolfgang et sa fiancée reçurent la communion chez les Théatins[1], après s'être confessés. Le 3, il envoya à son père la fin de la symphonie *Haffner* et signa son contrat de mariage. Et le 4, le couple pénétra dans la cathédrale Saint-Étienne pour y célébrer son union devant Dieu.

— As-tu reçu l'accord de ton père ? s'inquiéta Constance.

— Malheureusement non.

— Ne risques-tu pas de te brouiller avec lui ?

— Ne songe qu'à notre joie, ma chérie. Nous sommes faits l'un pour l'autre, et Dieu, qui ordonne tout et cela aussi par conséquent, ne nous abandonnera pas.

Constance, Wolfgang et leurs témoins ne purent retenir leurs larmes. Les deux époux avaient conscience de s'engager à construire une famille.

— Je vous offre votre repas de mariage, déclara la baronne Waldstätten.

Les agapes s'accompagnèrent d'un cadeau inattendu : la sublime sérénade en *si* bémol[2] de Mozart pour douze instruments à vent et une contrebasse, l'œuvre qui avait tant ému Thamos.

Où se trouvait-il, en ces instants si importants ? Wolfgang l'aurait volontiers choisi comme témoin, mais l'Égyptien avait forcément une tâche plus importante à remplir. Conversait-il avec les prêtres du soleil, contribuait-il à façonner une sagesse sans laquelle le monde serait inhabitable ?

Constance était heureuse. Ses jolis yeux noirs expri-

1. Congrégation de clercs réguliers fondée à Rome au XVIe siècle.
2. K. 361.

maient une confiance et une tendresse que Wolfgang ne trahirait jamais. Grâce à elle, il mènerait une existence tranquille et harmonieuse, loin des débordements de la passion, si nuisible à la véritable création. Un travail acharné s'avérait indispensable, l'excès et les tourments ne menaient nulle part.

Saurait-il unir son chant intérieur à la rigueur de Jean-Sébastien Bach, l'élan vers la lumière à la maîtrise de chaque note ? Constance comprenait son idéal et le partageait. Pondérée, raisonnable, elle lui accordait un présent inestimable : la paix de l'âme et du cœur, indispensable à l'équilibre grâce auquel il édifierait son œuvre.

42.

Vienne, le 6 août 1782

« Je place en toi mon espérance, mon épouse bien-aimée », chanta Wolfgang à Constance en composant un air de soprano[1] dans la lumineuse tonalité d'*ut* majeur.

Il vivait la matinée la plus heureuse de son existence, et ce bonheur ne comportait pas de nuages car, la veille, il avait enfin reçu le consentement de son père, fort impressionné par l'aide et la protection que procurait au jeune couple « la haute et la bonne dame Waldstätten » dont Leopold entendait dire grand bien. Puisqu'une baronne viennoise approuvait ce mariage, il rendait les armes.

Le succès confirmé de *L'Enlèvement au sérail*, l'amour de Constance, la réconciliation avec son père, une carrière prometteuse... Le ciel exauçait tous les vœux de Wolfgang qui, cependant, attendait impatiemment de revoir Thamos.

L'*Enlèvement* n'était pas un aboutissement, mais un point de départ. Se sachant capable de maîtriser l'art si complexe de l'opéra, il souhaitait retrouver le chemin

1. K. 440.

du temple des prêtres et des prêtresses du soleil. Sans l'aide de l'Égyptien, comment y parvenir ?

— Tu sembles soucieux, observa Constance.

— Non, je savoure la chance que nous avons de vivre ensemble. Et je vais remercier Dieu en tenant ma promesse : t'offrir une messe. Elle sera jouée à Salzbourg quand mon père et ma sœur nous y recevront.

— Crois-tu qu'ils finiront par m'accepter ?

— Tu les séduiras, j'en suis sûr !

Salzbourg, le 7 août 1782

La symphonie *Haffner* surprit Leopold qui s'attendait à une œuvre galante et divertissante à souhait. Mais son fils avait beaucoup changé. À de nombreuses reprises, cette œuvre brisait le carcan des conventions.

Çà et là, des accès de révolte contre ce Salzbourg détesté et ses bien-pensants, tellement attachés à leur routine ! L'andante semblait à peu près paisible, mais le presto reprenait le chant de victoire du gardien du sérail, Osmin, parfaite incarnation du grand mufti Colloredo. Victoire illusoire, puisqu'il était finalement ridiculisé et terrassé.

— Ton frère n'est plus le même, dit Leopold à Nannerl. J'espère qu'il parviendra à se contrôler et à s'insérer dans la bonne société.

— Cette Constance exerce sur lui une mauvaise influence. Jamais vous n'auriez dû donner votre consentement. Wolfgang aurait renoncé à ce mariage désastreux.

— Non, il était fermement décidé, et la vigilance de la baronne Waldstätten me rassure.

— Pas moi, trancha Nannerl. Mon frère est un être fantasque qui n'a pas le sens des réalités. Cette union ne tiendra pas longtemps, il échouera à Vienne et reviendra ici, la tête basse.

Vienne, le 8 août 1782

Sur le bureau de Wolfgang, des dictionnaires de langues étrangères.

— Que prépares-tu ? lui demanda Constance.

— Je révise mon français que je maîtrise à peu près et j'apprends l'anglais.

— Des voyages en prévision ?

— Pourquoi pas ? Après le succès de *L'Enlèvement au sérail* et de mes premiers concerts viennois, j'écris à Le Gros, personnage médiocre mais influent à Paris, et je lui propose mes services pendant la prochaine période de carême. Ensuite, nous envisagerons Londres, le paradis des musiciens !

— Dans l'immédiat, il faut te préparer pour le déjeuner. Pourvu que cette invitation ne soit pas un piège !

De fait, en se rendant chez Gluck, Wolfgang n'en menait pas large. Pourquoi le musicien le plus en vogue à Vienne et célèbre dans l'Europe entière lui accordait-il un tel honneur ?

Les craintes de Mozart étaient infondées. Gluck désirait simplement le connaître, le féliciter et lui annoncer qu'il militait en faveur de la reprise de *L'Enlèvement au sérail* au Burgtheater.

Vienne, le 9 août 1782

Wolfgang se leva sans faire le moindre bruit et rédigea un petit mot qu'il plaça près du lit :

Bonjour, chère petite femme ! Je souhaite que tu aies

bien dormi, que rien ne t'ait dérangée, que tu n'aies pas de mal à te lever, que tu ne t'enrhumes pas, que tu ne doives pas t'énerver avec les domestiques. Réserve les ennuis pour mon retour.

À cinq heures du matin, quel bonheur de faire une promenade à cheval jusqu'aux faubourgs de Vienne ! Wolfgang profitait de cet été enchanteur et de l'immense espace de création qui s'ouvrait devant lui. La reconnaissance de Gluck l'intronisait comme un authentique compositeur, et ses détracteurs n'élevaient plus guère la voix, à l'exception de la critique « autorisée ». Il lui faudrait apprendre à supporter la jalousie, la méchanceté et la bêtise d'individus stériles dont la seule occupation consistait à dénigrer l'œuvre d'autrui.

Mettre en musique les harmonies célestes qu'évoquait la Kabbale et que connaissaient les initiés aux Grands Mystères : voilà l'important.

Vienne, le 17 août 1782

Le baron Gottfried Van Swieten piétinait. Certes, en offrant à Mozart la révélation d'œuvres majeures de Jean-Sébastien Bach, il contribuait à la formation du Grand Magicien. Et sa position de chef de la censure lui donnait accès à quantité de dossiers et de documents. En cas de danger, il alerterait ses Frères.

Mais le baron ne décelait toujours pas la moindre piste menant au service secret chargé d'épier les Francs-Maçons. Ni le chef de la police ni le ministre de l'Intérieur ne semblaient en connaître l'existence. Bien entendu, ils pouvaient mentir avec cette belle assurance des hommes politiques qui ne savaient plus eux-mêmes où se trouvait la vérité.

Personne ne paraissait mettre en péril l'existence des

Loges viennoises, préservées des convulsions que tenterait d'apaiser le convent de Wilhelmsbad dont Van Swieten espérait des décisions positives.

Peut-être ce service secret, tellement invisible, n'existait-il que dans ses cauchemars ?

La comtesse Maria Wilhelmine Thun s'approcha du baron.

— Belle soirée mondaine, n'est-ce pas ? Seule nous manque la musique de Mozart.

— Le succès de *L'Enlèvement au sérail* me réjouit au plus haut point. Le voilà reconnu comme l'un de nos plus brillants musiciens.

— Oui et non, jugea la comtesse. Malgré mes interventions et les vôtres, l'empereur Joseph II ne lui accorde pas un poste officiel à la cour qui le libérerait de tout souci matériel et lui permettrait de composer en toute sérénité.

— Joseph II pratique une politique d'économie et refuse de grever le budget de l'État, rappela Van Swieten.

— Quand on a la chance de rencontrer un être exceptionnel, ne doit-on pas s'occuper de lui en priorité ? L'empereur manque de lucidité, s'entoure de médiocres et laisse s'échapper des gens de talent. À terme, cet aveuglement le conduira à une catastrophe. Qui néglige un Mozart ne saurait gouverner correctement un empire !

43.

Wilhelmsbad, le 20 août 1782

À partir de la quatrième séance du convent se posa une question fondamentale, soumise aux réflexions des délégués : qui sommes-nous et depuis combien de temps existons-nous ?

Convaincus des possibilités d'avenir de la Stricte Observance, plusieurs Chevaliers proposèrent des solutions. Le premier prôna la résurrection matérielle de l'Ordre du Temple et son désir de faire fortune. Le deuxième envisagea de lever vingt mille guerriers afin de chasser les Turcs des îles de Lampedusa et de Linosa. Le troisième incita les Frères à quitter l'Europe et à s'installer en Australie, un continent immense et vide où la Franc-Maçonnerie templière se développerait au grand jour. Le quatrième évoqua les véritables dirigeants de l'Ordre, les Supérieurs inconnus, sans lesquels les initiés ne découvriraient jamais la pierre philosophale.

Chacun attendait l'intervention de Ferdinand de Brunswick, élu le 15 août Grand Maître général et chef du nouveau système maçonnique à mettre en place.

— Mes Frères, le fondateur de la Stricte Observance, Charles de Hund, nous a menti. Il ne possédait aucun document prouvant notre filiation templière. En conséquence, nous devons renoncer à cette illusion et à la restauration d'un ordre chevaleresque mort et enterré, sans aucun lien avec la Franc-Maçonnerie à laquelle nous appartenons. Le Temple demeurera une simple référence d'ordre moral et mystique.

Le convent fut frappé de stupeur.

— J'approuve le sérénissime Grand Maître ! rugit Bode.

— Moi de même, renchérit Willermoz, ravi de la tournure des événements.

— Que proposez-vous concrètement ? demanda Bode.

— L'appellation Stricte Observance templière ne signifie plus rien, estima Ferdinand de Brunswick. En conséquence, il faut suivre un autre chemin, tracé par le Frère Jean-Baptiste Willermoz et son institution des Chevaliers bienfaisants de la Cité Sainte.

— Un retour au christianisme archaïque ! s'exclama Bode, furibond.

— Nous avons écouté les discours des Illuminés de Bavière, rappela le Grand Maître. Leurs buts ne sont pas les nôtres, leurs idées n'ont pas été retenues.

Vienne, le 20 août 1782

— N'es-tu pas choqué ? demanda Constance à Wolfgang.

Le 18, dans le jardin de l'Augarten, on avait joué une transcription pour vents de *L'Enlèvement au sérail* qui n'était pas de la main de Mozart. Fallait-il s'insurger ou bien se féliciter de cet engouement populaire ?

— Ce soir, on redonne mon opéra au Burgtheater. Avant-hier, les promeneurs de l'Augarten se sont arrêtés pour l'écouter. Des cadeaux du ciel ! Naguère, j'étais prisonnier d'un tyran et condamné à me dessécher à Salzbourg. Aujourd'hui, du badaud à l'aristocrate, Vienne écoute ma musique ! De quoi me plaindrais-je ?

— Tu as le sens du bonheur, Wolfgang.

— Certainement, puisque tu m'aimes.

Wilhelmsbad, le 21 août 1782

Lorsque s'ouvrit la nouvelle séance du convent, chacun sut que la décision majeure était prise : la réforme des mystiques lyonnais serait désormais la référence imposée à tous.

Le Supérieur inconnu, Thamos l'Égyptien, n'ayant émis aucune objection, Ferdinand de Brunswick alla de l'avant. Il chargea quatre Frères de rédiger un projet de « Code général de l'Ordre » et leur accorda un an de délai. Et Willermoz écrirait les textes des nouvelles cérémonies célébrées dans les Loges de la Stricte Observance.

— Je n'ai rien de commun avec ce ramassis de croyants dont la tête est déformée par les racontars des Jésuites, confia Bode à Thamos. Ce ne sont pas des rituels maçonniques qu'ils vont concocter, mais des parodies de messe ! Crois-moi, mon Frère, seuls les Illuminés nous tireront de l'ornière.

Jean-Baptiste Willermoz triomphait. Prudent, il attendait cependant la fin du convent pour être certain de sa victoire totale.

Vienne, le 24 août 1782

La baronne Waldstätten ne parla pas à Mozart de la lettre que venait de lui envoyer Leopold, qui décrivait son fils comme « trop passif, trop somnolent, trop nonchalant, parfois peut-être trop fier, trop impatient, ne sachant pas attendre. Trop ou trop peu, point de milieu. Et ce sont, hélas ! les gens les plus intelligents, les génies les plus extraordinaires dont le chemin présente le plus d'obstacles ».

Ce père-là connaissait-il vraiment Wolfgang, l'aimait-il avec toute la tendresse souhaitable, pouvait-il l'aider à réussir dans une ville aussi exigeante et un métier aussi difficile ?

— Constance et moi désirons nous rendre à Salzbourg, confia Wolfgang à la baronne. J'aimerais tellement présenter mon épouse à mon père et à ma sœur ! Nous ne formons qu'une petite famille qu'il serait bon de réunir.

— Avez-vous été invités ?

— Pas encore, mais cela ne saurait tarder.

— Ne partez pas avant la nouvelle visite à Vienne du futur tsar. Sa venue sera l'occasion d'une grande activité musicale. Cette fois, le grand-duc Paul écoutera *L'Enlèvement au sérail.*

— Autrement dit, impossible de quitter Vienne dans l'immédiat... D'ailleurs, j'ai une appréhension qui me retient d'aller à Salzbourg.

— Que craignez-vous ?

— D'être arrêté par la police de Colloredo. Le prince-archevêque ne me déteste-t-il pas au point de me jeter en prison ?

La baronne ne rejeta pas l'hypothèse.

— Prenez des précautions et des assurances, recommanda-t-elle.

44.

Vienne, le 30 août 1782

Alors qu'on venait de redonner *L'Enlèvement au sérail* le 27, avec un succès constant, Wolfgang ébaucha trois sonates pour piano et violon[1] – la première dédiée à sa « très chère épouse » – et un adagio pour les mêmes instruments[2].

Il n'acheva aucune de ces œuvres, des expériences de laboratoire destinées à maîtriser la technique du contrepoint que Jean-Sébastien Bach avait portée à la perfection.

Constance appréciait ces essais au style archaïsant, voire rugueux.

— Tâche difficile, confessa son mari. Bach ne se laisse pas assimiler comme une nourriture vulgaire ! Mais j'y parviendrai.

Son ami le corniste Leutgeb, bon vivant à l'esprit épais, interrompit ces recherches. Il avait un besoin urgent de partitions.

— Entendu, dit Wolfgang, mais à la condition de rassembler nos amis et de faire un excellent dîner !

1. K. 403, 402, 404.
2. K. 396.

Ce langage-là, Leutgeb le comprenait fort bien. Copieusement arrosée, la nuit fut des plus joyeuses. Il en résulta un quintette pour cor et cordes[1] et un concerto[2] que l'instrumentiste n'aurait aucune peine à interpréter.

Constance aimait voir Wolfgang s'amuser et répandre une franche gaieté tout en songeant à une œuvre rigoureuse inspirée de Jean-Sébastien Bach. Il était à la fois ici et là-bas, terrestre et céleste.

Wilhelmsbad, le 1er septembre 1782

En cette dernière journée du convent, tous les participants éprouvaient le sentiment d'un terrible échec.

— Une conjuration contre l'ordre social vient de se nouer, dit à Thamos le marquis de Chefdebien, représentant des Philalèthes. Et la France en sera la première victime.

— Les thèses des Illuminés de Bavière n'ont-elles pas été repoussées ?

— Seulement en apparence. D'ailleurs, ils ne font que relayer un courant d'idées dont la force augmente chaque jour. La Stricte Observance, elle, n'a pas su emmener la Franc-Maçonnerie au-delà de ses faiblesses et de ses contradictions.

Le Grand Maître avait le visage d'un vaincu. Depuis vingt ans, Ferdinand de Brunswick tentait de bâtir un système international qui aurait dominé la totalité des Loges européennes. Aujourd'hui, la montagne accouchait d'une souris, un nouveau Rite chrétien[3] en for-

1. K. 407.
2. K. 412.
3. Il a survécu sous l'appellation de Rite Écossais Rectifié, fondamentalement différent du Rite Écossais Ancien et Accepté.

mation dont le garant serait un mystique français, Willermoz.

À la surprise générale, le grand vainqueur du convent affichait une mine déconfite. Tout à coup, le poids des responsabilités lui paraissait beaucoup trop lourd. Lui et ses disciples parviendraient-ils à construire l'édifice rituel qu'on attendait d'eux et à l'imposer à l'ensemble des pays naguère ralliés à la Stricte Observance ?

Et Jean-Baptiste Willermoz, fier de ne pas communiquer aux Frères allemands le contenu réel de ses cérémonies secrètes, n'avait reçu aucune information sur les autres Rites dont il aurait aimé connaître la teneur. Dialogue de sourds et marché de dupes, le convent de Wilhelmsbad marquait la fin d'une époque.

Thamos n'avait rien recueilli de constructif pour l'initiation du Grand Magicien. Il continuerait cependant à suivre l'évolution des Illuminés de Bavière, qui comptaient s'ouvrir au monde extérieur.

Juste avant leur départ respectif, les regards de Ferdinand de Brunswick et de Thamos se croisèrent.

— Nous reverrons-nous ?

— Je l'ignore, Sérénissime Grand Maître.

— Pourquoi n'êtes-vous pas intervenu davantage en prônant une autre voie ?

— Parce que les décisions étaient déjà prises avant le début du convent.

— J'estimais agir dans l'intérêt de l'Ordre. Et Willermoz réussira peut-être !

— L'initiation repose sur la qualité des rites et la puissance spirituelle qu'ils transmettent, affirma l'Égyptien. Sans un outil de valeur, toujours à améliorer, on tombe dans la croyance, le décorum et la vanité.

— Tel ne sera pas notre cas, affirma Charles de

Hesse, volant au secours du Grand Maître, car le Christ nous guidera.

Vienne, le 12 septembre 1782

— Une véritable explosion ! se félicita Geytrand en remettant à Joseph Anton les rapports de ses informateurs sur le convent de Wilhelmsbad. La Stricte Observance templière se meurt. Même si son agonie dure de longues années, même si Ferdinand de Brunswick et Charles de Hesse s'accrochent à leurs prérogatives, l'Ordre n'est plus qu'une coquille vide où s'agitent des pantins. Eux-mêmes ont sabordé leur bateau en coupant tout lien avec la tradition templière et en confiant au Français Willermoz le soin de préparer un nouveau Rite fortement teinté de christianisme.

— Dangereux, ce Willermoz ?

— Riche commerçant, mystique qui affiche ses actions charitables mais ne dédaigne pas les femmes, imbu de la supériorité que lui confèrent ses contacts privilégiés avec Dieu, fier de fréquenter des nobles et bien embarrassé de sa victoire apparente !

— Ferdinand de Brunswick démissionnera-t-il ?

— Je n'y crois guère, tellement il s'attache à son titre de Sérénissime Grand Maître. Mais il me semble brisé et cédera la direction des lambeaux de l'Ordre à Charles de Hesse, plus jeune et plus dynamique. Ce dernier a la conviction que la Franc-Maçonnerie est un chemin privilégié vers le Christ.

— Voilà plutôt de bonnes nouvelles, reconnut Anton. Et les mauvaises ?

— Les Illuminés de Bavière ne suivront ni Willermoz ni le Grand Maître qu'ils considèrent comme des suppôts de l'Église. Eux veulent une révolution et utilisent les Loges comme instruments de conquête.

— Le plus dur reste donc à faire, constata Joseph Anton. Éradiquer la Franc-Maçonnerie ne s'annonce pas facile, car les éléments les plus redoutables avancent masqués, tel ce Johann Valentin Günther que l'empereur envoie en exil, tandis que sa maîtresse, la juive Eskeles, est extradée à Berlin.

— L'un et l'autre n'affirment-ils pas vigoureusement leur innocence ?

— Joseph II appréciait beaucoup le secrétaire de son cabinet secret. Aussi mène-t-il une enquête approfondie. Mais je suis intrigué, Geytrand. Juste avant son arrestation, le Franc-Maçon Günther avait invité ses Frères Adamberger, le chanteur, et Stephanie, le librettiste. Le quatrième convive était Mozart, le compositeur, dont nous savons qu'il n'appartient pas à la confrérie. Tout de même, sa présence à ce curieux dîner me paraît suspecte.

— J'ai encore vérifié, monsieur le comte. Ce jeune homme n'a rien d'un comploteur. Son seul désir consiste à s'imposer à Vienne grâce à des aristocrates influents.

— Espérons-le.

45.

Vienne, le 28 septembre 1782

— Je voudrais avoir tout ce qui est bon, pur et beau ! s'exclama Wolfgang avant d'embrasser passionnément Constance.

Le 6 et le 20 septembre, deux nouvelles représentations de *L'Enlèvement au sérail* au Burgtheater. Le 24, l'empereur Joseph II avait écouté l'opéra en privé, signifiant ainsi son admiration. Et le 25, la cour de Prague avait offert à Mozart cent ducats pour une copie de l'œuvre.

— Ton *Enlèvement* sera joué dans l'Europe entière ! prédit son épouse. Nous gagnerons beaucoup d'argent et nous nous installerons dans un plus grand appartement.

— Aujourd'hui, nous recevons une foule d'amis et nous fêtons notre bonheur. Y a-t-il de la truite fumée des Alpes au menu ?

— Je connais ton mets préféré, mon chéri.

Le repas fut pantagruélique, le vin coula à flots. Comme il n'existait pas de réjouissances sans musique, Wolfgang composa plusieurs canons, commençant par « Manger et boire, cela soutient [1] » et finissant par l'un

1. K. 234.

des textes en vogue à Vienne, « Lèche-moi le cul bien proprement, rien ne m'est plus délicieux [1] », que les convives chantèrent en chœur et à tue-tête.

Vienne, le 1er octobre 1782

Après le déjeuner chez la baronne Waldstätten, Wolfgang et Constance s'interrogèrent.

— On ne peut pas lui cacher la vérité, estima-t-il.

— Moi, je n'ose pas lui dire.

— Qu'y a-t-il de honteux, chère petite femme ?

— Rien, rien du tout, au contraire ! Ce nouveau bonheur couronne tous les autres.

— Allez, je lui écris, mais dans son style. Notre brave baronne, qui apprécie tant les plaisanteries salées, ne goûterait pas une lettre conventionnelle. Voici comment je l'informe de ta grossesse : *Très chère, très bonne, très belle, en or, en argent, en sucre... Ma femme a des envies – et uniquement d'une bière préparée à l'anglaise ! Si Votre Grâce pouvait m'en faire porter un cruchon, cela m'obligerait.*

Le cruchon ne tarda pas, et la future maman apaisa son envie.

Vienne, le 5 octobre 1782

En examinant ses comptes, le ménage Mozart constata, non sans amertume, que le créateur d'un succès musical était fort peu payé. En quatorze jours, le théâtre gagnait quatre fois plus que le compositeur d'un opéra applaudi par un nombreux public !

1. K. 231, 233.

— Il ne faut pas faire le mauvais drôle, estima Wolfgang, mais pas non plus le sot qui laisse les autres tirer le profit de son travail, lequel lui a coûté assez de peine et de fatigue, et qui renonce à tous ses droits à venir.

— Comment améliorer la situation ?

— Mieux négocier les contrats, obtenir de plus justes rémunérations de la part des éditeurs et assurer la postérité de l'œuvre ! Le combat sera rude et difficile, mais je le gagnerai.

Wolfgang était fort déçu de la dernière décision de Joseph II : nommer le médiocre Summer professeur de piano de la princesse Élisabeth, un poste qu'il espérait. Aux yeux de l'empereur, cet inconnu présentait un énorme avantage : son faible salaire !

Vienne, le 19 octobre 1782

Leopold n'était-il pas – enfin ! – fier de son fils qui, le 8 octobre, avait, du clavecin, dirigé *L'Enlèvement au sérail* en l'honneur du grand-duc Paul de Russie et de son épouse ? Et puis il venait de composer des concertos pour piano [1] tenant le milieu entre le trop difficile et le trop facile, afin d'apprivoiser le public viennois à l'aide d'un petit orchestre, voire d'un simple quatuor à cordes répondant au soliste.

Dans sa lettre, Wolfgang se réjouissait aussi de l'issue de la bataille de Gibraltar. *J'ai appris, et à ma grande joie vraiment – car vous savez bien que je suis un archianglais ! –, la victoire des Anglais sur les Espagnols.*

Malheureusement, Wolfgang devait retarder encore

1. Concertos n°s 11, K. 413, et 12, K. 414. De la même époque, le rondo pour piano et orchestre, K. 386.

son voyage à Salzbourg, car la saison musicale débutait à Vienne. En pleine ascension, il ne pouvait s'offrir le luxe d'une absence. Même si cette justification comportait une grande part de vérité, le compositeur redoutait toujours d'être arrêté par les sbires de Colloredo, capable de briser sa carrière.

Pourtant, il voulait revoir son père et sa sœur, leur présenter sa merveilleuse Constance et ajouter ce bonheur familial à tous ceux dont il bénéficiait depuis quelques mois. Comme il avait eu raison de quitter Salzbourg et de tenter sa chance à Vienne !

Mais il devait renouer ces liens-là et affronter à nouveau sa ville natale, dès qu'il s'en sentirait capable.

Que lui aurait conseillé Thamos, absent depuis si longtemps ? Un instant, Wolfgang songea qu'il désapprouvait sa conduite, trop mondaine à ses yeux, puis il se remit à composer de la jolie musique pour les oreilles viennoises. Surtout, ne pas se relâcher et continuer à les conquérir !

Vienne, le 4 novembre 1782

Le Vénérable Maître Ignaz von Born prit une décision révolutionnaire : réunir chaque mois les Maîtres Maçons qui désiraient vraiment percer les secrets de l'initiation en se mettant au travail.

Les candidats furent peu nombreux car tous, loin de là, ne souhaitaient pas mener une recherche approfondie sur les symboles dont ils étaient entourés sans en percevoir la signification. La plupart des Francs-Maçons ne venaient pas en Loge pour faire des efforts prolongés. La patience de von Born fut néanmoins récompensée, puisqu'une élite commençait à assumer ses devoirs.

Ce soir-là, chaque Frère lut son travail que les autres Maîtres écoutèrent avec attention. Thamos établit une synthèse, en ajoutant des éléments essentiels auxquels personne n'avait pensé. Un rédacteur fut chargé de préserver les idées qui serviraient de base à la prochaine Tenue.

Cette méthode inédite conquit certains esprits, aptes à progresser, et rebuta les conformistes satisfaits de l'ordinaire des Loges où l'on nouait des relations en participant à des banquets.

— Un noyau d'initiables existe, confia Ignaz von Born à Thamos. Peu importe leur petit nombre. L'important, c'est leur engagement, leur rigueur et leur solidité. Qu'a donné le convent de Wilhelmsbad ?

— Un désastre. Désormais, notre seule chance d'initier le Grand Magicien consiste à bâtir une ou plusieurs Loges viennoises dignes de ce nom.

— J'ai bon espoir de réussir. Les mois à venir seront décisifs. Si l'empereur ne change pas d'attitude et continue à prôner la tolérance, nous atteindrons un début de cohérence. D'après Gottfried Van Swieten, le service secret que nous redoutons tant ne serait qu'un mirage.

— Tout en souhaitant me tromper, je ne partage pas son optimisme. Demeurons sur nos gardes.

— Mozart connaît un beau succès. Hier soir, il donnait un concert au théâtre de la Porte de Carinthie et continue à recueillir les faveurs du public viennois.

— Voici sa nouvelle épreuve, indiqua l'Égyptien. Si cette gloire l'enivre, elle l'éloignera du temple, et il rejoindra la cohorte des pantins nourris de leur propre vanité.

46.

Vienne, le 10 novembre 1782

— Ignaz von Born prend des initiatives inquiétantes, révéla Geytrand à Joseph Anton. D'après mon informateur, le Frère Angelo Soliman, il rassemble un petit nombre de Maîtres en les incitant à déchiffrer le langage des symboles.

— Ce rideau de fumée ne cache-t-il pas des ambitions politiques ?

— Certainement pas, monsieur le comte ! Von Born est un idéaliste qui croit vraiment à la dimension spirituelle de la Franc-Maçonnerie, au-delà des idéologies et des doctrines.

— Si ce groupuscule se consacre à la recherche ésotérique, en quoi menace-t-il le pouvoir en place ? Ignaz von Born me rassure, et je lui souhaite pleine et entière réussite. Surtout, qu'il confine les Francs-Maçons dans leurs Loges et les ligote à leurs symboles !

— Cette démarche ne me paraît pas anodine. Elle pourrait former des esprits forts, rebelles à toute autorité.

Joseph Anton ne négligea pas la remarque de Geytrand qui ne pouvait lui avouer à quel point il regrettait de ne pas participer à une telle aventure. Et son amertume lui dictait sa conduite : détruire les Loges désireuses de vivre les Grands Mystères.

— Suis cet Ignaz von Born à la trace, ordonna Anton. S'il commet un faux pas, je préviendrai l'empereur.

Vienne, le 4 décembre 1782

Le tourbillon se poursuivait : la veille, Wolfgang et Constance avaient emménagé dans un nouvel appartement, au troisième étage d'une demeure appartenant au baron Wetzlar, et, ce soir, il jouait chez l'un des personnages les plus en vue de l'aristocratie viennoise, le prince Galitzin. Son palais de la Krugerstrasse accueillait souvent des musiciens auxquels il faisait rencontrer d'éminentes personnalités du monde culturel.

— Je suis heureux de vous avoir chez moi ! dit-il à Wolfgang avec un large sourire. Votre *Enlèvement au sérail* est une merveille, et vous nous offrirez beaucoup d'œuvres magnifiques, j'en suis sûr ! Maintenant, nous nous taisons et nous vous écoutons.

Tant de mélodies chantaient en permanence dans la tête du compositeur qu'il n'eut guère de peine à développer des variations d'une telle richesse que l'auditoire fut subjugué. L'appui inconditionnel du prince Galitzin consacrait Mozart comme l'un des compositeurs favoris des Viennois.

Dans l'angle d'une des onze grandes pièces du palais, Wolfgang aperçut deux hommes en grande discussion : l'influent intendant des spectacles et... Thamos !

D'abord hésitant, il approcha.

— Venez, mon cher Mozart, recommanda l'Égyptien. Le comte Franz Xaver Rosenberg-Orsini souhaiterait vous parler d'un projet.

— N'auriez-vous pas envie d'écrire un opéra italien ? demanda l'intendant. Après le succès de votre opéra allemand, une telle œuvre vous gagnerait un public encore plus large.

— L'idée me séduit, avoua Wolfgang, mais j'ai besoin d'un excellent livret.

— La cour ne manque pas de poètes talentueux.

Au terme de quelques banalités d'usage à propos de la vie mondaine, le comte Rosenberg-Orsini s'occupa de notabilités.

Mozart resta en tête à tête avec l'Égyptien.

— Désapprouvez-vous mon mariage et ma tentative de conquérir Vienne ?

— À condition que tu n'oublies pas l'essentiel, pourquoi te condamnerais-je ?

— Vos absences me troublent. Ne doutez pas que je recherche le chemin menant au temple des prêtres du soleil.

— Ici, à Vienne, se joue ton destin. Pour le moment, tu ne te débrouilles pas si mal. Fonder une famille et devenir un musicien apprécié sont des tâches ardues qui nécessitent beaucoup d'énergie.

— Seule la musique me guide, vous le savez bien, et je ne me laisserai pas prendre au piège d'une gloire passagère !

— Piège mortel, sois-en certain.

— Même si mes dernières compositions cèdent à la brillance, je ne renonce ni à ma véritable Quête ni à l'enseignement de Jean-Sébastien Bach. L'intégrer à ma propre pensée me prendra encore du temps.

— Sois à la fois patient et impatient, et tu ne t'égareras pas.

— Encore le fil de l'épée !

— Un jour, je l'espère, tu vivras pleinement ce symbole.

Weimar, le 10 décembre 1782

Après la fermeture de la fameuse Loge Amalia, comment réagiraient ses illustres membres, tels Goethe, si fier d'avoir été anobli le 10 avril et de fréquenter l'aristocratie, ou bien Bode, l'une des figures de proue de la Stricte Observance templière, moribonde à l'issue du convent de Wilhemsbad ?

Thamos espérait que quelques Frères profiteraient de cette péripétie pour rebâtir le temple en se débarrassant des scories du passé.

Il déchanta.

Loin de choisir la recherche symbolique, les Francs-Maçons de Weimar accédèrent à ce qui subsistait de l'« Ordre intérieur » de la Stricte Observance et se plurent à célébrer des cérémonies aussi pompeuses que vides. Seuls comptaient l'apparat, le décorum, les habits somptueux et les titres ronflants.

Ferdinand de Brunswick et Charles de Hesse n'avaient ni le courage ni le désir d'inverser la tendance. Conservateurs englués dans leurs prérogatives désuètes, les Francs-Maçons d'obédience templière se contentaient de leur rêve brisé.

Vienne, le 31 décembre 1782

Pour obtenir le succès, affirme Wolfgang à son père, *il faut écrire des choses si compréhensibles qu'un fiacre pourrait les chanter ensuite, ou bien si incompréhensibles qu'elles plaisent tout justement parce qu'aucune créature raisonnable ne peut les comprendre*, et il se tint à la ligne de conduite déjà exprimée : ne s'occuper ni de la louange ni du blâme de quiconque, et se fier à son seul sentiment. Il aurait aimé écrire, mais pas sous son nom, un petit livre de critique musicale avec des exemples. Et puis non, il avait une meilleure idée !

Un nouveau concerto pour piano [1] terminé, Wolfgang repensa à son dernier entretien avec Thamos. Assez de brillance, assez de séduction. Comme neuf années auparavant, il confia ses exigences au quatuor à cordes [2], en choisissant la tonalité de *sol* majeur qu'il rendit très sombre. À Salzbourg, il avait écarté ce genre musical. L'écoute des récentes œuvres de Haydn l'incitait à y revenir, avec son propre langage parvenu à maturité.

Dès le début, Wolfgang entrevit un long et laborieux effort. Détail inhabituel, il ratura beaucoup, se corrigea, revint en arrière et nourrit sa musique de ses propres interrogations.

À quoi lui serviraient le succès et la fortune si Thamos ne lui ouvrait pas la porte du temple ? Parviendrait-il à faire de son œuvre, de sa vie et de sa quête spirituelle une véritable unité ?

En dépit des difficultés prévisibles, le compositeur décida de façonner une série de six quatuors qu'il dédicacerait à Joseph Haydn. Comme il ne s'agissait pas d'une commande et qu'il voulait explorer de multiples sentiers, Wolfgang prendrait le temps nécessaire. Tout au long des mois à venir, l'art du quatuor lui servirait de guide vers un nouvel horizon, dépourvu de concessions.

1. N° 13 en *ut* majeur, K. 415.
2. K. 387.

47.

Vienne, le 8 janvier 1783

La grossesse de Constance se déroulait à merveille. Heureuse de bientôt donner la vie, la jeune femme se réjouissait des succès de son mari qui avait maintenant quatre élèves fortunés.

La veille, nouvelle représentation de *L'Enlèvement au sérail*, désormais inscrit au répertoire. Et Wolfgang préparait une souscription concernant ses trois derniers concertos pour piano, avec l'espoir de récolter une belle somme.

Il atteignait tous ses objectifs : une notoriété croissante, l'indépendance financière, créer à sa guise. Pourtant, il semblait tourmenté.

— Qu'est-ce qui te préoccupe ?

— Salzbourg, toujours Salzbourg ! Je ne me sens pas encore prêt à y retourner. Voilà ce que j'ai écrit à mon père afin de le rassurer sur ma détermination et mon engagement à t'offrir une œuvre qui sera jouée lors de notre séjour là-bas : *J'ai véritablement fait cette promesse dans mon cœur et j'espère véritablement la tenir. Quand je l'ai faite, ma femme était encore souffrante, mais comme j'étais fermement résolu à l'épouser dès qu'elle serait guérie, je pouvais facilement promettre cela. Comme preuve de la réalité de mon vœu, j'ai la partition de la moitié d'une messe.*

Puis Wolfgang se remit au travail et composa un air dramatique[1], « *Mon espérance adorée... Ah, tu ne sais quelle peine !* »

— À qui est-il destiné ? demanda Constance.

— À ta sœur Aloysia, de retour à Vienne. Elle le chantera le 11 à la Mehlgrube, le casino de la minoterie.

— Le texte n'est-il pas un peu... ambigu ?

— Oh non ! s'exclama Wolfgang. C'est toi que j'aime, et personne d'autre. Aloysia m'a beaucoup fait souffrir, et je n'éprouve plus aucun sentiment pour elle, ni affection ni haine, seulement de l'estime à l'égard d'une excellente cantatrice capable d'interpréter correctement des airs difficiles.

— Par bonheur, jugea Constance, tu ne sais pas mentir.

Munich, le 11 janvier 1783

À Athènes, nom de code pour Munich, en présence d'Adam Weishaupt, d'Adolphe von Knigge, du philosophe Franz Xaver von Baader, Grand Maître de la Loge locale, et de Thamos, comte de Thèbes, Bode fut initié aux grades supérieurs de l'Ordre des Illuminés de Bavière, seule organisation maçonnique où ne figurait aucun jésuite.

Pourtant, les textes[2] vantaient l'exemple de Jésus, courageux au point de sacrifier sa vie à son idéal. Et la cérémonie s'achevait par une imitation de la Cène où

1. K. 416.
2. Grade de Chevalier écossais ou Illuminé dirigeant.

les Frères communiaient en mangeant du pain et en buvant du vin.

Inquiet, Bode le fut encore davantage en découvrant un grade réservé aux véritables Illuminés : le Prêtre[1] !

L'enseignement dispensé lors de ces Petits Mystères le rassura, car il stigmatisait la religion chrétienne et le dogmatisme, rejetait la tyrannie des Églises quelles qu'elles soient, dénonçait les supercheries imposées par les croyances et prônait le libre exercice de la raison. L'homme pouvait se relever de sa chute et bâtir sur terre un royaume céleste d'où seraient exclus les despotes, lesquels devaient disparaître sans violence.

Toute révolution politique était vaine et destructrice, affirmait von Knigge. Seules les écoles secrètes de Sagesse rendraient les hommes majeurs et leur permettraient de prendre réellement leur destin en main. Alors, le monde abriterait des êtres sensés et connaîtrait enfin le bonheur.

Puis Bode fut enchaîné et introduit en Loge comme un esclave en fuite, demandant à être délivré de l'État, de la religion et de la société. Sa seule exigence : la liberté. Grâce à l'initiation, il devenait enfin un homme et n'établissait plus de distinction entre les rois, les nobles et les gens simples. Le vrai « Prince[2] » abolissait les castes.

Bode fut ravi.

Il souscrivait pleinement à ces idées et comptait les répandre avec sa faconde habituelle en attirant un maximum de Frères vers les Illuminés, la seule branche maçonnique capable de modifier la réalité.

Au cours du banquet réunissant les initiés, Adam Weishaupt révéla ses projets.

1. Premier grade de la troisième classe.
2. Grade de Prince ou de Régent, le second des Petits Mystères.

— Je désire organiser un système de Loges confédérées, car nous avons intérêt à établir au sein de la Franc-Maçonnerie une architecture éclectique. Alors, nous aurons tout ce que nous voudrons.

— Méfions-nous des aristocrates, intervint Bode, et maintenons-les dans les grades inférieurs.

Weishaupt fit mine d'approuver cette ligne dure, tout en sachant qu'il valait mieux s'adapter aux circonstances et gagner la confiance de certains grands seigneurs.

— Soyons des *Aufklaerer*, des éclaireurs, des propagateurs de lumière, souhaita le philosophe chrétien von Baader, et non des révolutionnaires violents. Établir un équilibre entre une religion raisonnable et l'exigence de la logique sera notre priorité. L'Église de Pierre et le catholicisme temporel ont corrompu notre société, qui doit apprendre à penser par elle-même et à se débarrasser de toute forme d'oppression.

On se trouvait à mille lieues du convent de Wilhelmsbad et de son atmosphère déliquescente. Sous l'impulsion de Weishaupt et de von Knigge, les Illuminés de Bavière formaient une phalange cohérente, en ordre de marche, avec des objectifs précis.

Thamos consulta l'auteur des rituels, le baron Adolphe von Knigge.

— Une fois l'idéal affirmé, observa l'Égyptien, il convient de lui donner l'outil rituel capable de le concrétiser. Je suppose qu'il s'agit des Grands Mystères où sera dévoilé l'ésotérisme de l'Ordre ?

— J'y révélerai la véritable nature de la magie et de la royauté, termes malheureusement employés à tort et à travers.

— Avez-vous terminé la rédaction ?

— J'en suis encore loin ! L'urgence, aujourd'hui, consiste à recruter un maximum de Frères, soit parmi les profanes que nous formerons dans les Pépinières, soit chez les Francs-Maçons qui seront directement admis aux grades supérieurs.

— Ces grades de Mage et de Roi ne sont-ils pas tout aussi urgents ? D'après la tradition initiatique, il convient de commencer l'œuvre par le haut et l'essentiel.

Le baron von Knigge parut gêné.

— Pour le moment, en plein accord avec Weishaupt, nous nous préoccupons de renforcer l'Ordre, de lui donner des assises solides et de conquérir la Franc-Maçonnerie. Plus il y aura d'Illuminés, plus nos idées s'imposeront.

48.

Vienne, le 15 janvier 1783

— Es-tu certain que les invités viendront ? s'inquiéta Constance.

— Certain ! affirma Wolfgang. Les Viennois apprécient les idées originales.

— Un bal à notre domicile, de dix-huit heures ce soir à sept heures demain matin, peut-être, mais leur faire payer un droit d'entrée de deux florins !

— La somme couvrira nos frais d'organisation. Tu verras, ils boiront et mangeront beaucoup.

La baronne Waldstätten arriva la première et embrassa Constance.

— La future maman est splendide. Comme c'est amusant de passer chez vous une folle nuit !

La suivirent Aloysia et Joseph Lange, le baron Wetzlar, propriétaire du logement et admirateur du musicien, le ténor et Franc-Maçon Adamberger, le librettiste Stephanie le Jeune et beaucoup d'autres relations des Mozart qui ne voulaient pas manquer cette petite fête.

Alors que l'atmosphère était débridée, Thamos fit une apparition discrète. En dépit d'un léger abus de punch, Wolfgang gardait un peu de lucidité.

— Belle nuit en perspective, jugea l'Égyptien.

— Vous ne prisez guère ce genre de distraction, je présume.

— Il y a longtemps, très longtemps, j'ai été jeune, moi aussi, et je ne te reproche pas de croquer la vie à belles dents.

— Je n'oublie pas le chemin du temple !

— Tes invités te réclament.

Vienne, le 27 janvier 1783

Le jour de ses vingt-sept ans, Wolfgang retravailla au premier des six quatuors qu'il avait décidé de composer pour lui-même, sans savoir s'ils seraient joués un jour en public. Peu lui importait, car il voulait explorer un nouveau paysage sans se préoccuper des réactions d'un auditoire.

Au-delà du bonheur et du malheur, de la joie et de la peine, l'andante cantabile du quatuor en *sol* majeur [1] évoquait un univers que Wolfgang ne connaissait pas encore mais dont il se rapprochait à grands pas. Cette musique-là l'emmenait vers le temple en lui faisant franchir des obstacles et passer des portes. Peut-être même le quatuor entier se présentait-il comme un vaste portail dont il réussissait enfin à dessiner les contours.

En le rendant visible par les notes, il en discernait la solennité et l'importance. Même dans l'allégresse du finale [2], il ressentit une présence. Lointaine, sa voix devenait presque audible.

1. K. 387.

2. La fin de ce mouvement préfigure le thème du trio « Wie ? Wie ? Wie ? » de *La Flûte enchantée*.

Vienne, le 5 février 1783

La veille, reprise de *L'Enlèvement au sérail* au Burgtheater, et confirmation du succès de l'opéra. En revanche, aucune réponse de Paris qui, décidément, ne s'intéressait guère à Mozart, même reconnu comme un brillant compositeur. Jamais il ne remettrait les pieds dans ce pays de malotrus, tellement imbus d'eux-mêmes qu'ils dédaignaient le reste du monde et ne songeaient qu'à lui donner des leçons !

L'Angleterre continuait à l'attirer, mais il n'envisageait pas ce voyage dans l'immédiat, car il lui fallait creuser davantage son sillon à Vienne. Personne ne lui confiant un bon livret en italien et ses propres recherches n'aboutissant pas, Wolfgang entreprit d'écrire un nouvel opéra allemand[1], d'après une comédie de Goldoni dont le premier acte était déjà traduit. Un nouveau succès le consacrerait comme spécialiste du *Singspiel*, le drame allemand à la fois parlé et chanté que l'empereur Joseph II avait si longtemps appelé de ses vœux.

Un projet grand public, sa série de quatuors, d'autres concertos déjà présents à son esprit, les commandes, les œuvrettes de circonstance... Wolfgang ne songeait pas au repos. Heureusement, quelques heures de sommeil lui redonnaient l'énergie nécessaire pour accomplir ses multiples tâches.

Vienne, le 11 février 1783

Chambellan palatin, conseiller privé, ambassadeur du prince-électeur près la cour impériale, le baron Otto von

1. K. 416a, œuvre perdue.

Gemmingen, originaire de Mannheim, fonda à Vienne sa propre Loge maçonnique, À la Bienfaisance [1], avec l'aide d'Ignaz von Born et de Thamos, comte de Thèbes. Ne rassemblant qu'un nombre réduit de Frères, elle permettrait d'expérimenter les rituels que préparaient depuis plusieurs années le minéralogiste et l'Égyptien.

— Le Grand Magicien se rapproche de la porte du temple, indiqua Thamos, et nous devons continuer à travailler sans relâche. Auparavant, j'aimerais qu'il vive une phase préparatoire.

— Pourquoi ne pas utiliser la Pépinière des Illuminés de Bavière ? suggéra Otto von Gemmingen qui, à Mannheim, avait proposé à Mozart de mettre en musique *Sémiramis*, un drame aux résonances initiatiques.

— Sous l'impulsion du professeur de sciences politiques Joseph von Sonnenfels, précisa von Born, les Illuminés ont de plus en plus d'influence dans nos Loges, mais ils redoutent des interventions policières et s'abritent derrière le secret maçonnique. Mener un combat contre l'injustice, la tyrannie et le carcan des croyances religieuses attire un certain nombre de Frères.

— J'ai rencontré les dirigeants des Illuminés, révéla Thamos, et je m'interroge encore sur leur sincérité et leurs objectifs réels, d'autant que le sommet de leur édifice rituel n'a pas encore été concrétisé. Néanmoins, je ne m'oppose pas à un contact du Grand Magicien avec les responsables d'une Pépinière.

— Afin de ne courir aucun risque, préconisa von Born, évitons Vienne. Puisque le baron Van Swieten n'a obtenu aucune information sur l'éventuel service

1. *Zur Wohltätigkeit.*

secret qui épierait les Francs-Maçons, mieux vaut une autre ville. Le meilleur endroit me paraît être Salzbourg, où plusieurs Illuminés animent une Loge encore inconnue des autorités, À la Prévoyance [1].

— Ce n'est pas sa cité préférée, rappela Thamos, mais il doit s'y rendre prochainement pour revoir son père et sa sœur.

— Dès que nous connaîtrons la date, promit Otto von Gemmingen, nous ferons le nécessaire.

— Surtout, recommanda von Born, prenons un maximum de précautions. Toute erreur aurait des conséquences catastrophiques.

— Le Grand Magicien est moins fragile qu'on ne l'imagine, indiqua Thamos. Beaucoup le considèrent comme un musicien léger et mondain, sans déceler sa véritable nature. La Pépinière lui offrira un cadre de réflexion et lui permettra de lire de nombreux ouvrages. Il en fera son miel, mais ce ne sera qu'une étape avant la véritable initiation.

— Si les Illuminés s'engagent sur le chemin de la politique, avança Otto von Gemmingen, ils risquent de gros ennuis, et toute la Franc-Maçonnerie avec eux.

— Weishaupt, leur fondateur, semble tirer d'un côté, et le rédacteur des rituels, von Knigge, d'un autre. Nous saurons bientôt si cet affrontement, encore feutré, se terminera par une réconciliation ou une déchirure.

1. *Zur Fürsicht.*

49.

Vienne, le 15 février 1783

La journée avait fort mal débuté puisque Johann Thomas Trattner, imprimeur-libraire et mari d'une des élèves de Mozart, lui demandait le remboursement d'un emprunt. Souffrant d'une petite gêne financière à cause du coût de la copie de ses trois concertos pour piano dont la souscription, au tarif trop élevé, était un échec, Wolfgang se rendit chez la baronne Waldstätten qui lui accorda aussitôt son aide.

De retour chez lui, il fut abordé par le baron Wetzlar, son propriétaire.

— J'ai besoin de récupérer mon appartement et je vous ai trouvé un autre logement, Au salut de l'ange[1]. C'est plus petit, mais confortable et bien situé. Je vous offre le déménagement et trois mois de loyer.

Devant tant de bonne volonté, Wolfgang s'inclina. Il emménagerait dès le lendemain, jour où le Burgtheater reprenait *L'Enlèvement au sérail.*

En dépit de la fatigue et des soucis dus à ce changement de domicile, Wolfgang écrivit à son père pour lui réclamer la partition de *Thamos, roi d'Égypte* dont

1. N° 1179 auf dem Kohlmarkt (aujourd'hui n° 7).

il avait rêvé toute la nuit : *Je suis bien fâché de ne pouvoir utiliser la musique que j'ai écrite pour Thamos ! Cette pièce, n'ayant pas réussi, est reléguée parmi les œuvres discréditées. Dommage, vraiment !*

La confrérie des prêtres et des prêtresses du soleil ne lui ouvrirait-elle pas bientôt une nouvelle porte ? Comme le lui avait prédit l'Égyptien, aucune de ses œuvres passées ne serait inutile. Peu à peu, le travail accompli prenait son sens.

Weimar, le 20 février 1783

Johann Joachim Christoph Bode triomphait. Non seulement il implantait à Weimar une petite « colonie » d'Illuminés, mais encore il recrutait deux illustres adeptes, le duc Charles-Auguste en personne et son ministre écrivain, Goethe. Le premier s'appelait Eschyle et le second Abaris. Bien entendu, Bode leur promit qu'ils accéderaient rapidement aux grades supérieurs et il se lança dans un discours exaltant la grandeur de l'homme libre et la nécessité de modifier les mentalités en effaçant les scléroses du passé.

Goethe et le duc Charles-Auguste acceptaient la critique d'une certaine Église et d'une certaine aristocratie dévoyée. Lutter contre l'ignorance, combattre la corruption et l'incompétence leur semblait nécessaire, à condition de gagner le combat sur le terrain des idées et de ne pas utiliser la violence.

Bode ne désirait rien d'autre. Fasciné par la personnalité de ses augustes interlocuteurs, il leur assura que telle était bien la pensée d'Adam Weishaupt, le fondateur de l'Ordre des Illuminés, appelé à un brillant avenir.

Munich, le 21 février 1783

Charles de Hesse se résolut à faire le pèlerinage d'Ingolstadt pour y rencontrer le professeur Adam Weishaupt, dont certains Francs-Maçons vantaient les qualités. D'après ses informateurs, le fondateur de cette nouvelle branche maçonnique ne s'opposait pas au christianisme.

Si les Illuminés, en plein essor, voulaient s'allier à la Stricte Observance, Charles de Hesse envisagerait des concessions sans altérer la voie mystique menant à Jésus-Christ.

D'abord, le prince crut que le rituel allait dans ce sens. Puis, lorsque lui furent communiqués les « Petits Mystères », il comprit que le but véritable de Weishaupt était la destruction de l'Église !

Furieux, il apostropha le fondateur des Illuminés.

— Vous êtes un homme dangereux et pervers !

— Mon Frère...

— Ne m'appelez surtout pas ainsi, car nous n'avons rien de commun. Moi, je suis le disciple du Seigneur et je conduis vers lui un Ordre respectueux de ses commandements. Vous, vous êtes le suppôt de Satan ! La Stricte Observance combattra les Illuminés de toutes ses forces.

Weishaupt ne se réjouissait pas de cet échec. Il aurait aimé faire de Charles de Hesse l'un de ses alliés privilégiés, voire son porte-parole. La rupture consommée, il fallait bien s'en accommoder en regardant agoniser la Franc-Maçonnerie templière, passéiste et minée par les croyances chrétiennes.

Vienne, le 25 février 1783

Wolfgang eut enfin l'occasion de s'entretenir longuement avec Joseph Haydn, qui venait de dépasser la cinquantaine mais restait un musicien-domestique au service du prince Esterházy.

— Je vous félicite pour votre courage, Mozart. Être indépendant m'a toujours semblé impossible.

— Vous avez la chance de servir un bon maître qui vous accorde beaucoup de libertés. Moi, j'étais l'esclave d'un tyran. Si je n'avais pas brisé mes chaînes, je serais mort à la musique.

— Ce que j'ai entendu de vous me plaît infiniment.

Venant de Haydn, un tel compliment fit rougir Wolfgang.

— Vos derniers quatuors m'ont bouleversé, avoua-t-il, et je les étudie afin de me perfectionner.

— Ne vous sous-estimez surtout pas, Mozart. En dépit de votre jeunesse, votre connaissance approfondie de multiples formes musicales est tout à fait surprenante. Vous préparez un nouvel opéra, j'espère ? L'auteur de *L'Enlèvement au sérail* ne doit surtout pas s'arrêter en si bon chemin.

Wolfgang parla de ses projets, à l'exception des six quatuors qu'il dédierait à Joseph Haydn. Les deux musiciens déjeunèrent ensemble, burent un excellent vin blanc en parfaite harmonie avec une truite fumée des Alpes, et plaisantèrent en évoquant les courtisans hypocrites et les interprètes bornés !

Entre eux naquit une amitié profonde, fondée sur une estime réciproque et l'amour d'une musique capable d'élever l'âme. Ils ressentaient les mêmes exigences créatrices et le même désir de façonner des œuvres rigoureuses et ciselées, à la manière d'un artisan qui parvenait à unir l'esprit à la main.

Vienne, le 4 mars 1783

La veille, Wolfgang avait écouté un quatuor à cordes jouer sa partition burlesque pour une pantomime de carnaval[1], pendant qu'il se déguisait en Pantalon et donnait la réplique à Aloysia Lange, costumée en Colombine et séduite par Arlequin. Comme d'ordinaire, le bal masqué organisé dans la grande salle de la Redoute réunissait le Tout-Vienne, et l'on s'y amusait sans retenue.

Ce matin-là, un décret impérial dissipa brutalement les échos de la fête : l'Opéra allemand de Vienne était dissous. Autrement dit, plus question de composer un *Singspiel* et de traiter un sujet à la manière de *L'Enlèvement au sérail*. Wolfgang jeta à la corbeille son projet, déjà bien avancé.

Désolée, la comtesse Thun lui apprit les raisons de cette décision. Le compositeur Antonio Salieri, qui n'appréciait que les opéras italiens, avait réussi à persuader l'empereur de renoncer à la tendance allemande, dépourvue d'avenir.

Une fois encore, la comtesse déplora le manque de caractère de Joseph II, trop influençable. Pourquoi écoutait-il autant les médiocres et les flatteurs ?

1. K. 446.

50.

Vienne, le 16 mars 1783

— Tu es superbe, dit Wolfgang à Constance.

— Je ne suis pas encore coiffée !

— Nous sommes presque en retard.

— Je me dépêche.

Le 11, Wolfgang avait participé à une académie au Burgtheater où intervenait Aloysia Lange, interprète de l'une de ses arias [1]. Au programme figuraient aussi la *Symphonie parisienne* [2] et le concerto pour piano en *ut* [3]. Ravi, le public avait contraint le pianiste à bisser le rondo en *ré* [4] et l'un des auditeurs, le grand Gluck en personne, s'était déclaré enchanté, au point d'inviter à déjeuner le musicien, la cantatrice et leurs conjoints.

Quelle faveur, de la part d'un illustre compositeur !

— Maintenant, constata Wolfgang, nous sommes en retard.

— Voilà, je suis prête !

Le tourbillon continuait. Encore un beau succès lors

1. K. 294.
2. K. 297.
3. K. 415.
4. K. 382.

de l'académie du 12 chez le comte Johann Nepomuk Esterházy, un Franc-Maçon auquel Thamos conseillait d'accueillir Mozart et de l'observer. Et puis les merveilleux dimanches chez le baron Gottfried Van Swieten, à la découverte de Haendel et de Jean-Sébastien Bach !

— Comment me trouves-tu ? demanda Constance.

— De plus en plus belle. Si tu n'étais pas déjà mariée, j'aimerais t'épouser.

Il ne résista pas à l'envie de l'embrasser.

— Ma coiffure !

Par chance, Aloysia Lange n'était pas une fanatique de l'heure exacte, et Gluck connaissait le caractère fantasque des divas.

Francfort, le 20 mars 1783

Les têtes pensantes de l'Ordre des Illuminés de Bavière voulaient rencontrer plusieurs Maîtres des Loges de la ville de Francfort, jusqu'à présent respectueuses des rites et des règlements anglais.

Accompagné du baron d'Empire Adolphe von Knigge, du professeur Joseph von Sonnenfels et du tribun Bode, Adam Weishaupt présenta aux Frères un projet d'avenir, indispensable au développement de la Franc-Maçonnerie. Un penseur et un homme politique de l'importance de Goethe ne venait-il pas d'être initié aux rites des Illuminés, sans lesquels les Loges s'enfermaient dans un passé révolu ?

Dernier bastion soumis à l'influence anglaise, les Loges de Francfort acceptèrent de fonder l'« Alliance éclectique » qui préservait leur indépendance et leur permettait, néanmoins, d'adopter la hiérarchie secrète des Illuminés.

Weishaupt se trouvait désormais au cœur de la Franc-Maçonnerie. Quel chemin parcouru, depuis la naissance de son Ordre, longtemps réduit à quelques membres ! Plus aucun Frère n'ignorait le puissant courant d'idées qu'il incarnait. Encore fallait-il couper les branches mortes pour fortifier l'arbre maçonnique et lui donner un nouvel essor.

Demain, les Illuminés régneraient sur l'Europe. À partir des Loges se préparait une prise de pouvoir dont Weishaupt espérait qu'elle ne s'accompagnerait pas d'effusion de sang. Mais les princes et les archevêques, bientôt chassés de leurs palais, sauraient-ils abdiquer en évitant la violence ?

Vienne, le 23 mars 1783

En présence de l'empereur Joseph II et de Gluck, devenu un fervent partisan de Mozart, Wolfgang donna, au Burgtheater, un « concert à bénéfices » au cours duquel il dirigea la symphonie *Haffner* et joua deux concertos pour piano[1], avant d'improviser des variations sur un air de Gluck, attention qui toucha le célèbre compositeur.

Aucun doute : le Tout-Vienne adoptait Mozart.

Wolfgang attendait un engagement à la cour de Vienne, mais l'empereur se contenta de lui envoyer vingt-cinq ducats. Pourtant, le 30 mars, Joseph II fut de nouveau présent lors de l'académie de la cantatrice Theresa Teyber et demanda à Mozart de rejouer son concerto en *ut*[2].

Un intérêt aussi manifeste ne présageait-il pas un

1. K. 415 et 175.
2. K. 415.

brillant avenir ? Le 2 avril parurent chez l'éditeur Artaria six sonates pour piano et violon[1] que l'on jouerait dans les salons.

Vienne, le 20 avril 1783

— Les hostilités sont déclarées ! annonça Geytrand à Joseph Anton. Je me demandais combien de temps encore les Francs-Maçons resteraient inertes face aux conquêtes des Illuminés de Bavière. Ce sont les Rose-Croix de Berlin qui lancent l'offensive, avec l'appui d'un des leurs, Frédéric-Guillaume II en personne.

— Simple coup d'épée dans l'eau ou bien attaque réelle ?

— Les Rose-Croix dénoncent la duplicité des Illuminés et prétendent révéler leurs buts réels en publiant des circulaires qui les accusent de soutenir les théories de Voltaire et d'Helvétius, d'exiger une illusoire liberté pour tous, de saper les fondements de la religion chrétienne et de prôner l'avènement d'une Franc-Maçonnerie universelle dont le centre opérationnel se situerait en Autriche. Au terme de ce processus, les Illuminés proclameront l'unité de la nation allemande qu'ils gouverneront à leur guise.

Les pires craintes de Joseph Anton se confirmaient. Les Illuminés transformaient la Franc-Maçonnerie en une machine de guerre, destinée à renverser les trônes.

— Un détail intéressant, précisa Geytrand. Le chef des Illuminés résiderait à Vienne.

— Son nom ?

— Joseph von Sonnenfels.

1. K. 296 et K. 376-380.

— Le professeur de sciences politiques à l'université ?

— Lui-même.

Anton consulta le dossier du suspect.

— Franc-Maçon et juriste de premier plan, fort écouté de l'empereur. Donc, intouchable. Il a obtenu l'abolition de la torture en 1776, redonné de la vigueur au Burgtheater en écartant les grosses farces de la scène et défendu, dans ses publications, les thèses de la philosophie des Lumières. Intouchable et redoutable.

— Peut-être ne jouira-t-il pas toujours de hautes protections, avança Geytrand.

— Surveille-le, mais très discrètement. S'il faisait un scandale, notre service serait démantelé.

— Ces Illuminés vont trop loin. Obligés d'avancer à découvert, ils commettront des erreurs fatales.

— Encore faudrait-il percer à jour leurs pseudonymes !

Geytrand eut un léger sourire.

— Grâce à notre grand ami Soliman, voici quatre identifications majeures : Spartacus est Adam Weishaupt, le fondateur de l'Ordre ; Philon, le baron von Knigge ; Fabius, von Sonnenfels ; Abaris, Goethe.

— Spartacus... Au moins, le chef des Illuminés ne cache pas ses intentions belliqueuses ! Et le voilà qui sort enfin de l'ombre en affirmant son intention de renverser Rome, c'est-à-dire le pouvoir en place. Tu as raison, Geytrand, ses fidèles seront moins à l'aise sur le devant de la scène. Ne pouvant jouer éternellement le rôle d'éminences grises, ils dévoileront leurs véritables projets qui ne manqueront pas de choquer l'empereur.

— Réagira-t-il à temps ?

— Je lui remettrai plusieurs rapports au ton très modéré afin qu'il ne m'accuse pas de soupçons excessifs. Peu à peu, il se méfiera de ces intellectuels un peu trop influents et de l'armée qu'ils comptent rassembler.

51.

Vienne, le 24 avril 1783

Alors que la dernière production d'Antonio Salieri, *La Scuola dei gelosi*[1], connaissait un grand succès et prouvait aux Viennois la supériorité de l'opéra italien, Wolfgang et Constance déménageaient pour habiter un plus grand appartement, au premier étage de la Burgischen Hause, 244 Judenplatz.

La grossesse de Constance se déroulait sans aucun problème, et la jeune femme appréciait beaucoup ce nouveau logement. Son mari se préoccupait tendrement de sa santé, et les deux époux se promenaient volontiers au Prater où ils assistaient à des numéros d'animaux dressés. Ils parcouraient d'un pas tranquille la grande allée de châtaigniers aboutissant à un demi-cercle d'où partaient cinq allées plus petites. Au moindre signe de fatigue de la future maman, ils s'asseyaient dans une taverne, et seul Wolfgang jouait aux quilles avec des amateurs.

Constance aimait voir son mari prendre un peu de bon temps, bien qu'il continuât à composer intérieurement, même en marchant ou en se distrayant.

1. *L'École des jaloux.*

— Aurons-nous assez d'argent pour payer le loyer et mener le train de maison qui sied à ton rang ? s'inquiéta la jeune femme.

— Sur des conseils d'amis, j'ai écrit à l'éditeur parisien Sieber et lui propose mes trois derniers concertos pour piano au prix de trente louis et ma série de six quatuors à cinquante minimum.

— Ces prix ne sont-ils pas excessifs ?

— Si je brade mes œuvres, je serai déconsidéré. Et si cet éditeur-là n'accepte pas mes conditions, j'en trouverai un autre.

Constance approuva son mari. Après tout, Mozart n'était pas n'importe qui.

Vienne, le 6 mai 1783

— J'ai bien feuilleté cent livrets si ce n'est plus, avoua Wolfgang à Thamos, mais je n'en ai pas trouvé un seul digne d'intérêt. Je suis tellement désespéré que j'ai demandé à mon père de solliciter le médiocre Varesco. Si un miracle se produit, il aura peut-être une idée.

— Ce miracle, nous allons l'organiser, décréta l'Égyptien.

— Je vous rappelle que l'empereur ne veut plus de *Singspiel*, mais un opéra italien ! Il est tombé sous la coupe d'Antonio Salieri, parfait courtisan et compositeur banal.

— J'ai entendu parler d'un poète habile.

— De qui s'agit-il ?

— L'abbé Lorenzo Da Ponte va être nommé librettiste des théâtres impériaux. « Noble figure, air bon, organe doux et suave, peu de faste, simple », dit de lui l'empereur, complètement conquis, à l'instar de Salieri.

— En ce cas, Da Ponte refusera de me fournir un livret.

— Il faut tenter ta chance. Demain soir aura lieu un dîner chez le baron Wetzlar. Tu y rencontreras ce curieux abbé capable d'envoûter les grands de ce monde. L'empereur et Salieri ignorent la véritable personnalité de Da Ponte. En dépit de son titre et de ses bonnes manières, c'est un aventurier, un menteur et un coureur de jupon qui a failli être jeté en prison à Venise, en raison de ses frasques et de sa critique de l'ordre social. Il n'a aucun génie mais ne manque pas de talent et a le sens du drame musical.

— À supposer que nous convenions d'un thème, sera-t-il malléable et acceptera-t-il mes exigences ?

— Personne n'est plus adaptable que l'abbé Da Ponte.

Vienne, le 7 mai 1783

Israélite fortuné et grand admirateur de Mozart, le baron Wetzlar était ravi d'accueillir ce musicien plein d'avenir et Da Ponte, le nouveau librettiste des théâtres impériaux. Comme l'espérait le comte de Thèbes, cette rencontre ne favoriserait-elle pas une fructueuse collaboration ?

Lorenzo Da Ponte avait un visage de filou et de noceur. D'emblée, il apprécia la vivacité et l'intelligence de Mozart.

— Votre *Enlèvement au sérail* fut un joli succès, mais l'opéra en langue allemande n'a pas d'avenir. À nous autres, poètes et musiciens, de satisfaire les goûts du public viennois ! Que préparez-vous ?

— Je cherche désespérément un livret et j'en ai rejeté plus d'une centaine.

— Diable ! Vous devez être fort exigeant.

— C'est pourquoi je suis heureux de vous rencontrer. Si l'empereur vous a nommé à sa cour, vous êtes forcément le meilleur librettiste actuel.

— Ma foi, reconnut Da Ponte, j'ai une longue expérience et je connais mon art mieux que quiconque...

— Auriez-vous la bonté de me proposer une idée ?

L'abbé fronça les sourcils et parut ennuyé.

— Je suis surchargé de travail. Salieri, Martini et d'autres encore me demandent sans cesse de nouveaux projets, et je ne sais plus où donner de la tête. Néanmoins, comme vous m'êtes sympathique, je vous promets d'y réfléchir.

« Promesse en l'air », pensa Wolfgang. La collaboration avec Da Ponte se terminait avant d'avoir commencé.

Vienne, le 21 mai 1783

L'éditeur Artaria venait de publier deux sonates pour piano à quatre mains [1], mais cette petite joie n'éteignait pas l'inquiétude qu'éprouvait Wolfgang à l'idée de se rendre à Salzbourg. D'abord, il fallait attendre l'accouchement de Constance, maintenant fort proche ; ensuite, comme il l'écrivit à son père, il craignait toujours d'être arrêté sur ordre du grand mufti Colloredo, car « un calotin est capable de tout ».

C'est alors que le lourdaud Joseph Leutgeb, corniste réputé de cinquante et un ans et propriétaire d'une fromagerie à Vienne, fit irruption chez les Mozart.

— Dis donc, il me faudrait rapidement un concerto amusant et facile.

1. K. 358 et 381.

— Je suis enrhumé et je tousse, déplora Wolfgang. Aujourd'hui, je n'ai pas le cœur à l'ouvrage.

— Allons, ne refuse pas ça à un vieil ami ! Je suis sûr que tu me sortiras de ta tête un petit bijou, aujourd'hui même. Ensuite, nous irons boire un bon coup à ta santé. Quand on est malade, il ne faut surtout pas se laisser aller.

Sachant que le truculent bonhomme ne le lâcherait pas, Wolfgang l'enferma dans sa chambre et lui demanda d'attendre sans bouger et sans faire de bruit.

Quelques heures plus tard, le concerto pour cor [1] était terminé. Des accents héroïques pour mettre en valeur l'interprète, de l'allant, mais aussi une séduisante ligne mélodique.

S'emparant de crayons de couleur bleue, rouge et verte, Wolfgang en écrivit la dédicace : « Mozart a eu pitié de Leutgeb, âne, bœuf et sot. »

1. K. 417.

52.

Vienne, le 17 juin 1783

À deux heures du matin, Constance éprouva les premières douleurs de l'enfantement. À quatre heures, Wolfgang envoya chercher sa belle-mère et une sage-femme.

Pendant l'accouchement, il composa le menuet du quatuor en *ré* mineur[1], le deuxième de la série de six qu'il comptait dédier à Joseph Haydn, avec l'espoir que la magie de la musique permettrait à la maman et au bébé de traverser sans dommage cette difficile épreuve.

L'œuvre entière l'habitait : sombre, violente, parfois fiévreuse, exprimant une lutte acharnée contre l'anxiété et les ténèbres, elle révélait un désir de liberté, sans certitude de l'atteindre.

Ces deux premiers quatuors d'un ensemble qui le menait peut-être vers le temple, Wolfgang n'en parlait à personne, même pas à son père. Seul Thamos en connaissait l'existence et l'encourageait à continuer.

— C'est un garçon ! annonça la sage-femme, à six heures et trente minutes. Il est dodu et la maman se porte bien.

1. K. 421.

Émue, Mme Weber embrassa son gendre qui se rendit au chevet de son épouse, heureuse et détendue.

— Comment l'appellerons-nous ? demanda-t-elle.

— Je te propose un hommage à notre aïeul Raimund, auquel nous ajouterons Leopold, puisque mon père veut être le parrain.

Le jour même, Raimund Leopold fut porté à l'église pour y être baptisé, et le jeune couple remercia Dieu de lui accorder sa bénédiction.

Vienne, le 5 juillet 1783

À son père, qui venait de contacter Varesco, persuadé de l'échec d'une nouvelle œuvre chantée de Mozart, Wolfgang avait répondu vertement, le 21 juin : *Que M. Varesco doute du succès de mon opéra, je trouve cela très offensant. Je puis l'assurer que son livret ne réussira certainement pas si la musique n'est pas bonne. Car c'est la musique qui est l'élément essentiel d'un opéra. Il faudra donc qu'il modifie et refonde les choses autant et aussi souvent que je le voudrai. Quant au petit Raimund Leopold, il est tout à fait frais et dispos. Il fait toutes ses affaires en abondance, boire, dormir, crier, baver, chier et le reste.*

Un récent incident irritait le compositeur. Si Aloysia Lange avait chanté deux airs[1] composés pour elle et intercalés dans un opéra d'Anfossi[2], son ami Adamberger, en revanche, n'avait pu interpréter le sien[3] à cause d'une intervention souterraine d'Antonio Salieri. Pourquoi ce courtisan zélé, riche et célèbre, s'en

1. K. 418 et 419.
2. *Il curioso indiscreto.*
3. K. 420.

prenait-il à lui et se montrait-il à la fois mesquin et jaloux ?

Wolfgang rêvait d'opéra, au point de façonner ces airs à insérer dans l'œuvre d'un collègue. À qui s'adresser pour obtenir enfin un livret passionnant, grâce auquel il s'exprimerait pleinement ?

— L'abbé Da Ponte voudrait vous parler, l'avertit sa femme de ménage.

Surpris, Wolfgang ne pensait pas revoir le librettiste officiel de la cour.

Onctueux, enjoué, Da Ponte semblait toujours content de lui.

— Vous m'aviez demandé une idée, mon cher Mozart, la voici ! Il m'a fallu distraire un peu de mon temps si précieux, mais j'ai déniché un thème plaisant : *Lo Sposo deluso*, *L'Époux déçu*. J'évoque la rivalité entre trois femmes qui désirent le même amant. Excitant, non ? Cet opéra bouffe enchantera les Viennois. Bon, je suis pressé. Je vous laisse cette esquisse, vous l'étudiez, et nous en discuterons. À bientôt.

Ni l'histoire ni la manière dont elle était traitée n'intéressèrent Wolfgang. C'était donc là toute l'inspiration de Da Ponte ! Déçu, il écrivit à son père : *Vous m'avez donné, au sujet de l'opéra, un conseil que je m'étais déjà donné à moi-même. Comme je travaille volontiers lentement, et que j'aime à dominer mon sujet, je n'ai pas voulu commencer trop tôt. Un poète vient de m'apporter un livret que j'adopterai peut-être, s'il consent à le tailler à ma convenance.*

Vienne, le 25 juillet 1783

— Tu me parais nerveux, observa Constance.
— J'hésite encore.

— Il faut partir, Wolfgang ! Tu as confirmé notre arrivée à ta sœur, j'ai placé notre fils en nourrice, et les bagages sont prêts.

Le compositeur se sentait mal à l'aise.

— Salzbourg... Tant de mauvais souvenirs, de tristesse, et ce prince-archevêque qui va me jeter en prison !

— Ton père ne t'a-t-il pas rassuré ?

— Il affirme que le grand mufti n'interviendra d'aucune manière, mais cet optimisme est-il fondé ?

— J'en suis sûre.

— Alors, partons.

Salzbourg, le 31 juillet 1783

D'un côté, Wolfgang et Constance. De l'autre, Leopold et Nannerl. La glace était si épaisse que personne ne s'aventurait à la briser. La haine et le mépris de Nannerl interdisaient à Constance de prononcer le moindre mot. Les reproches muets de Leopold contraignaient son fils à se taire.

La vieille Miss Pimperl, qui dormait une vingtaine d'heures par jour, débloqua la situation. Au comble du bonheur, la femelle fox-terrier sauta dans les bras de Wolfgang pour explorer les poches de son habit, à la recherche de tabac espagnol.

Enfin, on se sourit et l'on prononça des paroles de bienvenue.

— Papa, dit Wolfgang d'une voix tremblante, voici mon épouse. Elle rêvait de vous embrasser, ainsi que ma très chère sœur.

L'atmosphère se détendit un peu. Seule Nannerl demeura de marbre.

— Vous ne vous ennuierez pas à Salzbourg, promit

Leopold. Nous commencerons par célébrer la fête de ma fille en buvant un bon bol de punch, puis nous dînerons avec nos amis musiciens, jouerons aux fléchettes et nous promènerons dans la campagne.

Enfin, le père et le fils s'étreignirent longuement, tout à la joie de se retrouver. Puis Leopold accepta d'embrasser sa belle-fille, tandis que Nannerl demeurait distante, bien décidée à ne jamais adresser la parole à cette intrigante. Le principal coupable de cette mésalliance, qui entachait le nom des Mozart, n'était-il pas son propre frère ?

53.

Salzbourg, le 10 août 1783

Leopold n'était pas peu fier d'organiser une réunion de travail avec son fils et le chapelain Varesco, librettiste d'*Idoménée, roi de Crète.*

— Wolfgang est devenu un compositeur aguerri, fort apprécié des Viennois. Après le succès de *L'Enlèvement au sérail*, il cherche une bonne histoire à mettre en musique.

— J'en ai une, affirma le religieux salzbourgeois.

Wolfgang redoutait le pire, et il ne fut pas déçu.

— Le titre résume mon œuvre, précisa Varesco. *L'Oie du Caire*. Étonnant, non ?

Ni Leopold ni son fils ne réagirent.

— Voici le drame qui recueillera, sans nul doute, les faveurs d'un large public. Veuf, le marquis don Pippo enferme dans la tour de son château sa superbe fille Celidora, très convoitée, et sa suivante Lavina, que l'aristocrate compte épouser et qu'il met ainsi à l'abri des tentations. Bon début, non ?

— Si l'on veut, concéda Wolfgang.

— Attendez, vous n'êtes pas au bout de vos surprises ! Don Pippo a signé un contrat avec Biondello, amoureux de sa fille Celidora. Elle ne lui appartiendra que s'il réussit, dans le délai d'un an, à pénétrer dans la tour. Fabuleux, non ?

Le visage de Leopold demeurait fermé.

— Vous pensez que c'est impossible ? Eh bien, vous vous trompez ! Biondello est l'ami de Calandrino, épris de Lavina, et il dispose du soutien du couple de domestiques au service du marquis, sans oublier l'aide d'une mystérieuse Bohémienne venue d'Égypte et qui connaît la magie sur le bout des doigts. Avec une telle équipe, il est persuadé de réussir ! Afin de corser l'affaire, toute la pièce se déroule le dernier jour avant l'expiration du délai. Ainsi, le public sera constamment tenu en haleine !

— Combien d'actes ? demanda Wolfgang.

— Deux, répondit Varesco. Le premier évoque la tentative ratée du héros pour s'introduire dans la tour. Au second, coup de théâtre ! Le rusé Calendrino fabrique une oie énorme où se cache Biondello. Et la Bohémienne la présente au marquis en vantant les mérites de ce chef-d'œuvre provenant du Caire ! Stupéfiant, non ? Généreux, don Pippo fait monter l'oie dans la tour afin de distraire les deux prisonnières.

— Biondello en sort, gagne son pari et épouse la fille du marquis, avança Wolfgang.

— Comment avez-vous deviné ? s'étonna Varesco.

— Une intuition.

— Nouveau coup de théâtre : la Bohémienne révèle sa véritable identité ! En réalité, elle est l'épouse de don Pippo qu'il croyait morte. Fabuleux, non ? Et tout se termine bien, puisque Biondello épouse Celidora et Calendrino Lavina.

Leopold demeura muet.

— De nombreuses transformations seront nécessaires, jugea Wolfgang.

— Pas question, objecta Varesco. Mon livret me paraît parfait.

— Du point de vue musical, il exige plusieurs adaptations.

— Je refuse !

— Soyez conciliant, préconisa Leopold. Un opéra réussi repose sur la collaboration du compositeur et du librettiste.

— Nous en reparlerons peut-être, trancha Varesco, vexé. Je vous laisse.

Consternés, le père et le fils se regardèrent.

— Cette *Oie du Caire*... Une véritable ineptie ! Pas un spectateur n'y croira.

— Ne te montre pas trop intransigeant, Wolfgang. En améliorant l'intrigue, tu pourras certainement en tirer quelque chose.

— Impossible de travailler avec ce médiocre !

— Je le ramènerai à de meilleurs sentiments.

Salzbourg, le 15 août 1783

Le compositeur Michael Haydn, l'un des bons amis salzbourgeois de Mozart, faisait grise mine. Livide, voûté, fiévreux, il avait perdu toute joie de vivre.

— Que t'arrive-t-il ? s'inquiéta Wolfgang.

— Je devais livrer au prince-archevêque six duos pour violon et alto. J'en ai terminé quatre avant de tomber malade. Aussitôt, je lui ai présenté mes excuses en le priant de m'accorder un délai.

— Le tyran aurait-il refusé ?

— Il a exigé la livraison immédiate des deux derniers, mais je suis incapable de les lui fournir. Alors, il suspend mon traitement, et je me retrouve sans le sou.

Décidément, le grand mufti ne changeait pas ! Cruel,

despotique, impitoyable, il continuait à martyriser les musiciens qui n'avaient ni le courage ni la possibilité de quitter Salzbourg.

— Je suis fichu, Wolfgang. Le prince-archevêque va me renvoyer.

— Certainement pas, puisque tu remettras aujourd'hui même les œuvres promises.

— Je n'ai pas la force de les composer, je t'assure !

— Je m'en charge.

— Tu... tu ferais ça ?

— Voir un ami dans la détresse m'est insupportable.

Utilisant un langage fugué où affleurait la science de Jean-Sébastien Bach, tout en respectant le style léger qu'appréciait Colloredo, Wolfgang écrivit les deux duos pour violon et alto [1] que Michael Haydn porta au palais du prince-archevêque.

1. K. 423 et 424.

54.

Vienne, le 25 août 1783

— Cette fois, monsieur le comte, c'est la débandade ! se réjouit Geytrand. La Stricte Observance templière se trouve au bord du gouffre. Les cotisations ne rentrent plus, les Loges se détournent ou deviennent franchement hostiles, et il n'y a même plus de hauts dignitaires pour simuler l'existence d'une hiérarchie !

— Ferdinand de Brunswick a-t-il démissionné ?

— Pas encore, mais il sombre dans une profonde dépression. L'œuvre de sa vie s'effondre devant ses yeux.

— Et Charles de Hesse ?

— Il refuse de baisser les bras et croit encore à l'intervention de Jean-Baptiste Willermoz et de ses Chevaliers bienfaisants de la Cité Sainte.

— Le mystique lyonnais se serait-il manifesté ?

— Pas à ma connaissance. Il doit travailler à la rédaction de nouveaux rituels qui, s'ils voient le jour, arriveront trop tard.

— Ne nous réjouissons pas trop tôt, préconisa Joseph Anton. Le duc de Brunswick est peut-être gravement atteint, mais ni Charles de Hesse ni Willermoz ne renonceront à leurs ambitions.

— Vu leur orientation chrétienne, nettement affirmée, et leur hostilité aux Illuminés de Bavière, représentent-ils un réel danger ?

— Quelles que soient ses tendances philosophiques, tout Franc-Maçon est dangereux. La Stricte Observance semble affaiblie, j'en conviens, mais ne relâchons pas notre vigilance. Elle peut encore renaître de ses cendres et reprendre l'offensive.

Salzbourg, le 30 août 1783

Wolfgang fut ravi de rencontrer le professeur Joseph von Sonnenfels et de discuter longuement avec lui. Ils évoquèrent d'abord le Burgtheater, devenu une belle salle de spectacles où l'on donnait des œuvres de qualité, puis abordèrent la politique libérale de l'empereur Joseph II qu'ils approuvaient tous deux sans réserve.

Puisque Mozart restait encore quelque temps à Salzbourg, le professeur de sciences politiques lui présenta quelques amis, sans lui préciser qu'ils appartenaient à une Loge d'Illuminés [1].

— Dans le plus grand secret, révéla-t-il, nous réfléchissons ensemble sur les problèmes de notre époque et nous nous signalons les uns aux autres les livres importants, comme ceux de Herder, de Wieland ou de Lessing.

— Vous intéressez-vous aussi aux mystères égyptiens ?

— Bien entendu. Parmi nos ouvrages de référence figurent le *Séthos* de l'abbé Terrasson et l'opuscule consacré aux prêtres de l'ancienne Égypte, *Crata Repoa*, sans oublier *L'Âne d'or* d'Apulée qui évoque l'initiation

1. La Loge À la Prévoyance.

aux mystères d'Isis. Nous appelons notre assemblée la Pépinière. En raison de vos connaissances, Mozart, vous n'êtes plus un Novice, mais déjà un Minerval que nous symbolisons par un oiseau à tête d'homme[1]. À nos yeux, l'important consiste à sortir des ténèbres de l'ignorance et à propager la lumière du savoir, même si cela choque le pouvoir en place, l'aristocratie imbue de ses privilèges et l'Église attachée à ses dogmes.

Wolfgang progressait en terrain connu et ne regrettait pas ce séjour à Salzbourg. Dès qu'il aurait un moment libre et qu'il pourrait s'absenter discrètement, il viendrait converser avec ces penseurs.

Bien qu'il ne se montrât pas, Thamos l'Égyptien était forcément à l'origine de cette nouvelle étape de sa Quête. Indirectement, il lui procurait les nourritures intellectuelles dont il avait besoin pour découvrir le chemin du temple.

Salzbourg, le 26 octobre 1783

Ce jour-là, il y avait foule à l'église Saint-Pierre où l'on allait jouer la *Grande Messe en ut mineur*[2] de Mozart. Elle ne ressemblait à rien de connu et n'aurait pu être donnée à la cathédrale, fief de Colloredo.

Wolfgang avait écarté certaines parties de la messe traditionnelle, notamment le Credo dont les paroles ne correspondaient plus à sa démarche spirituelle[3].

1. On songe à l'oiseau *ba* de l'Égypte ancienne et au Papageno de *La Flûte enchantée*.

2. K. 427.

3. Depuis 1780, Mozart ne mettait plus le Credo en musique. Il n'a composé que le début de celui de cette messe avant de s'interrompre.

Avant d'entrer dans l'église, il songea à son dernier entretien avec ses nouveaux amis du Minerval qui, menacés par les investigations policières, quitteraient bientôt Salzbourg. Comme lui, ils se félicitaient des décisions de Joseph II : abolir la corvée sur les domaines agricoles, établir le mariage civil facilitant divorces et remariages. De plus, le 3 septembre, le traité de Versailles avait mis fin à la guerre d'Indépendance américaine. En reconnaissant l'existence des États-Unis, l'Angleterre consacrait un élan vers la liberté auquel participaient nombre d'idéalistes proches du Minerval.

— J'ai peur, avoua Constance à son mari.

— Sois sans crainte, tout se passera bien. Tu vois, j'ai tenu ma promesse : nous nous sommes mariés, et j'ai écrit pour toi cette messe dont tu chanteras la partie de soprano, ici, à Salzbourg, mon ancienne prison.

Lorsque Constance interpréta l'*Et incarnatus est* de tout son cœur, Wolfgang frémit. Ce qui s'incarnait, à cet instant, c'était un moment de bonheur fragile, si fragile qu'il fallait en percevoir la moindre vibration et ne jamais l'oublier.

Beaucoup d'auditeurs, dont Nannerl, furent choqués par le caractère bien peu religieux de l'œuvre, se démarquant de façon excessive des règles habituelles. À cause de cette Constance, à laquelle elle n'adressait pas la parole, Wolfgang suivait un mauvais chemin.

Salzbourg, le 27 octobre 1783

La vieille Miss Pimperl gémissait de tristesse. Pourquoi Wolfgang, son préféré, repartait-il encore ? Pendant son trop bref séjour salzbourgeois, il l'avait beaucoup caressée et elle s'était même remise à jouer !

À neuf heures et demie, Wolfgang et Constance

firent leurs adieux à Leopold et à Nannerl. Le musicien prit une dernière fois le fox-terrier dans ses bras, craignant de ne plus pouvoir câliner cette amie si fidèle dont la santé se dégradait.

Il ignorait qu'il n'aurait plus l'occasion de revoir sa sœur, toujours aussi glaciale à l'égard de Constance.

— Continue à travailler dur, exigea Leopold.

— Je vous le promets.

Le jeune couple gagna Linz, où les attendait le vieux comte Thun qui les invita à loger dans son palais. Le 30 octobre, il annonça à Mozart qu'il organisait un concert le 4 novembre, dont la répétition aurait lieu le 3 au soir.

— Quel sera le programme ? demanda le musicien.

— J'aimerais beaucoup une symphonie inédite.

— En si peu de temps ?

— N'en êtes-vous pas capable ?

— Essayons.

Irrité par les flagorneurs salzbourgeois prompts à encenser toute nouvelle coqueluche viennoise, Wolfgang écrivit à son père pour lui préciser qu'il détestait la flatterie sous toutes ses formes : *Les sucreries et les bécotages ne sont pas toujours agréables. Il n'y a que des sots et des ânes à qui l'on peut en imposer de cette manière. Je supporterais plus volontiers un rustre qui ne rougirait pas de se soulager devant moi que je ne me laisserais prendre à d'aussi fausses simagrées.*

Ensuite, il se mit au travail jour et nuit, et créa une œuvre grave, méditative et altière, non dépourvue d'optimisme, où il faisait le point sur cette étrange période qui lui apparaissait comme une porte entre deux mondes. Ainsi naquit la symphonie *Linz* [1], d'une durée approchant les quarante minutes.

1. K. 425.

À la grande satisfaction du comte Thun, elle fut jouée le 4 novembre. Comment Mozart avait-il réussi, en si peu de temps, à composer un chef-d'œuvre aussi long et charpenté ?

— Vous êtes un magicien, reconnut-il. Nous pouvons vous écouter, non vous comprendre. Ce présent inestimable illumine ma vieillesse.

55.

Vienne, le 30 novembre 1783

Les Mozart déposèrent les bagages à leur appartement puis se rendirent chez la nourrice pour y retrouver leur fils.

Elle se tenait sur le seuil de sa demeure.

— Nous venons chercher Raimund, dit Constance, impatiente de le prendre dans ses bras.

— Madame Mozart, monsieur... J'ai une triste nouvelle à vous apprendre, très triste.

— Serait-il...

— Il est mort, monsieur.

— Mort... Mais quand ?

— Le 19 août. Des convulsions d'une violence inouïe. Le médecin fut impuissant. J'ai préféré ne pas vous avertir de manière à ne pas troubler votre voyage.

Constance faillit s'évanouir. Wolfgang la serra très fort contre lui. Ils éclatèrent en sanglots et firent une longue promenade silencieuse, sans voir ce qui se passait autour d'eux.

Malgré la violence du choc, Wolfgang gardait une étrange sérénité, car il savait que la mort n'équivalait pas au néant. Raimund Leopold n'avait pas eu le temps de connaître les joies et les peines de l'existence terrestre, il était retourné dans le mystère d'où provenaient tous les êtres.

Le soir même, Wolfgang écrivit une lettre pudique à son père : *Quant au pauvre gros, gras et cher petit homme, nous avons tous les deux bien du chagrin.*

Prague, le 30 novembre 1783

Auteur d'une féroce satire[1] contre la religion officielle où il définissait les moines obtus comme une espèce à mi-chemin entre le singe et l'homme, Ignaz von Born se rendit à Prague afin d'y rencontrer, en grand secret, quelques Frères désireux de fonder une nouvelle Loge de recherche.

Les entretiens eurent lieu dans l'une des petites maisons construites à l'intention des alchimistes, derrière le palais du Hradschin, sur l'ordre de l'empereur Rodolphe II.

Bien que le baron Van Swieten n'eût obtenu aucune preuve de l'existence d'un service secret chargé d'espionner les Francs-Maçons, von Born demeurait très méfiant. Et il se posait une affreuse question : existait-il des informateurs au sein même des Loges ?

De toute façon, Vienne n'échapperait pas aux contrôles de la police de l'empereur. Si Joseph II persistait sur la voie du libéralisme, von Born continuerait cependant à y préparer l'accueil du Grand Magicien. Mieux valait, néanmoins, garder à Prague une position de repli.

La Loge À la Vérité et à l'Union[2] bénéficia d'un rituel de création issu du *Livre de Thot*. Thamos dirigea

1. *Specimen monachologiae methodo Linneaeno.*
2. *Zur Wahrheit und Eintracht*, dont le nom est à mettre en parallèle avec celui de la Loge viennoise *Zur wahren Eintracht*, À la Vraie Union.

la cérémonie d'installation, puis remit le maillet de Vénérable à Ignaz von Born. Les Frères se consacreraient à l'étude des symboles et de la tradition initiatique issue de l'ancienne Égypte.

Ainsi, quels que soient les événements et l'évolution de la situation, Thamos et von Born disposeraient d'un temple sûr.

Vienne, le 4 décembre 1783

— Un drôle de bonhomme te demande, annonce Constance à Wolfgang. C'est grave, paraît-il.

— Je vais voir.

Le petit homme gris ne devait pas sourire souvent.

— Vous êtes bien Wolfgang Mozart, maître de chapelle ?

— Exact.

— Je suis l'émissaire du banquier Ochser.

— Je ne connais pas ce monsieur.

— Lui, il vous connaît. Lors de votre séjour à Paris au mois d'octobre 1778, vous avez contracté, par l'intermédiaire de notre banque, une dette de douze louis d'or.

— Je ne m'en souviens pas, confessa Wolfgang.

— Nous, nous nous en souvenons. J'ai mis du temps à vous retrouver et j'exige aujourd'hui le remboursement de cette dette, sous peine de poursuites.

— Si longtemps après... Quelle mémoire !

— Votre réponse, monsieur Mozart.

— En réalité, je n'étais pas responsable de ce voyage. Vous vous adressez donc à mon père, Leopold Mozart, vice-maître de chapelle du prince-archevêque Colloredo, à Salzbourg.

— Est-il solvable ?

— N'insultez pas notre famille !

Wolfgang écrivit aussitôt à son père pour le prier d'intervenir et d'éteindre cette ridicule affaire, puis retourna à son travail en cours sur *L'Oie du Caire*. Les trois premiers morceaux composés[1] ne lui déplaisaient pas, mais il ne pouvait aller plus loin avec un tel livret. Aussi exigea-t-il de nombreuses modifications que Varesco, malgré sa susceptibilité, devrait admettre.

Vienne, le 22 décembre 1783

Lors d'une académie organisée au profit de la Société des musiciens, Wolfgang joua un concerto devant une salle pleine et enthousiaste. Son ami Adamberger chanta enfin l'air que Salieri avait réussi à censurer.

Toujours tenaillé par l'envie de créer un nouvel opéra, Wolfgang écrivit pour le même Adamberger un air tragique[2] évoquant la détresse de Thémistocle, seul et abandonné au fond d'un cachot. Révolté, il maudissait son destin et ne trouvait un peu d'espoir qu'en songeant à la femme aimée. Et un second air[3], cette fois pour basse, était encore plus sombre : le remords déchirait Sébaste parce qu'il avait trahi le roi Xerxès. Même libéré et lavé de tout soupçon, le fautif ne se le pardonnerait jamais.

Aucune faiblesse envers soi-même, le désir permanent de sortir de toutes les prisons dans lesquelles le sort tentait de l'enfermer, la volonté de voir la vraie lumière : les sentiments qui animaient Wolfgang ne le laissaient pas en repos.

1. K. 422 / 4-6
2. K. 431.
3. K. 432.

— Pourquoi es-tu si tendu ? s'étonna Adamberger. Le succès devrait te réjouir.

— Et s'il n'était que passager ?

— Tu ne prends pas la mesure de ta nouvelle notoriété ! C'est toi que le public veut voir et entendre.

— Par moments, je n'y crois guère.

— Faisons une expérience : demain soir, même endroit, même concert, mais sans toi.

En l'absence de Mozart, la salle était presque vide.

Vienne, le 24 décembre 1783

Les jeunes époux se remettaient du décès de leur premier enfant, et Constance songeait à être de nouveau enceinte. Dieu donnait et reprenait la vie, personne ne s'étonnait de l'extrême fragilité des bébés. Seuls les plus résistants traversaient la difficile épreuve des premiers mois.

Un écho du passé égaya la fête de Noël. De passage à Vienne, le comte von Sickingen rendit visite à Mozart et le félicita chaudement. Ministre du Palatinat en poste à Paris, Franc-Maçon, Frère et ami du baron Otto von Gemmingen, il avait aidé le jeune Wolfgang à supporter son pénible séjour dans la capitale française au cours duquel sa mère s'était éteinte.

Ensemble, Wolfgang et son hôte jouèrent au piano la partition d'*Idoménée* que Leopold venait d'envoyer à son fils. Mais l'œuvre qui enchanta Constance fut une fugue [1] où son mari prouva sa maîtrise de la science du contrepoint. Cette fois, l'enseignement de Jean-Sébastien Bach était assimilé. Sans dénaturer la fluidité du style mozartien, elle lui apportait de la force et de la charpente.

1. K. 426.

— J'ai une grande nouvelle à t'annoncer, ma chérie.
— Une commande d'opéra ?
— Pas encore.
— Un grand concert en prévision ?
— Oh, plusieurs ! Avant tout, nous allons déménager. Cette fois, il s'agira d'un logement somptueux, aussi propice au travail qu'à la vie de famille. De beaux jours nous y attendent.

56.

Brunswick, le 31 décembre 1783

Face à face, auprès d'une grande cheminée dispensant une agréable chaleur, le Grand Maître Charles de Brunswick et son adjoint Charles de Hesse vivaient les dernières heures d'une année horrible.

— Les nouvelles sont-elles toujours aussi mauvaises ? demanda le Grand Maître, vieilli et fatigué.

— Les Loges continuent à quitter la Stricte Observance, reconnut Charles de Hesse dont l'ange protecteur ne produisait plus aucun bruit, et très peu de cotisations nous sont parvenues.

— Nous serons bientôt ruinés, mon Frère. J'ai consacré une bonne partie de ma fortune, comme vous-même, au développement de notre Ordre, et nous avons échoué.

— La tradition templière est morte, je l'admets, mais l'apport de Willermoz peut encore nous permettre de sauver la Stricte Observance.

— J'ai le sentiment qu'il ne digère pas sa victoire et que ses Chevaliers bienfaisants de la Cité Sainte forment une bien médiocre armée ! Pourquoi ne se hâtent-ils pas de nous envoyer des rituels convaincants ?

— Longue et difficile, cette tâche exige beaucoup de réflexion. Gardons espoir.

Vienne, le 27 janvier 1784

À sept heures, la toilette de Wolfgang était terminée. Pour son vingt-huitième anniversaire, au lieu de se faire simplement poudrer les cheveux, il avait demandé au coiffeur de les lui friser, de les tirer en arrière et de les nouer en catogan.

Depuis l'une des fenêtres de son nouvel appartement, il observait le Graben, la place principale de Vienne, toujours animée. Quatre mille carosses et voitures de tailles diverses y passaient chaque jour.

Habiter au troisième étage de cette vaste maison [1] représentait une grande satisfaction, d'autant que le propriétaire, Thomas von Trattner, libraire-éditeur, avait accepté de baisser le loyer semestriel de soixante-quinze à soixante-cinq florins. Aspect capital, le bâtiment abritait une salle où Wolfgang comptait donner des concerts privés et payants qui lui permettraient d'assumer ses charges sans difficultés. Et, sur son pianoforte construit par Anton Walter, il composerait le soir et la nuit, après les leçons et les prestations publiques que lui imposait sa condition de musicien indépendant.

Constance posa doucement sa tête sur l'épaule de son mari.

— Bon anniversaire, chéri. Tu ne te reposes pas un peu, aujourd'hui ?

— Hélas ! cette journée s'annonce aussi chargée que les autres.

1. N°s 591-596 (aujourd'hui 29) am Graben.

— Moi, je vais être obligée de faire la sieste et d'éviter les efforts pénibles.

— Tu veux dire...

— Je suis enceinte.

Ils s'embrassèrent passionnément.

— Ce sera un garçon, et il vivra vieux ! promit Constance.

Tout à la joie que lui procurait cette merveilleuse nouvelle, complétée par la prochaine reprise de *L'Enlèvement au sérail* au Burgtheater, Wolfgang laissait son énergie créatrice s'orienter dans deux directions différentes.

L'une prit la forme d'un élégant concerto pour cor[1] dont le mouvement lent était une paisible romance ; l'autre, celle du troisième quatuor[2] de la série de six qu'il voulait dédier à Joseph Haydn.

En dépit de profondes méditations, presque anxieuses, l'œuvre affirmait une espérance, comme si l'âme, après avoir longtemps douté, franchissait enfin le seuil d'un monde nouveau. À la différence des deux premiers quatuors, celui-là possédait une véritable fin, avec des accords marqués.

Un concerto plaisant d'un côté, sa musique intérieure de l'autre, à la recherche de la Lumière... Le compositeur ne se sentait pas déchiré pour autant. Cette diversité vibrait en lui, il se savait capable de concilier les contraires à condition de ne jamais trahir son sens de l'authentique.

1. K. 447.

2. Quatuor à cordes n° 16 en *mi* bémol majeur, K. 428. Lors de la publication de l'ensemble chez Artaria en 1785, Mozart placera ce quatuor en quatrième position, après le quatuor en *si* bémol K. 458, achevé le 9 novembre 1784, auquel il accordera la troisième place.

Vienne, le 9 février 1784

Décidément, *L'Oie du Caire*, cette énorme bête en bois ou en carton-pâte posée au milieu de la scène avec le héros à l'intérieur, ne l'inspirait pas. Ce n'était pas un thème digne de succéder à *L'Enlèvement au sérail*, surtout sous la forme insupportable du livret de Varesco.

Wolfgang se tourna vers d'autres lectures, fournies par Thamos et le Minerval. Il termina l'ouvrage d'Halophilus Irenaüs Oetinger, *La Métaphysique dans son rapport à la chimie*, dont le titre cachait le contenu, à savoir la philosophie hermétique des Rose-Croix qui évoquait, notamment, l'action de la musique sur l'âme. À présent, il découvrait avec passion les recherches de Giovenale Sacchi, *Du nombre et des mesures des cordes musicales ainsi que de leurs correspondances*, et, surtout, celles de Pierre-Joseph Roussier, *Parallèle entre le système des Égyptiens et celui des modernes*. L'auteur établissait des équivalences entre les notes, les tonalités, les planètes et les signes du zodiaque.

Ce jour-là, Wolfgang mit la dernière main à un brillant concerto pour piano en *mi* bémol majeur [1] où éclatait sa verve, sans se départir de son élégance coutumière. Écrite pour un petit orchestre, l'œuvre comportait d'incessantes modulations, alternant des moments d'inquiétude et des mélodies paisibles. Quant au rondo final, rapide à souhait, il n'oubliait pas d'unir le chant du soliste au contrepoint rappelant l'influence bénéfique de Bach.

Et surtout, Wolfgang tenta un certain nombre d'expériences à partir de calculs kabbalistiques qu'il griffonna sur l'une des pages du manuscrit [2] en utilisant,

1. K. 449, n° 14.
2. Voir P. A. Autexier, *La Lyre maçonne*, p. 153 *sq*.

notamment, la figure géométrique du « carré long », génératrice de multiples harmoniques.

C'est alors qu'il prit une décision d'auteur responsable et de mari sérieux : tenir deux cahiers, l'un consacré à la vie de la maisonnée, et l'autre à ses œuvres.

Sur le premier, il noterait les gains provenant de ses leçons, de ses concerts et de la vente de ses partitions, et les dépenses familiales. Le second, un cahier relié à couverture rose[1], serait le catalogue de ses compositions. Première inscrite : la dernière-née, le concerto pour piano en *mi* bémol.

Comme il avait hâte de retrouver, le soir venu, son encrier, sa plume et son papier à musique ! Afin de rassurer Leopold, encore inquiet à propos de l'avenir professionnel de son fils et de la suite à donner à *L'Enlèvement au sérail*, il n'hésita pas à lui dévoiler ses convictions : *Ma musique faite dort et repose en paix. Dans tous les opéras qui, à notre époque, pourront être représentés avant l'achèvement du mien, pas une seule idée ne ressemblera à l'une des miennes, j'en suis bien tranquille.*

Vienne, le 11 février 1784

Lors d'une réception donnée par le prince Dimitri Galitzin, Thamos eut l'occasion de s'entretenir avec Gottfried Van Swieten.

— J'ai multiplié les investigations, révéla le baron. Aucune n'a abouti. Certes, la police surveille discrète-

1. Ce document est une mine d'informations, mais Mozart n'y nota pas la totalité de ses créations et, à plusieurs reprises, enregistra le même jour plusieurs œuvres dont la composition s'était étalée dans le temps, d'où la nécessité d'une étude critique.

ment certains Francs-Maçons, mais aussi des agitateurs d'idées qui n'appartiennent pas à l'Ordre. D'après de récentes informations, l'empereur voit plutôt la Franc-Maçonnerie d'un œil favorable, dans la mesure où les Loges viennoises approuvent ses réformes.

— Ne se méfie-t-il pas des Illuminés de Bavière ?

— Il ne les croit ni redoutables ni opposés à sa politique. Alors, pourquoi confier la surveillance des Loges à un service secret ?

— Parce que Joseph II, en bon chef d'État, a toujours plusieurs fers au feu.

— Vous croyez donc à l'existence d'un homme de l'ombre, en contact direct avec l'empereur... et qui ne commettrait aucune imprudence, comme s'il ne sortait jamais de son bureau !

— S'il a tissé un réseau d'informateurs, il remplit des dossiers, reste tapi au sein des ténèbres et n'agit qu'à coup sûr.

— Des informateurs... à l'extérieur et à l'intérieur des Loges ?

— Je le crains.

Le comte Johann Esterházy salua le chef de la censure et son Frère, le comte de Thèbes.

— Puis-je participer à vos réflexions ?

— Nous vous attendions, dit Thamos. À partir de ce soir, en vue du prochain carnaval, unissons nos forces en nous adjoignant le concours du prince Galitzin pour lancer la carrière de Mozart et l'imposer définitivement à Vienne.

Les quatre hommes envisagèrent un programme titanesque. Malgré son énergie, le frêle Wolfgang parviendrait-il à le remplir ?

57.

Vienne, le 22 mars 1784

Wolfgang se demanda s'il pourrait soutenir encore longtemps le rythme infernal adopté depuis le début du carême. Le 1er mars, le 5, le 8, le 12 et le 15, concerts chez le comte Esterházy ; le 4, le 11, le 18 et le 19, chez le prince Galitzin, sans oublier, le 17, sa première académie par souscription à la salle Trattner ! Chaque fois, un public enthousiaste et de belles rentrées d'argent. « De cette manière, confiait-il à Constance, je ne me rouillerai pas. »

Malgré cette intense activité d'interprète, Wolfgang ne cessait de composer, car les auditeurs réclamaient du neuf. Ainsi, le 15 mars, il avait joué un concerto[1] « qui mettait en nage », tant il exigeait de virtuosité. Fier et conquérant, le soliste donnait une réplique vigoureuse à un orchestre fourni.

Ce soir, chez le comte Esterházy, il créait un concerto en *ré* majeur[2] déclenchant, lui aussi, des flots de sueur. Même joie conquérante que dans l'œuvre précédente, avec autant d'ardeur. Le compositeur et l'interprète gagnaient les cœurs, Wolfgang s'enivrait de son succès.

1. Concerto pour piano n° 15, K. 450.
2. N° 16, K. 451.

— Pourquoi ne jouez-vous pas encore plus vite ? lui demanda l'un de ces critiques blasés et dédaigneux qui ne s'étonnaient de rien.

— Les acrobates croient que la vitesse donne du feu. Eh bien, quand il n'y a pas de feu dans une composition, ce n'est pas en jouant au galop qu'on lui en donne ! Il est bien plus facile de jouer rapidement que lentement. Dans les passages ardus, on peut laisser quelques notes sans que personne le remarque. Mais est-ce de la belle musique ?

— Une opinion trop tranchée, Mozart !

— Ne vaut-elle pas la vôtre ?

— J'ai l'habitude de juger les musiciens !

— Qu'avez-vous composé, déjà ?

Furieux, le critique se détourna. Wolfgang s'était fait un nouvel ami.

Vienne, le 23 mars 1784

Aucun repos en vue, au contraire ! Pas une seule soirée vide jusqu'au début du mois d'avril. Ce soir-là, au Burgtheater, une nouvelle joie redonna de l'énergie à Wolfgang : les retrouvailles avec son ami intime Anton Stadler, clarinettiste à plein temps à la cour de Vienne.

— Puis-je encore t'adresser la parole, illustre Mozart ?

— Cesse de te moquer de moi !

— Nous avons eu raison de quitter Salzbourg, toi et moi. Comme je n'ai jamais douté de ton génie, ta réussite ne me surprend pas. Je me demande quand même si tu sortiras vivant de ce carnaval !

— Sincèrement, moi aussi ! Comment refuser les invitations d'Esterházy et de Galitzin ? Le baron Van

Swieten m'encourage également, et j'ai reçu de nombreuses réponses à ma proposition de concerts à souscription.

— Bref, tu iras jusqu'à l'épuisement total !

— Tu le sais, la musique régénère.

— La tienne, c'est certain ! Je ne saurais te dire à quel point je suis heureux de jouer ta sérénade en *si* bémol majeur [1]. Les Viennois en ronronneront de bonheur. Quand tu disposeras d'un moment, nous reparlerons de la clarinette.

— Souhaiterais-tu changer d'instrument ?

— Surtout pas, mais il faudrait améliorer ses capacités expressives. Toi seul peux percevoir ses immenses possibilités, à peine exploitées. Si proche de la voix humaine, elle touche au plus profond de l'être. Malheureusement, j'ai déjà plusieurs enfants à nourrir et je manque des moyens financiers nécessaires à une vraie recherche. Tu m'aideras ?

— Compte sur moi.

Vienne, le 1er avril 1784

Le 24 mars, Wolfgang avait donné sa deuxième académie par souscription avec, comme temps fort, le concerto en *ré* [2] ; le 25, concert chez Galitzin ; le 26, chez Esterházy ; le 27, à la salle Trattner, participation à l'académie du pianiste Richter ; le 29, concert chez Esterházy ; le 31, troisième et dernier concert par souscription ; et ce soir, un énorme programme au Burgtheater où il dirigerait les symphonies *Haffner* et *Linz*, et jouerait le concerto en *ré* majeur, sans oublier plu-

1. K. 361.
2. K. 451.

sieurs arias et un quintette pour piano, hautbois, clarinette, cor et basson [1], créé la veille.

— Je le considère comme ce que j'ai fait de mieux dans ma vie, confia-t-il à Constance.

La science des timbres et des combinaisons instrumentales atteignait la perfection.

Plus jamais Wolfgang ne reviendrait à un tel ensemble, car ce miracle-là ne se reproduirait pas. Était-il un point d'aboutissement, ou bien une fausse limite à dépasser ?

Le succès et la gloire, le musicien en avait rêvé, surtout pour assurer son indépendance. L'objectif atteint, il ne s'en contentait pas, puisque cette réussite ne lui ouvrait pas la porte du temple.

Enfin, cette folle période s'achevait. Un dernier concert chez le comte Pálffy, le 9 avril, et le compositeur reprendrait son souffle.

Vienne, le 12 avril 1784

Les deux premiers mouvements du concerto en *sol* majeur [2] étaient achevés quand Wolfgang passa devant la boutique d'un marchand d'oiseaux et entendit un chardonneret [3] chanter une mélodie qu'il mémorisa en s'exclamant : « Que c'est beau ! »

Dès qu'il rentra chez lui, il nota ces cinq premières mesures d'un rondo à variations très entraînant qui couronna sa nouvelle œuvre où la gaieté alternait avec des passages presque mélancoliques.

Pourtant, comme l'aurait prétendu la sagesse popu-

1 K. 452.
2. Concerto pour piano n° 17, K. 453.
3. Ou bien un sansonnet.

laire, n'avait-il pas tout pour être heureux ? Même un oiseau lui offrait de quoi nourrir son inspiration, lui, le musicien en vogue dont Vienne ne pouvait plus se passer !

La sagesse populaire se trompait, car il lui manquait l'essentiel : la connaissance des mystères auxquels étaient initiés les prêtres du soleil.

58.

Vienne, le 15 avril 1784

La rencontre n'eut lieu ni à Schönbrunn ni dans l'immeuble abritant le service secret de Joseph Anton, mais au cœur d'une caserne que fréquentaient de nombreux membres de la noblesse viennoise, promis à la carrière militaire. L'empereur s'entretenait volontiers avec l'un ou l'autre.

Le comte de Pergen n'en menait pas large. Pourquoi Joseph II voulait-il lui parler ?

D'après les derniers échos, il se montrait de plus en plus favorable à la Franc-Maçonnerie, soutien indéfectible de sa politique. Bien qu'une bulle papale de 1731 l'eût condamnée, elle n'avait pas été publiée en Autriche. Dans ses *Constitutions* de 1717, le pasteur Anderson n'écrivait-il pas : « Si le Franc-Maçon comprend bien l'Art, il ne sera jamais athée stupide ni libertin irréligieux. »

— L'Église est aujourd'hui incapable de défendre les valeurs spirituelles et morales dont notre société a besoin, déclara l'empereur. C'est pourquoi la Franc-Maçonnerie nous est utile, à condition qu'elle soit étroitement contrôlée. Aussi votre patient labeur mérite-t-il ma gratitude.

S'il n'avait été en présence de Joseph II, Anton aurait poussé un énorme soupir de soulagement.

— Qu'advient-il de la Franc-Maçonnerie mystique et templière à Vienne ?

— Majesté, je la considère comme éradiquée. Les Rose-Croix se cantonnent à Berlin et, depuis peu, à Paris. Quant à la Stricte Observance, elle se meurt et n'a plus aucun représentant.

— Excellentes nouvelles. Seule la Franc-Maçonnerie adepte de la raison et de l'humanisme demeure donc dans nos murs.

— Que Votre Majesté m'autorise à la mettre en garde contre l'expansion des Illuminés de Bavière qui comptent aujourd'hui plus de deux mille cinq cents membres.

— Des personnalités en vue comme Herder, Goethe ou von Sonnenfels n'appartiennent-elles pas à ce mouvement ?

— En effet, Majesté. Je vous procurerai bientôt une liste complète des intellectuels cachés sous d'étranges pseudonymes. J'ai découvert que la Grèce équivaut à la Bavière, Athènes à Munich, Éleusis à Ingolstadt, la ville du fondateur, Adam Weishaupt. Quant à l'Égypte, il s'agit du nom de code de l'Autriche.

— Que craignez-vous ?

— Que ces intellectuels ne préparent une révolution sous le masque de la Franc-Maçonnerie.

— J'en doute fort, comte de Pergen. Si tel était le cas, nous les empêcherions d'aboutir. J'exige des rapports détaillés sur l'activité des Loges viennoises et la teneur des discours qui y sont prononcés.

— Vous les aurez, Majesté.

— Vous disposez donc d'indicateurs zélés parmi lesquels figurent de faux Frères ?

— Vu la difficulté de ma tâche, Majesté, tous les moyens sont bons.

— J'apprécie votre discrétion et votre efficacité. Continuez ainsi.

Joseph Anton s'inclina.

Il ne désespérait pas de persuader l'empereur de la nocivité de la Franc-Maçonnerie en général et des Illuminés de Bavière en particulier.

Vienne, le 22 avril 1784

À la suite d'ultimes entretiens avec des Frères haut placés, l'empereur proclama la naissance d'une Grande Loge d'Autriche dont il confia la Grande Maîtrise à un dignitaire inoffensif, le comte Johann Carl von Dietrichstein-Proskau, âgé de cinquante-six ans, et le Grand Secrétariat au minéralogiste Ignaz von Born. Honorablement connues, ces deux personnalités sauraient diriger de manière paisible cette nouvelle institution qui comprenait sept provinces. L'Autriche comptait dix-sept Loges, dont huit à Vienne ; la Bohême, sept ; la Galicie, quatre ; la Lombardie autrichienne, deux ; la Transylvanie, trois ; la Hongrie, douze ; les Pays-Bas autrichiens, dix-sept.

— Joli coup, apprécia Joseph Anton, très joli coup. Voilà les Frères encadrés dans l'« Ordre royal de la Franc-Maçonnerie ». Cette reconnaissance officielle est un véritable carcan dont ils ne prendront pas conscience immédiatement. Et l'empereur leur réservera d'autres surprises.

— Nous ne servons plus à rien, gémit Geytrand.

— Au contraire, mon brave ami, au contraire ! Quand les Frères les plus dangereux s'apercevront qu'ils ne disposent plus d'aucune liberté de manœuvre, ils tenteront de former des Loges dissidentes. Nous devons donc redoubler de vigilance.

Vienne, le 22 avril 1784

Thamos et Ignaz von Born attendaient les explications de leur Frère Tobias Philippe von Gebler.

Accusant le poids de ses cinquante-huit ans, le vice-chancelier s'assit lourdement dans un fauteuil.

— J'avoue avoir beaucoup influencé l'empereur. La création de cette Grande Loge d'Autriche me paraissait indispensable.

— Pour quelles raisons ? demanda von Born.

— Nous courions à la catastrophe, expliqua l'auteur de *Thamos, roi d'Égypte*. L'archevêque de Vienne, Anton Migazzi, ennemi juré de la Franc-Maçonnerie, a introduit plusieurs espions dans les Loges. Les émules des Rose-Croix rêvent de nous ramener vers le christianisme, et les nostalgiques de la Stricte Observance voudraient réveiller l'esprit templier. Bref, la pagaille complète ! Grâce à cette nouvelle institution, nous y verrons plus clair. Le Grand Maître est un homme de paille qui se contentera de son titre ronflant. Aux yeux de tous, le véritable chef de notre Ordre sera notre Frère von Born que j'ai réussi à imposer sans difficulté.

— Qu'exige l'empereur ? demanda Thamos.

— Le strict respect de la charte fondatrice de la Grande Loge d'Autriche et la mise au point d'un règlement intérieur s'imposant à l'ensemble des Loges. Bien entendu, il sera porté à sa connaissance.

— Le véritable Grand Maître, rectifia von Born, est Joseph II.

— Au moins, à présent, la situation s'améliore, et nous tracerons notre chemin en sécurité, loin des tendances mystiques et occultistes. Dès ce soir, lors de la réunion des Vénérables, nous examinerons cette charte.

Ignaz von Born ne cacha pas son scepticisme.

— L'empereur veut tout contrôler, estima-t-il. Il ne nous laissera plus en paix et prendra d'autres mesures qui réduiront notre liberté au point de l'anéantir.

— Continuons à préparer l'initiation du Grand Magicien, prôna Thamos. Par bonheur, le moment approche.

59.

Vienne, le 22 avril 1784

La charte de l'empereur reconnaissait la souveraineté de la Grande Loge d'Autriche et celle de chaque Loge appartenant à cette nouvelle structure.

Chacune pourrait célébrer ses rituels, nourris des signes, hiéroglyphes et symboles de l'Ordre, à condition de n'avoir d'autre but et d'autre activité que la bienfaisance au sens le plus large.

Derrière les formules officielles se cachait la volonté de Joseph II de contrôler les dirigeants, voire d'écarter les candidats ou de révoquer les élus pour les remplacer par des hommes fidèles au pouvoir.

La discussion des principes généraux, que chaque Loge devait inclure dans son règlement particulier, fut l'objet de controverses.

— Avant tout, rappela von Gebler, proclamons la nécessité de la bienfaisance, cette vertu tant appréciée de l'empereur. Elle seule nous offre la capacité de lutter contre les maux qui oppressent l'humanité.

— Cela implique de nous libérer de toutes les formes de croyance et de tyrannie, ajouta von Born. La bienfaisance consiste aussi à bien faire, à bien agir, donc à célébrer des rituels précis et correctement ajustés.

— Quels seront nos critères d'admission ? demanda un dignitaire.

— Tous les Frères doivent participer aux travaux de manière active, répondit von Gebler, donc posséder l'une des qualités suivantes : soit jouir dans le monde profane, par la naissance ou par le rang, d'une considération suffisante pour prendre en protection la vertu opprimée et la bonne cause en général ; soit disposer de biens matériels dans un cadre d'ordre et de vie de famille pour être en mesure de venir en aide si nécessaire ; soit détenir les connaissances et les talents indispensables pour corriger les idées erronées, combattre les préjugés nuisibles et propager les vraies lumières.

— Irons-nous jusqu'à admettre un ouvrier ? s'inquiéta un comte.

— Jadis, les Loges de bâtisseurs de cathédrales étaient formées d'artisans, rappela von Born. Il n'existe aucune raison de refuser l'entrée du temple à quiconque, à condition que le postulant subvienne à ses besoins, ne soit pas un poids pour ses Frères et ressente un authentique désir de voir la Lumière.

Personne ne protesta.

— En revanche, poursuivit le Grand Secrétaire, méfions-nous des nobles imbus d'eux-mêmes et de leurs privilèges. Éprouvons-les longuement et lucidement, et refusons-les s'ils manifestent une morgue et une vanité telles qu'ils ne puissent participer à notre fraternité. Ceux qui méprisent le brave et simple bourgeois parce qu'il n'a pas d'ancêtres titrés ne méritent pas de franchir la porte du temple. Ne le méritent pas non plus les aristocrates qui traitent mal leurs domestiques ou leurs sujets, se montrent durs et cruels avec eux ou bien s'enrichissent de manière ignoble et se comportent comme des êtres vils. Pour un Franc-Maçon, vertu et rectitude ne doivent pas être de vains mots.

— Tous ces préceptes étaient contenus dans la Règle des temples de l'ancienne Égypte, rappela Thamos. Les mettre en pratique est une nécessité quotidienne sans laquelle l'initiation ne serait qu'un mirage.

— Nous revenons ainsi à la véritable bienfaisance, insista von Born. Il ne s'agit pas seulement de soutien pécuniaire, mais d'une assistance d'une autre nature, d'une aide d'ordre spirituel et du don de la connaissance qui permet de franchir les portes successives jalonnant le chemin initiatique.

— Faut-il encore admettre des hommes d'Église ? demanda un Frère.

— À condition qu'ils soient foncièrement tolérants, répondit von Born, et qu'ils ne cherchent pas à propager leur croyance en Loge.

Personne ne contesta les options du Grand Secrétaire, qui ne déplaisaient pas à von Gebler. Le vice-chancelier pourrait donc rassurer l'empereur et lui garantir l'adhésion des Loges à sa politique.

Vienne, le 29 avril 1784

Le concert donné au théâtre de la Porte de Carinthie, en présence de Joseph II, prenait l'allure d'un exercice particulièrement périlleux. Wolfgang y créerait une sonate pour piano et violon[1] en compagnie de l'Italienne Regina Strinasacchi.

Seul petit problème : la partition de piano était presque vide, car il n'avait pas eu le temps de noter la musique qu'il jouerait donc de mémoire et sans aucune répétition.

L'œuvre débutait par un largo, mouvement lent au

1. K. 454, en *si* bémol majeur.

cours duquel dialoguaient l'homme et la femme, la volonté de conquête et la sensibilité. Comment concilier ces apparents contraires, sinon grâce à la fougue d'un allegro dépassant les oppositions ? L'andante ramenait à la méditation et au doute, presque douloureux, que dissipait le rondo final, célébration de la joie de vivre.

Ayant entendu des rumeurs étonnantes, l'empereur vérifia par lui-même. Interloqué, il constata que Mozart déchiffrait des pages blanches !

Quant au pianiste hollandais Richter qui observait les doigts de l'interprète, il ne put contenir son amertume.

— Mon Dieu, comme il me faut me donner du mal à en suer pour n'obtenir aucun succès ! Et vous, mon ami, vous n'en faites qu'un jeu !

— Oh ! s'exclama Wolfgang, j'ai dû aussi me donner du mal pour n'avoir plus, maintenant, à m'en donner.

Vienne, le 26 mai 1784

Après l'académie qu'il avait lui-même organisée le 8 mai chez les Trattner, ses propriétaires, Wolfgang reprit enfin son souffle. Il continuait néanmoins à se lever entre cinq et six heures, et gardait son rythme de travail tout en s'accordant, chaque matin, une délicieuse promenade avec Constance dans le jardin de l'Augarten.

La grossesse se déroulait bien, et leur amour, tendre et complice, s'épanouissait au fil des jours.

— Une sérieuse difficulté nous empoisonne l'existence, déclara-t-elle.

— Notre bonne salzbourgeoise, Liser Schwemmer, je parie ?

— Elle ne sait ni préparer un feu ni faire le café. Ses seules compétences consistent à poser les plats sur la table de la salle à manger. Quand elle m'aide à passer une robe ou à la retirer, elle se plaint de surmenage ! Son salaire ne lui sert qu'à acheter du vin et de la bière. Hier, je l'ai retrouvée ivre morte sur son lit. Elle avait tellement vomi que j'ai dû remplacer les draps et le matelas. Ça ne peut plus durer ! Congédions-la et remplaçons-la.

— Tu as raison, chérie, mais...

— Mais ?

— Si j'étais homme à rendre les gens malheureux, je la renverrais sur-le-champ. Soyons bienfaisants en la gardant aussi longtemps que possible.

Vienne, le 27 mai 1784

En y réfléchissant, Wolfgang s'était montré ingrat et le regrettait. Aussi se rendit-il chez le marchand d'oiseaux avec l'espoir que le créateur des premières mesures du rondo du concerto en *sol* majeur[1] n'avait pas trouvé preneur.

Le chardonneret était encore là !

Dès qu'il aperçut Mozart, il entonna son air favori.

— Combien en voulez-vous ? demanda le musicien à l'oiseleur.

— Trente-quatre kreutzers.

Wolfgang ne discuta pas.

— Nous serons de bons amis, promit-il à son nouveau compagnon. Quel nom te donner... Ah ! j'ai trouvé : Star. N'es-tu pas une étoile qui illumine nos journées grâce à ton remarquable talent ?

Star salua son baptême en chantant *forte* et *allegro*.

1. K. 453.

60.

Vienne, le 13 juin 1784

Wolfgang n'inscrivit pas sur son *Catalogue* les huit variations « Comme un agneau »[1] qu'il venait de composer sur un air du *Brave homme* de Sarti, de passage à Vienne, et se rendit à Döbling, dans la campagne viennoise. Lors d'une académie, il y joua son quintette pour piano et instruments à vent[2], tandis que son hôte, la brillante Barbara Ployer, interprétait le concerto en *sol*[3]. Bien payée, cette prestation augmentait son pécule, déjà conséquent.

Ce succès financier rassurait Wolfgang et lui donnait des ailes. Quel bonheur d'offrir à Constance une existence confortable, sans souci matériel ! Jamais il n'aurait imaginé pareille aisance lorsqu'il ruinait son talent comme musicien-domestique au service du grand mufti Colloredo. L'audace lui avait réussi, et il ne reviendrait jamais en arrière, même s'il rêvait encore d'un poste stable à la cour de Vienne, à condition de recevoir une

1. K. 460. Il s'en souviendra néanmoins pour en faire l'un des thèmes du banquet offert par don Juan au Commandeur.
2. K. 452.
3. K. 453.

excellente rémunération et de bénéficier d'un maximum de liberté créatrice.

Chez Artaria paraissaient trois sonates pour piano[1] et, chez un autre éditeur, Toreicella, trois autres œuvres[2] qui confortaient sa renommée de musicien viennois à la mode.

À la fin du concert, il conversa avec le vieux comte Thun.

Ami et Frère d'Ignaz von Born, le Franc-Maçon parla de la langue des symboles, de l'importance de la tradition initiatique et de la présence des esprits qui animaient toutes les formes de vie, des étoiles jusqu'aux minéraux.

Ces perspectives empêchaient Wolfgang de se laisser griser par son succès. Au-delà des satisfactions matérielles, n'y avait-il pas la porte du temple, à la fois proche et lointaine ?

Seul Thamos l'Égyptien pouvait l'ouvrir. Quand y consentirait-il enfin ?

Berlin, le 15 juin 1784

— Pourquoi cette colère, mon Frère ? demanda Bischoffswerder, l'un des chefs des Rose-Croix d'Or, si bien en cour qu'ils influençaient les plus hautes autorités.

— Les Illuminés de Bavière, auxquels j'appartiens, veulent détruire les pouvoirs établis et la société, répondit Utzschneider. Il faut les empêcher de nuire.

Le traître omit de préciser qu'il souhaitait se venger parce qu'on venait de lui refuser une promotion.

1. K. 330, 331, 332.
2. K. 284, 333, 454.

— As-tu des preuves de ce que tu avances ?

— J'ai pris des notes en toute discrétion, révéla Utzschneider. Je vous remets un dossier explosif qui contient les déclarations de plusieurs dignitaires et dévoile les véritables intentions des Illuminés. À vous de frapper vite et fort.

— Compte sur moi, mon très cher Frère.

Les Rose-Croix d'Or de Berlin n'osaient espérer un tel cadeau ! Le document fut aussitôt transmis à leur principal soutien, Frédéric-Guillaume II. Refusant d'intervenir sur son territoire et de se mettre en avant, il confia la sale besogne au prince-électeur de Bavière, Karl Theodor.

Munich, le 22 juin 1784

Conseiller politique et confesseur de Karl Theodor, le jésuite Frank se frottait les mains. Grâce au dossier d'Utzschneider et aux compléments des Rose-Croix d'Or de Berlin, il avait convaincu son illustre patron de prendre une décision aussi radicale qu'explosive.

L'édit de Karl Theodor interdisait formellement, dans les États soumis à sa juridiction, toute société secrète. S'estimant investi d'une mission sacrée consistant à sauver l'Église, le prince-électeur mettait fin aux activités de sectes subversives et redoutables, au premier rang desquelles figuraient les Illuminés de Bavière et les Loges maçonniques, sans pour autant les nommer.

Frank espérait une réaction violente, surtout de la part des Illuminés. Elle amènerait Karl Theodor à utiliser la force et inciterait les tribunaux à prononcer des peines d'emprisonnement.

Quoi qu'il en fût, ce décret leur brisait les reins et stoppait net leur croissance. L'Église pouvait se féliciter de ce succès, qui serait suivi de beaucoup d'autres si l'empereur Joseph II, à son tour, percevait le danger et adoptait les mesures nécessaires.

Munich, le 23 juin 1784

Le chef des Illuminés de Bavière, Adam Weishaupt, et son bras droit, le baron Adolphe von Knigge, relurent le décret mot à mot.

— Bien que nous ne soyons pas clairement désignés, observa Weishaupt, nous sommes la cible principale de Karl Theodor et de son maudit confesseur !

— Vu le manque de précision du texte, jugea von Knigge, aucun tribunal ne nous condamnera.

— Ne prenons surtout pas de risques ! On nous accuserait de subversion rampante et de complot contre le prince-électeur, ravi de faire des exemples.

— En ce cas, que proposez-vous ?

— Il faut savoir jusqu'où Karl Theodor et ses alliés veulent aller. Feignons donc de lui obéir en prononçant une dissolution apparente de notre Ordre et en demandant à tous nos membres de garder le silence. Peut-être cette attitude montrera-t-elle au prince-électeur qu'il a remporté une grande victoire.

— Juste un mauvais moment à passer, supposez-vous... Je n'y crois guère ! objecta von Knigge. Cette déclaration de guerre ne restera pas sans suite. L'obscurantisme religieux souhaite détruire notre mouvement en utilisant la bêtise et la lâcheté des princes qui désirent garder leur trône à n'importe quel prix. Moi, je refuse de baisser les bras. D'accord pour une relative mise en sommeil, si les Loges continuent à se réunir en secret. De plus, nous fonderons des sociétés de lecture, ouvertes à tous, où nous diffuserons nos idées. Même Karl Theodor ne pourra les taxer de secrètes.

— Intéressant, reconnut Weishaupt.

Vienne, le 30 juin 1784

— Mon ami Frank a magnifiquement manœuvré, estima Geytrand. Voilà les Illuminés frappés au cœur de leur fief, la Bavière !

— Hélas ! déplora Joseph Anton, le décret du prince-électeur Karl Theodor est beaucoup trop vague. Il ne désigne pas explicitement les Illuminés et les Francs-Maçons.

— Personne ne s'y trompera !

— Les hautes personnalités, y compris des magistrats qui appartiennent à l'Ordre, retarderont ou bloqueront l'application de cette loi en prétendant que la Franc-Maçonnerie ne mène aucune action illégale et ne menace aucun trône.

— Puisqu'elle est bel et bien une société secrète, les tribunaux l'interdiront !

— Ce serait trop simple, mon brave Geytrand. Les Francs-Maçons trouveront mille et un moyens d'échapper à la sanction.

— Frank veut les abattre, et Karl Theodor suit aveuglément ses directives.

— En pleine ascension, les Illuminés ne renonceront pas à s'imposer. Sans doute feindront-ils de s'incliner afin de mieux contre-attaquer. La guerre ne fait que commencer.

61.

Vienne, le 2 juillet 1784

Après sa promenade à cheval, vers sept heures, Wolfgang partageait son temps entre la composition et les leçons. Pour se reposer, il aimait jouer au billard tout en discutant avec Constance. Il avait acheté une belle table recouverte d'un superbe tapis vert, douze queues et cinq boules. Une lanterne et cinq chandeliers éclairaient la surface de jeu.

Ce soir-là, le couple Mozart accueillit plusieurs chanteurs, dont Michael O'Kelly et la jeune soprano de dix-neuf ans Nancy Storace, accompagnée de son amoureux Stephen, un violoniste impétueux et jaloux. Ils demandèrent à Constance des nouvelles de sa santé avant de vanter les mérites de l'Angleterre et de faire une partie de billard en vidant quelques bonnes bouteilles.

L'oiseau Star salua ces réjouissances en chantant une jolie mélodie que reprit Nancy Storace.

— Ta voix est splendide, estima Wolfgang.

— Me choisiras-tu comme interprète de ton prochain opéra ?

— Si je parviens à dénicher un bon livret, certainement.

— Serait-ce si difficile ?

— Je n'ai lu que des histoires stupides et sans intérêt. Mais je ne désespère pas.

Vienne, le 4 juillet 1784

Geytrand posa sur le bureau de Joseph Anton l'édition, chez Torricella, de deux sonates pour piano[1] et d'une sonate pour piano et violon de Mozart[2].

— Deviendrais-tu amateur de musique à la mode ?

— Regardez bien la page de titre, monsieur le comte.

L'examen d'Anton fut révélateur.

— Plusieurs emblèmes maçonniques... Qu'est-ce que ça signifie ?

— Soit Mozart s'affirme comme Franc-Maçon, soit l'éditeur affiche ses convictions et ses sympathies.

Joseph Anton consulta ses listes.

Mozart n'y figurait pas. La seconde hypothèse était donc la bonne.

— Bizarre, jugea Geytrand. L'éditeur se serait-il permis cette audace sans l'accord explicite de l'auteur ?

— Bien sûr, puisqu'il peut même modifier la partition.

— Autrement dit, rien ne prouve que Mozart soit lié d'une manière ou d'une autre à la Franc-Maçonnerie.

— Rien, conclut Anton. Pourtant, son nom revient un peu trop souvent. Je m'intéresserai donc à lui de plus près.

Vienne, le 5 juillet 1784

Au Pérou, un archéologue découvrait les traces du royaume des Amazones. Tandis qu'un météorologue

1. K. 284 et 333.
2. K. 454.

poursuivait ses recherches, un amoureux éperdu ne songeait qu'à sa belle.

Sur les bases plutôt minces de ce livret de Petrosellini, Wolfgang commença un opéra[1].

S'ennuyant lui-même à écrire une musique vide de sens, il s'arrêta très vite.

— L'abbé Da Ponte désire te voir, l'avertit Constance.

Wolfgang ne s'attendait plus à cette visite. Nommé poète officiel de la cour avec un salaire de six cents florins grâce à l'aide de son protecteur, Salieri, le librettiste venait probablement lui expliquer qu'il était débordé.

— Cher Mozart, j'ai approfondi mon idée ! Et ce *Mari déçu* me plaît beaucoup ! Emilia, une jeune et noble Romaine, aime Annibale. Apprenant sa mort, elle écoute son tuteur qui lui conseille d'épouser un vieux barbon. Coup de théâtre : Annibale réapparaît, bien vivant, mais convoité par deux autres femmes follement amoureuses, dont une cantatrice ! Un seul homme exposé à la rivalité de trois soupirantes : vous imaginez les complications et les rebondissements. Tout finit par s'arranger, Annibale épouse Emilia. Travaillez donc là-dessus, Mozart.

Pressé, Da Ponte s'éclipsa.

Wolfgang parcourut le livret et n'éprouva aucun enthousiasme. Dire oui à Da Ponte, c'était obtenir l'assurance que l'œuvre serait représentée. Mais accepter l'histoire telle quelle... Il devait réfléchir.

1. K. 434 (fragments du *Royaume des Amazones*).

Ingolstadt, le 15 juillet 1784

Le baron Adolphe von Knigge explosa.

— Je n'ai pas l'habitude d'être convoqué comme un vulgaire valet, dit-il à Adam Weishaupt, et je ne supporte plus votre comportement. Dois-je rappeler que je suis le rédacteur des rituels de l'Ordre des Illuminés ?

— C'est moi qui vous ai confié cette tâche et c'est à moi seul d'en apprécier les résultats.

— En me mettant sans arrêt des bâtons dans les roues ! protesta von Knigge. Votre sectarisme et votre critique aveugle de la religion sont le fait d'un esprit borné, incapable de percevoir l'importance des rites et de l'ésotérisme. Seuls les mystères égyptiens nous mèneront à la connaissance, et vous ne leur attribuez aucune considération.

— Vous restez un mystique attardé, baron, et je ne tolère pas ce genre d'individu dans mon organisation.

— Est-ce la raison pour laquelle vous vous répandez en calomnies sur ma vie privée ?

— La croyez-vous irréprochable ?

— Cela ne vous concerne pas !

— Tout ce que font les Illuminés me concerne. Critiquer leur chef, s'opposer à lui, insulter sa souveraineté, oser le dénigrer auprès des autres Frères sont des fautes impardonnables. Vous les avez commises, baron, et n'êtes plus digne d'appartenir à l'Ordre.

— Auriez-vous l'intention de m'en chasser ?

— J'ai rédigé un acte d'accusation, signé par moi-même et plusieurs hauts dignitaires, qui vous accuse d'opportunisme. Si vous le contestez, nous irons plus loin. Beaucoup plus loin. Je vous conseille donc de démissionner, en prenant trois engagements formels :

garder le secret, abandonner vos fonctions et retirer tous vos griefs à mon égard.

La violence du regard d'Adam Weishaupt terrorisa le baron von Knigge. Le tyran ne plaisantait pas et le menaçait de mort.

— Vous êtes un triste sire et un redoutable manipulateur. Fasse le ciel que votre méprisable aventure se termine mal.

— Acceptez-vous mes conditions, baron ?

— Vous n'entendrez plus parler de moi, Weishaupt. Mais votre édifice de mensonges ne tardera pas à s'écrouler.

Le chef des Illuminés se débarrassait enfin de ce spiritualiste devenu encombrant. Certes, il lui manquait les rituels des Grands Mystères. Le résultat de ses efforts, une révolution politique et sociale, lui ferait oublier ce désagrément.

Vienne, le 2 août 1784

Le mari n'était pas le seul à être déçu ! Après avoir composé une ouverture, deux ensembles et deux airs pour *Lo sposo deluso* [1], Wolfgang, irrité, s'interrompit.

Pitoyable livret ! Comment traiter un tel thème dans le style bouffe et rendre amusante une héroïne bafouée et malheureuse ? Noircir ainsi les personnages féminins lui déplaisait au plus haut point. Et aucun n'avait suffisamment de caractère.

Depuis ses contacts avec les Illuminés de Salzbourg et ses lectures d'ouvrages ésotériques, Wolfgang avait besoin de profondeur, non des amusettes dérisoires de l'abbé Da Ponte. Il abandonna donc ce pauvre projet,

1. K. 430.

persuadé qu'il ne fréquenterait plus ce courtisan roué, trop proche du médiocre Salieri.

À cette déception s'ajouta une bien triste nouvelle, en provenance de Salzbourg : Miss Pimperl, la femelle fox-terrier, venait de mourir. Comme il aurait aimé la choyer jusqu'à l'ultime instant, en évoquant leurs mille et un souvenirs ! Wolfgang était son préféré, il percevait la moindre des émotions de Miss Pimperl, et leur complicité leur offrait de merveilleux moments de bonheur.

Avec le décès de cette chienne tant aimée, la jeunesse de Mozart s'évanouissait.

62.

Vienne, le 18 août 1784

Wolfgang écrivit à sa sœur Nannerl pour la féliciter de son mariage, prévu le 23. L'heureux élu s'appelait Johann Baptist von Berchtold zu Sonnenburg. Magistrat, administrateur judiciaire de sa ville, il n'était pas un perdreau de l'année mais un veuf de cinquante ans, père de cinq enfants. À trente-trois ans, la sévère Nannerl s'installerait avec ce vieux mari dans la maison natale de sa mère, à Saint-Gilgen.

N'ayant aucune envie d'assister à une cérémonie sinistre, Wolfgang se contenterait de cette lettre convenue. Entre lui et sa sœur, un fossé infranchissable se creusait. Ni lui ni elle ne souhaitait le combler.

Il songea à son père, désormais seul dans son grand appartement de Salzbourg. Décidé à ne pas se remarier, Leopold avait perdu son fils, et sa confidente, Nannerl, le quittait. Heureusement, il lui restait son poste de vice-maître de chapelle et ses élèves, auxquels il se consacrait avec patience et un sens de la pédagogie fort apprécié. Dieu lui accorderait-il la grâce de gâter un ou plusieurs petits-enfants ?

Vienne, le 23 août 1784

En assistant, au Burgtheater, à la représentation du *Roi Théodore à Venise*, un opéra de Paisiello, Wolfgang sua à grosses gouttes. De retour chez lui, il grelotta. Pris de coliques, il vomit et se crut perdu.

Par bonheur, le jeune docteur Barisani, dont tout Vienne vantait les mérites, accepta de venir à son chevet et de lui prodiguer ses soins. En raison de la gravité du refroidissement, il prédit à son malade plusieurs semaines difficiles et lui demanda de se ménager.

Pourtant, dès le 25, Wolfgang mit en forme une improvisation sur un air de Gluck, jouée le 23 mars 1783 en présence de l'empereur, et en tira dix variations pour piano [1]. Extrait des *Pèlerins de La Mecque*, le texte amusait beaucoup le convalescent : une sorte de derviche passait pour un saint homme à l'austérité exemplaire aux yeux d'une populace crédule alors qu'il menait une existence dissolue et savourait les inépuisables plaisirs de la bonne chère !

Les joyeux arpèges de l'oiseau Star saluèrent l'humour de son maître, et Constance fut rassurée en voyant son mari reprendre aussi vite goût à la vie. Il lui faudrait néanmoins suivre un régime et ne pas se surmener. À cause de son emploi du temps démentiel pendant la saison musicale, Wolfgang était allé au-delà de ses limites et avait gravement compromis sa santé.

La bonne salzbourgeoise Liser Schwemmer étant toujours aussi paresseuse et inefficace, Constance, à un mois de son accouchement, engagea une autre domestique. Chaque jour, la maîtresse de maison répartissait

1. K. 455.

les tâches afin d'éviter les conflits. Lors de ce difficile exercice, la jeune femme se révéla remarquable.

Vienne, le 29 septembre 1784

Constance n'en croyait pas ses yeux.

Quel appartement somptueux et spacieux ! Juste derrière la cathédrale, la Maison Camesina[1] était l'une des plus renommées de Vienne. Célèbre décorateur, Joseph, le père des propriétaires, les frères Camesina, avait orné de stucs rococo une partie de la vaste demeure.

Quatre pièces principales au premier étage, cent soixante-dix mètres carrés, tout le confort... Constance se frotta les yeux.

— Le loyer ?

— Deux cent trente florins par semestre, révéla Wolfgang.

— C'est énorme !

— Rassure-toi, nous avons les moyens. Et ce petit bonhomme ne mérite-t-il pas un beau cadre de vie ?

Wolfgang tenait délicatement dans ses bras Karl Thomas, né le 21 septembre et baptisé à l'église Saint-Pierre. La mère et l'enfant se portaient à merveille.

— Puisse Dieu lui donner une longue et belle existence, murmura le musicien en embrassant le nourrisson qui lui offrit un large sourire.

— Il faudra acheter des meubles, jugea Constance.

— Mon clavecin sera installé dès ce soir, précisa Wolfgang. Ici, mille idées afflueront, et je travaillerai en toute quiétude.

1. N° 846, Schulerstrasse, anciennement n° 5, Domgasse.

Vienne, le 30 septembre 1784

La première œuvre qu'acheva Wolfgang à son nouveau et prestigieux domicile fut un concerto en *si* bémol pour piano et orchestre [1], destiné à une virtuose aveugle, Maria-Theresia von Paradies.

Si les deux mouvements rapides, le premier et le troisième, mettaient en valeur l'interprète en lui fournissant une partition allègre, volubile et rieuse avec quelques moments de tendresse et de rêverie, l'andante à variations en *sol* mineur était une longue méditation de Wolfgang sur le sens de sa propre existence. Tentant de dompter impatience et révolte, il manifestait un calme apparent sans dissimuler le doute profond qui le hantait : marcherait-il un jour sur le chemin menant vers la Lumière ?

Un cri éclatait à l'orchestre, une question brutale se posait : que désires-tu réellement ? Jamais il ne renoncerait à lutter ! Aussi retrouvait-il la tranquillité liée à cette certitude, mais terminait-il cependant ces douloureuses variations par le doute initial.

En se rendant avec Constance chez le baron Van Swieten, comme chaque dimanche, il espérait découvrir de nouvelles œuvres de Jean-Sébastien Bach.

La veille, le baron avait cru déceler enfin une piste sérieuse menant au chasseur de Francs-Maçons. Vérification faite, il ne s'agissait que d'un policier chargé de tenir des dossiers concernant les courtisans en rapport avec le ministère de la Guerre.

Près du clavecin se tenait Thamos, encore plus impressionnant qu'à l'ordinaire. Van Swieten présenta

1. N° 18, K. 456.

Constance à d'autres invités, laissant l'Égyptien en tête à tête avec le musicien.

— Es-tu satisfait de ton nouvel appartement ?

— Une merveille ! Joseph Haydn et des collègues viendront bientôt y jouer de la musique de chambre. Bien sûr, vous êtes invité en permanence.

— J'ai une autre invitation à te transmettre.

La solennité du ton fit frissonner le compositeur.

— Après toutes ces années de recherches, de réussites et d'échecs, après tes contacts avec des Francs-Maçons de diverses tendances, après tes nombreuses lectures, désires-tu poursuivre ton chemin seul, ou bien tenter de franchir la porte du temple ?

Un instant, Wolfgang ferma les yeux.

— Voilà si longtemps que j'espérais cette question !

— Ta réponse ?

— Franchir cette porte est mon plus cher désir.

— Auparavant te sera imposée une ultime épreuve probatoire. Si tu échoues, nous ne nous reverrons plus.

63.

Vienne, le 14 octobre 1784

Incapable de reprendre *L'Oie du Caire*, Wolfgang revint à un genre musical qu'il ne pratiquait plus depuis six ans : la sonate pour piano[1]. Il dédia cette œuvre à son élève Theresa von Trattner et choisit la tonalité tragique d'*ut* mineur afin d'exprimer l'inquiétude d'échouer et la violence de son désir spirituel. La musique était haletante, hachée, effervescente. Ce feu le brûlerait-il ou l'illuminerait-il ?

Thamos ne lui ayant pas précisé la nature de l'épreuve qu'il subirait, il ne savait comment s'y préparer.

Cette attente était à la fois espérance et angoisse. Espérance de découvrir un nouvel univers et de voir enfin la Lumière, angoisse d'être rejeté à jamais. Car il n'y aurait pas de seconde chance.

Attendre sans date précise... Quel supplice ! Mais n'était-ce pas le début de l'épreuve ?

1. K. 457.

Lyon, le 15 octobre 1784

Les Chevaliers bienfaisants de la Cité Sainte adulaient leur chef de file, Jean-Baptiste Willermoz, vainqueur du convent de Wilhelmsbad. Quant aux quelques Grands Profès qui célébraient des cérémonies mystiques, ils attendaient la création de rituels destinés à la Franc-Maçonnerie entière, comme promis au Grand Maître Ferdinand de Brunswick.

Willermoz tenait toutes les cartes en main. Il lui suffisait de les abattre pour gagner définitivement la partie.

Un seul Frère doutait de ce triomphe : lui-même. En lisant les premiers essais des proches auxquels il avait confié la rédaction de ces nouveaux rituels, il était cruellement déçu.

Pourquoi ne pas se rendre à l'évidence ? Jamais les Lyonnais ne parviendraient à tenir leurs engagements. Leur victoire de Wilhelmsbad se révélait inutile et stérile, puisqu'ils étaient incapables d'exploiter leur avantage. Chasser sur le territoire des Allemands n'entraînerait que des désagréments. Mieux valait s'en tenir à son domaine réservé.

Willermoz décida d'oublier la promesse faite à Ferdinand de Brunswick. Le Grand Maître se débrouillerait sans lui.

— Le comte Phénix souhaite vous voir, l'avertit l'un de ses disciples. Il réside à l'hôtel de la Reine, quai Saint-Clair, et prétend détenir des informations essentielles.

Intrigué, Jean-Baptiste Willermoz se rendit à l'adresse indiquée.

Son interlocuteur se dévoila aussitôt.

— Moi, Cagliostro, je vais fonder ici une Loge de

mon Rite égyptien. Aidez-moi à recruter des adeptes, et je vous communiquerai mes secrets.

— Quels sont-ils ?

— Quels sont les vôtres, distingué Frère ?

— Parlez le premier.

— Hors de question, puisque je suis le Grand Cophte, le supérieur de tous les Francs-Maçons ! Si vous connaissez les Grands Mystères, exprimez-vous sans crainte.

— Mes disciples ne reconnaissent que mon autorité, rappela Willermoz. Si vous désirez vous implanter à Lyon, il faudra vous y soumettre et me confier vos rituels afin que je me prononce sur votre légitimité.

— Je comprends vos exigences, mon Frère, mais admettez les miennes ! Notre bonne entente suppose confiance et dons mutuels.

— Assurons-nous d'abord que nous parlons le même langage. Croyez-vous à la nature divine de Jésus-Christ ?

Cagliostro réfléchit.

— Le Christ est le fils de Dieu, un philosophe, un initié, mais pas Dieu lui-même.

Le visage affable de Willermoz se ferma.

— Cette pensée est hérétique et condamnable.

— Vous êtes franc-maçon, mon Frère ! Exercez donc un sens critique.

— Vous vous enfoncez dans l'erreur, Cagliostro, et prouvez ainsi votre imposture. En réalité, vous ne possédez aucun secret et vous égarez les esprits en les éloignant de Notre Seigneur Jésus-Christ.

— Vous avez tort de rire de mon savoir, Willermoz. C'est vous, l'imposteur ! Vous trompez vos Frères en les rendant esclaves d'une religion bornée.

— Ce misérable discours met en évidence votre médiocrité. Sachez, monsieur, que je peux prononcer des conjurations contre les pervers dont vous faites partie. Vous paierez cher vos ignobles propos, je vous le promets.

Cagliostro s'enflamma.

— Vos menaces m'indiffèrent. N'essayez surtout pas de lancer votre magie noire contre moi, car elle vous reviendrait en pleine figure !

— Nous verrons bien lequel de nous deux sera le plus fort.

Désormais ennemis, les deux hommes se défièrent du regard.

Vienne, le 31 octobre 1784

Pour célébrer la fête de leur professeur, les élèves de Mozart avaient organisé un petit concert dans le grand appartement de la Domgasse. L'oiseau Star apprécia le talent des interprètes, sauf celui d'un invité parisien, le baron Bagge, qui se couvrit de ridicule en tentant d'interpréter un concerto pour violon excédant ses capacités.

Tout en se mêlant à l'hilarité générale, Wolfgang gardait l'esprit ailleurs et songeait à l'inquiétante épreuve évoquée par Thamos. Qu'allait-on exiger de lui, quelles qualités lui réclamerait-on ? Il dormait mal, doutait de ses possibilités et se demandait s'il serait vraiment apte à travailler avec des êtres aux connaissances tellement plus étendues que les siennes !

En cas d'échec, quel désespoir ! Pourtant, pas question de renoncer. Il affronterait ses juges, quels qu'ils soient, et ne dissimulerait rien de sa personnalité, de ses idées et de ses sentiments.

Ses hôtes venant de prendre congé, Wolfgang fermait

les volets intérieurs de son appartement lorsqu'il aperçut, dans la rue, la silhouette de Thamos l'Égyptien.

Il courut aussitôt le rejoindre.

— As-tu réfléchi, Wolfgang ?

— Je ne fais que ça et je ne compose même plus !

— Es-tu toujours décidé à tenter l'aventure ?

— Toujours !

— En ce cas, tâche de te reposer un peu. L'épreuve décisive aura lieu ce soir même.

64.

Vienne, le 1er novembre 1784

Un homme âgé qu'il ne connaissait pas banda les yeux de Wolfgang, lui prit la main, l'introduisit dans une salle qu'il perçut très vaste et l'aida à s'asseoir sur une chaise.

— Profane, dit une voix sévère, un temple vous accueille. Ici sont réunis des Frères à la recherche de la lumière et de la connaissance. Ils veulent sonder votre cœur et votre esprit pour savoir si vous désirez réellement partager leur Quête. Je vous prie donc de leur répondre sincèrement. À l'issue de cette épreuve, nous prendrons une décision à l'unanimité. Soit nos routes se sépareront, soit vous serez admis parmi nous, et ce jugement sera sans appel. Voici la première question : qu'est-ce que l'initiation ?

Wolfgang eut l'impression de s'embrouiller lamentablement. Il ne trouvait pas ses mots, mélangeait ses idées et ne s'exprimait pas comme il l'aurait souhaité. Néanmoins, grâce au bandeau, il regardait en lui-même et restait concentré.

Malgré l'intensité de ces instants, malgré la peur d'échouer et la nécessité de répondre aux questions nombreuses et variées sur sa pensée, son existence, ses goûts, sa conception de la musique, ses qualités, ses défauts et tant d'autres sujets, il éprouva un certain détachement, comme s'il n'était pas concerné au premier chef.

Autour de lui, aucune énergie négative, mais des êtres qui l'écoutaient avec attention et, loin de le juger, tentaient de le comprendre et de savoir s'il parviendrait à suivre la voie initiatique.

— Nous vous remercions d'avoir accepté de parler sans détour, conclut la voix grave. On va vous reconduire à l'extérieur. D'ici quelque temps, nous vous ferons connaître le résultat de notre vote.

On aida Wolfgang à se relever et à sortir de la salle. Puis le même homme âgé lui ôta le bandeau et, sans dire un mot, lui ouvrit la porte de la demeure où il avait été convoqué.

Il pleuvait.

Wolfgang ne rentra pas directement chez lui, car il éprouvait le besoin d'errer dans les rues de Vienne.

À présent, son destin était scellé. Si la Loge refusait sa candidature, il ne franchirait pas le seuil du temple et ne reverrait jamais Thamos l'Égyptien. Si les Frères l'accueillaient parmi eux, une vie nouvelle débuterait, une vie qui donnerait un sens à toutes ses expériences passées et lui dévoilerait de nouveaux horizons dont il percevait la présence sans les distinguer clairement.

Son destin était scellé, et il ignorait la décision. Comment, dans ces conditions, trouver le sommeil ?

Vienne, le 2 novembre 1784

— Tu as les yeux rouges, mais tu es tout pâle ! remarqua Constance, inquiète. Serais-tu souffrant ?

— Non, j'ai mal dormi.

— À cause de ton étrange soirée ?

— Tu n'imagines pas le poids de l'incertitude ! Être le dernier à savoir, quelle épreuve !

Wolfgang improvisa au clavecin. Séduit par une mélodie, l'oiseau Star la chanta.

Un bon signe ?

— Je vais me promener.

Ne parvenant pas à se concentrer et ne tenant pas en place, le compositeur comptait marcher jusqu'à l'épuisement.

Devant la cathédrale Saint-Étienne, Thamos.

— Belle journée, estima l'Égyptien. Un soleil généreux, une température convenable.

Wolfgang fut incapable de contenir la question qui lui brûlait les lèvres.

— Avez-vous... le verdict ?

— Bien entendu, puisque j'étais présent.

— Acceptez-vous... de me le donner ?

— Accepter n'est pas le terme exact.

— Lequel dois-je utiliser ?

— En réalité, Wolfgang, mes Frères m'ont confié le devoir de t'annoncer le résultat de leurs délibérations.

Comme le visage de Thamos demeurait indéchiffrable, le compositeur redouta le pire.

Non, impossible... Son rêve n'allait pas s'écrouler ainsi, en une seconde !

Thamos posa la main sur l'épaule du Grand Magicien.

— La Loge À la Bienfaisance a décidé de t'initier.

Wolfgang était incapable d'exprimer ce qu'il ressentait. Il s'agissait d'une joie inconnue, tellement puissante qu'elle lui donnait l'impression de s'envoler au-dessus des montagnes.

— C'est le début d'un immense voyage, et non son terme, précisa Thamos.

— Si vous saviez...

— Je sais, Wolfgang. Moi aussi, j'ai vécu ce moment-là. N'en oublie jamais la saveur. Si les initiés sont souvent décevants, l'initiation, elle, ne te décevra jamais. À présent, il reste une formalité à remplir : ta lettre de candidature.

— Quand serai-je initié ?

— La Loge choisira la date.

— Ne sera-t-elle pas trop lointaine ?

Thamos sourit.

— J'espère que tu fêteras le plus beau de tes Noëls.

Vienne, le 3 novembre 1784

Professeur de langue et de littérature allemandes, Sulpicius chez les Illuminés, Leopold-Aloys Hoffmann était le secrétaire de la Loge À la Bienfaisance. À ce titre, il envoyait les convocations aux Frères, notait à chaque Tenue les noms des présents et des absents, rédigeait les rapports administratifs destinés à la Grande Loge d'Autriche et recevait les lettres de candidature.

Ce matin-là, il lut celle de Wolfgang Mozart, musicien de son état. Hoffmann avait entendu parler de l'auteur de *L'Enlèvement au sérail* qui ne possédait aucun quartier de noblesse et ne figurait pas au nombre des personnalités marquantes de la cour. Bref, une recrue sans grand intérêt pour la petite Loge À la Bienfaisance dont l'orientation déplaisait à Hoffmann.

Sous l'impulsion du Vénérable qu'influençait Ignaz von Born, elle s'intéressait trop à l'étude des symboles.

Hoffmann, lui, recherchait des amis haut placés. De plus, il ne supportait pas les critiques envers les institutions et la remise en cause de certaines valeurs. Cette

Franc-Maçonnerie-là prenait un mauvais tournant qu'il dénonçait en se confiant à un ex-Frère, Geytrand.

Certes, Hoffmann trahissait son serment de ne rien révéler de ce qu'il voyait et entendait en Loge. Mais une parole n'était qu'une parole, et puisqu'il désapprouvait les idées de La Bienfaisance, sa conscience le blanchissait.

Selon la coutume, il devait transmettre la candidature de Mozart aux autres Loges de Vienne afin d'obtenir leur approbation. Parfois, un Frère manifestait son opposition. On lui demandait alors de formuler ses arguments dont la solidité était vérifiée.

Mais ce travail l'ennuyait. À son successeur, bientôt nommé, de s'occuper du dossier Mozart.

65.

Vienne, le 9 novembre 1784

Wolfgang composa le quatrième[1] des six quatuors qu'il comptait dédier à Haydn, alors qu'il attendait la date de son initiation. Affirmant sa volonté de conquête et de découverte dans le mouvement initial, il consacra l'adagio à une méditation sur la profonde transformation de son existence. Ne s'agissait-il pas d'une sorte de mort bénéfique, du passage d'un monde ténébreux à un univers dont la lumière était inaccessible au regard profane ? Sur un rythme de danse, le finale exprimait la joie intense de celui qui franchirait bientôt la porte du temple après avoir redouté qu'elle ne se fermât définitivement.

Le 17 novembre, *L'Enlèvement au sérail* serait représenté à Salzbourg pour la première fois. Wolfgang ressentait l'événement comme un exorcisme, une victoire définitive sur Colloredo et la tyrannie dont il avait brisé les chaînes. Ne croyant pas au hasard mais à l'organisation du réel par un architecte divin, le compositeur reliait ce petit plaisir supplémentaire à l'immense bonheur qu'il vivrait d'ici peu.

1. K. 458, qui, lors de la publication de 1785, deviendra le troisième.

Paris, le 13 novembre 1784

À la suite de l'échec du convent de Wilhelmsbad, le marquis de Chefdebien et les autres Frères de la Loge des Philalèthes décidèrent de ne pas abdiquer. Si les Francs-Maçons ne sortaient pas de l'impasse, l'Ordre risquait de disparaître.

Plusieurs questions essentielles restant à résoudre, les Philalèthes ouvraient leur propre convent, jusqu'au 26 mai, en espérant y accueillir un maximum de délégués de toutes les Loges européennes.

Ils posèrent nettement les problèmes : quelle est la nature fondamentale de la Franc-Maçonnerie ? Quelle origine lui attribuer raisonnablement ? Tradition orale ou écrite ? Qui est actuellement dépositaire de cette tradition ? À quelles sciences secrètes la Franc-Maçonnerie se rattache-t-elle ? Des rites actuels, lequel fera progresser l'Ordre ?

Hélas ! l'assistance demeura clairsemée, et la participation des Frères des plus modestes.

Au grand désespoir des initiateurs de cette réunion, peu de réponses claires furent apportées. S'intéressant à l'alchimie, à la magie et à la théosophie, les Philalèthes auraient aimé prendre la tête d'un grand mouvement philosophique et mettre sur pied un Ordre initiatique capable de modifier les mentalités en profondeur.

Comme le constatait cette Loge jugée excentrique, la société française était traversée par d'autres courants d'idées que la recherche ésotérique. La critique du pouvoir, de la noblesse, de l'Église et de leurs privilèges s'amplifiait, et quantité de Francs-Maçons s'y intéressaient davantage qu'au monde des symboles.

En dépit de l'échec cuisant du convent de Paris, plusieurs Frères exigèrent de nouveaux débats.

Vienne, le 20 novembre 1784

— La situation des Illuminés ne s'arrange pas, estima Geytrand. D'après mes dernières informations, Berlin s'aligne sur Munich et leur déclare la guerre. Les Rose-Croix d'Or les accusent de bafouer les princes et d'attaquer la religion. À cause de leurs positions philosophiques et politiques, la Franc-Maçonnerie entière risque d'être considérée comme une secte révolutionnaire, particulièrement dangereuse.

— Comment réagissent ses dirigeants ? demanda Joseph Anton.

— Silence complet.

— Très inquiétant ! J'aurais préféré une lutte ouverte, des querelles passionnées et des vaincus des deux côtés.

— Les Rose-Croix d'Or sont moins nocifs que les Illuminés, jugea Geytrand. Leur mysticisme chrétien sape les fondations de la Franc-Maçonnerie.

— Espérons-le ! En tout cas, les Illuminés rentrent dans leurs repaires. Les acharnés n'abandonneront ni leurs opinions ni leurs projets. Ils n'en deviendront que plus pernicieux.

Vienne, le 1er décembre 1784

À la fin d'une Tenue de la Loge À la Bienfaisance, Thamos interrogea le nouveau Secrétaire, Schwanckhardt.

— Ton prédécesseur, Hoffmann, a-t-il régularisé la candidature du compositeur Wolfgang Mozart ?

Schwanckhardt examina les dossiers dont il héritait.

— Il semble avoir oublié, déplora-t-il. Comme tu as dû t'en apercevoir, mon Frère, il ne s'intéressait guère aux devoirs de sa charge. La lettre de Mozart n'a pas été transmise aux autres Loges de Vienne. Je m'en occupe immédiatement.

Irrité, il ne dissimula pas la vérité en rédigeant sa missive : « Proposition relative au maître de chapelle Mozart. Notre ancien Secrétaire, Hoffmann, a omis d'enregistrer ce profane et d'informer les Loges Sœurs de cette proposition. Notification en a cependant été donnée il y a quatre semaines à la Loge de district. De ce fait, nous souhaitons donc procéder à son admission, si aucune Loge Sœur n'y voit d'objection. »

Vienne, le 11 décembre 1784

Wolfgang travaillait à un concerto pour piano[1] dont le premier mouvement plaisait beaucoup à l'oiseau Star. Remplie de détermination, la musique était à la fois joyeuse et d'une suprême élégance. Elle donnait envie de redécouvrir le monde, de croire en l'homme, d'oublier ses bassesses et de penser que le lendemain serait meilleur.

Au cours de sa promenade matinale, Wolfgang rencontra Thamos.

— La procédure administrative est terminée, lui révéla-t-il. Aucune Loge viennoise ne s'oppose à ton admission.

— Connaissez-vous la date de mon initiation ?

1. N° 19, K. 459.

— Le 14 décembre, à dix-huit heures trente. Surtout, sois ponctuel.

— Comment dois-je me préparer ?

— Ne te soucie de rien. À bientôt, Wolfgang.

L'homme qui s'éloignait à pas tranquilles avait changé sa vie. Sans lui, il serait resté un musicien ordinaire, plongé dans les querelles d'un milieu médiocre où l'idéal n'occupait guère de place.

Wolfgang courut jusqu'à son bureau pour y composer la fin de son concerto. Au lieu d'un mouvement lent habituel entre les deux mouvements rapides, il écrivit un allegretto à la fois poétique et profond qui exprimait l'intensité de son émotion.

Constance, le bébé, l'oiseau Star et les domestiques écoutèrent ce chant d'une incroyable pureté.

L'allegro final revint à une réalité bien concrète, nourrie d'un dynamisme emportant tout sur son passage.

À cet instant, Constance sut qu'elle n'avait pas seulement épousé un homme de talent, mais un génie capable de percer le mystère de la vie. Saurait-elle le comprendre et l'aimer à sa juste mesure ?

66.

Vienne, le 14 décembre 1784, dix-huit heures trente

La petite Loge À la Bienfaisance travaillait dans les locaux de sa grande sœur, À la Vraie Union, elle-même filiale de l'importante et influente Loge À l'Espérance couronnée. Ignaz von Born contrôlait l'ensemble. Thamos avait choisi La Bienfaisance pour que Mozart soit reçu dans une sorte de cocon avant de découvrir la complexité du monde maçonnique.

Comme le voulait la coutume, le musicien, inscrit sur le registre sous le numéro vingt, serait initié avec un « jumeau », en l'occurrence un religieux, Wenzel Summer, chapelain à Erdberg. On espérait que cette alliance symbolique écarterait, de l'un comme de l'autre, les maléfices du destin.

Thamos l'Égyptien accueillit Wolfgang. Conformément aux exigences de l'abbé Hermès, il avait amené le Grand Magicien jusqu'au seuil de ce temple où, grâce aux recherches et à la formulation rituelle d'Ignaz von Born, à partir du *Livre de Thot*, Mozart recevrait une authentique initiation.

Pourtant, la mission de l'Égyptien n'était pas terminée. À l'issue de cette réception en Loge, bien des épreuves attendaient Wolfgang. Parviendrait-il à maîtriser les outils mis à sa disposition, à traduire en musique la tradition initiatique et à créer une langue sacrée accessible à tous, au-delà de lui-même et de son époque ?

— Je suis ton parrain et je te conduis au centre de la Terre où tu méditeras.

Thamos introduisit Wolfgang dans une petite pièce aux murs recouverts de tentures noires qu'éclairait une seule bougie.

Le Novice eut l'impression de se trouver au cœur d'une grotte. Il s'assit sur une pierre cubique, face à un autel sur lequel figuraient divers symboles.

Près de la bougie, un crâne. La lumière et la mort, la lumière ou la mort... Le « vieil homme », quel que fût son âge, devait disparaître et laisser la place à un être nouveau.

Le sablier et la faux entrecroisés se référaient à l'inexorable mesure du temps et à l'action de Saturne qui séparait l'essentiel de l'inutile. Wolfgang ne s'était-il pas égaré sur cent chemins de traverse, n'avait-il pas cédé à la tentation de la superficialité ?

Le morceau de pain et la carafe d'eau lui fournissaient les nourritures indispensables à sa Quête. Quant aux trois écuelles contenant du sel, du soufre et du mercure, les éléments fondamentaux du processus alchimique, elles lui offraient la possibilité de commencer la préparation du Grand Œuvre dont il serait à la fois l'artisan et la matière première.

Sur les murs, des formules : « Connais-toi toi-même », « Si la curiosité t'a conduit ici, va-t'en », et le terme alchimique V.I.T.R.I.O.L. [1] dont chaque lettre était le début d'un mot latin, l'ensemble se traduisant :

1. *Visita Interiora Terrae Rectificandoque Invenies Occultum Lapidem.*

« Visite l'intérieur de la Terre, rectifie-toi, et tu trouveras la pierre cachée. »

Au sein de cette matrice, à l'abri de la Terre-Mère, Wolfgang se sentait en parfaite sécurité. Immobile, il voyageait. Comment se rectifier soi-même ? L'introspection ne suffisait pas. Il fallait un enseignement d'ordre initiatique qui ne menait pas à l'amélioration individuelle mais à la pierre cachée.

Elle gisait au cœur du Verbe, de la parole transmise en esprit et en vérité.

Au-dessus d'un coq, dont le chant saluait la renaissance de la lumière victorieuse des ténèbres, se déployait une banderole portant deux mots : « Vigilance » et « Persévérance ».

Vigilance, l'état d'éveil à la connaissance. Persévérance, la volonté de continuer, quels que soient les obstacles.

Wolfgang traversait le temps et l'espace. Ne vivait-il pas au centre de la pierre cachée dont il devenait l'un des éléments ? Absorbé par la flamme, il se situait à l'origine de la création, en cet instant où la pensée divine prenait corps sous la forme d'un air lumineux capable de féconder tous les matériaux.

Ici s'exprimaient l'éternel et l'immuable. Rien ne les souillerait, pas même la présence d'un profane.

La porte s'ouvrit.

Comme cette méditation avait été brève ! Wolfgang aurait aimé passer de longues heures en cet endroit et s'imprégner davantage de cette Terre matricielle où se préparait la renaissance.

— Novice, demanda Thamos, désires-tu poursuivre le chemin ?

— Je le désire.

— Tu devras affronter de redoutables épreuves. En pleine conscience du danger, désires-tu pourtant continuer ?

— Je le désire !

— Pèse bien ta décision, Novice. Tu peux encore te retirer.

— J'accepte les épreuves.

— Puisqu'il en est ainsi, nous allons te dépouiller de tes métaux et te mettre rituellement en état de recevoir d'autres purifications.

Wolfgang comprit que ses « métaux » ne se limitaient pas à une montre, une tabatière, des bijoux ou d'autres objets métalliques. On lui retirait ses rigidités, ses a priori et ses entraves afin de recréer un être neuf, délivré de ses pesanteurs. Mais cette absence d'armure le fragilisait en l'exposant aux agressions extérieures. Aurait-il la force d'y résister ?

Ôté le bel habit, abandonnés les élégants vêtements qui cachaient si bien le corps et l'âme, permettaient de se déguiser et de parader en société où régnaient hypocrisie et conventions.

Thamos lui laissa sa chemise, mais l'abaissa de manière à dévoiler le cœur. Il dénuda aussi le genou droit, révélant ainsi l'angle de Pythagore, et le pied gauche, puis lui entrava la jambe pour l'obliger à boiter. Enfin, il lui passa une corde autour du cou et lui banda les yeux.

Du fier Mozart, il ne restait plus qu'un individu difforme et aveugle.

Thamos lui prit la main.

— Seul, tu es incapable d'avancer. Si ton cœur est pur, si tu souhaites agir et ne pas réagir, place ta confiance en ton guide. Grâce à ce bandeau, apprends à voir au-delà du visible. Allons-nous plus loin ?

Wolfgang inclina la tête.

67.

Vienne, le 14 décembre 1784, Loge À la Bienfaisance

Trois coups furent frappés à une porte qui s'ouvrit avec fracas.

Serrant très fort la main de Thamos, Wolfgang fut contraint d'avancer. Soudain, la pointe d'un objet métallique toucha sa poitrine.

— Retirez ce glaive ! ordonna l'Égyptien. Ce Novice ne menace pas l'existence de cette respectable Loge.

— T'engages-tu à le guider ? interrogea une voix sévère.

— Je me porte garant de Wolfgang Mozart.

— Que désire-t-il ?

— Voir la Lumière, être initié à nos mystères et participer à nos travaux.

— Est-il libre et de bonnes mœurs ?

— Je le suis ! affirma Wolfgang.

Sa liberté, il l'avait conquise. Et devant Dieu, il pouvait jurer que sa conduite était irréprochable.

— Si vous trahissez notre confrérie, reprit la voix sévère, le glaive vous percera la poitrine. Est-ce bien en toute liberté et de votre propre volonté que vous sollicitez l'initiation ?

— En toute liberté et de ma propre volonté !

— Réfléchissez bien à la gravité de votre démarche. Elle exige de vous courage et volonté. En serez-vous capable ?

— Je le serai.

— Puisse le Souverain Architecte des mondes vous soutenir et vous procurer son aide au cours de vos voyages. Il est Un, mais se révèle en toutes choses. Qu'il daigne protéger les Frères rassemblés en ce temple et qu'il ouvre le chemin à ce Novice désireux de connaître les Mystères. Ici, nous n'avons que des devoirs : travailler constamment à la recherche de la sagesse, lutter contre l'ignorance et les préjugés, pratiquer la fraternité et garder le silence sur nos travaux. Novice, vous engagez-vous à les remplir ?

— Je m'y engage.

— Vous êtes encore libre de vous retirer. Bientôt, vous ne le pourrez plus. Persistez-vous ?

— Je persiste.

— Que soit effectué le premier voyage au cours duquel le Novice subira l'épreuve de l'air.

Un grand tumulte se déclencha. Pour l'oreille du musicien, une abominable cacophonie d'où finit par émerger la puissance du vent. Cet ouragan n'évoquait-il pas les tumultes intérieurs qu'il fallait vaincre quotidiennement ?

Un voile se déchira, des portes célestes s'ouvrirent. Un souffle emporta la pensée de Wolfgang vers les quatre Orients, il respira un air nouveau, principe des mutations que vivait un initié. Grâce à lui, l'énergie créatrice devenait consciente.

Le chemin fut long et pénible. Grâce à son guide, le néophyte contourna beaucoup d'obstacles. Et lorsque la tourmente s'apaisa, il eut le sentiment de disposer d'une force nouvelle.

S'ensuivit un deuxième voyage, correspondant à

l'épreuve de l'eau. Plus de tempête, plus de violence, mais des bruits étranges qui glissaient sur l'onde et délivraient l'âme de ses lourdeurs profanes. La progression fut moins difficile, malgré des pièges auxquels le voyageur échappa grâce à la vigilance de son guide.

Le Novice n'était plus l'esclave d'un monde figé. Il se mouvait au sein de profonds remous, nageait dans un océan sans limites, à l'origine de toute vie.

Wolfgang perçut le moment où la lumière naissait au cœur de l'eau primordiale et animait les multiples formes de vie.

Restait un ultime voyage, correspondant à l'épreuve du feu. Bien que le parcours parût dépourvu d'obstacles, Wolfgang ressentit le péril. Dansant sur les chemins du vent, une flamme consumait l'air et l'eau, emplissant l'espace de sa pensée. Elle amenait le Novice vers les portes de la région de lumière où les initiés passés à l'Orient éternel séjournaient en compagnie des dieux.

Cette flamme dévorait le curieux et l'indigne, mais faisait croître le désir d'initiation. Wolfgang sut qu'il allait franchir une étape décisive. Ou bien il se consumait, ou bien il tentait de franchir un fleuve de feu afin d'y déceler la source de la création.

Serrant encore plus fort la main de Thamos, il passa par les flammes purificatrices.

La porte de l'Orient s'ouvrit.

— Nous allons bientôt exiger de vous le serment qui vous unira à l'Ordre sacré de la Franc-Maçonnerie, annonça une voix ferme. Dès lors, vous ne vous appartiendrez plus. Peut-être sera-t-il un jour nécessaire que vous versiez jusqu'à la dernière goutte de votre sang pour la défense de cet Ordre. En auriez-vous le courage, si le sacrifice s'imposait ?

Wolfgang ne pouvait s'engager à la légère. S'il acceptait, il pénétrait dans une famille d'esprits, une confrérie initiatique dont il devrait, à son niveau, assurer la pérennité.

— J'aurai ce courage, affirma-t-il, conscient de la portée de cette promesse.

— Puisqu'il en est ainsi, prononcez les termes du serment.

Thamos conduisit le Grand Magicien jusqu'à l'autel de l'Orient. Il lui fit mettre le genou gauche au sol et la main droite sur les Trois Grandes Lumières de la Franc-Maçonnerie initiatique, la Règle, l'Équerre et le Compas.

Puis l'Égyptien plaça dans la main gauche du Novice un compas ouvert dont il appuya l'une des pointes sur son cœur.

Et Wolfgang, phrase après phrase, prononça le serment solennel : « Moi, Mozart, de ma libre volonté, en présence du Grand Architecte de l'Univers et de cette respectable Loge de Francs-Maçons, je jure de ne jamais révéler les Mystères qui me sont transmis. Je promets d'aimer mes Frères et de les secourir si nécessaire. Je préférerais avoir la gorge tranchée plutôt que de trahir ce serment. Que le Grand Architecte de l'Univers me vienne en aide et me préserve du parjure. »

— Puisque le Novice est jugé digne d'être admis parmi nous, ordonna la voix ferme, que le bandeau lui soit enlevé, qu'il voie et qu'il médite.

68.

Vienne, le 14 décembre 1784, Loge À la Bienfaisance

Thamos ôta le bandeau.

Pas de lumière aveuglante, mais la pénombre. Pas de Frères bienveillants, mais des armes menaçantes.

Et l'angoissant spectacle de la mort.

Le long et difficile chemin de l'initiation ne menait-il qu'à ce désastre ?

— Discerne la Lumière dans les ténèbres, recommanda Thamos. Sache, dès maintenant, que la trahison est partie intégrante de la Tradition. Conscient des épreuves imposées à l'initié en quête de la connaissance, confirmes-tu ton serment ?

— Je... je le confirme.

Bouleversé par cette vision qui resterait gravée au plus profond de son être, Wolfgang écouta les paroles du Vénérable qui lui révéla la signification de ce moment extraordinaire. Il lui donna les clés d'accomplissement du Grand Œuvre alchimique, du jaillissement de la vie au-delà du néant.

Alors, le temple s'illumina, et Thamos procéda à la vêture rituelle du nouveau Franc-Maçon, dont l'élément majeur était un tablier soulignant sa qualité et ses devoirs de bâtisseur.

Wolfgang reconnut le Vénérable Maître qui s'apprêtait à le consacrer comme Frère : le baron Otto von Gemmingen qu'il avait rencontré à Mannheim.

Il reçut la Lumière le créant Apprenti, digne de participer à la chaîne d'union reliant les initiés passés, présents et à venir.

Puis Wolfgang fut confié au Second Surveillant, chargé de lui révéler les secrets de son grade, consistant en un signe, une démarche et un mot sacré qu'il ne pouvait prononcer seul. Grâce à l'intervention d'un Frère, il parvint à assembler la parole brisée et à « faire symbole ».

Tout au long du rituel et de l'instruction offerte à l'Apprenti, Wolfgang remarqua la présence du Trois, de la pensée ternaire qui dépassait les contradictions et les oppositions afin d'accomplir l'union de l'esprit, de l'âme et du corps.

En cette année de vraie lumière 5784, ainsi datée en Franc-Maçonnerie parce que son origine remontait à la plus haute antiquité, l'initiation de Wolfgang Mozart fut enregistrée sur le Livre d'architecture de la Loge.

Avant le banquet, le nouvel Apprenti, au comble de l'émotion, reçut l'accolade fraternelle de Thamos.

— Comment vous remercier de m'offrir un tel trésor ?

— Ce n'est que le début du chemin, mon Frère Wolfgang. À présent, nous pourrons mieux construire ensemble.

Le musicien découvrit les membres de La Bienfaisance et les visiteurs venus d'autres Loges. Les surprises ne manquèrent pas : le comte Johann Baptist Esterházy, surnommé Jean le Roux, chambellan impérial, joueur de hautbois et grand protecteur de Mozart en faveur duquel il avait organisé plusieurs concerts ;

son conseiller musical, le chef d'orchestre et violoniste Paul Wranisky ; le prince Karl von Lichnowsky, ami de la comtesse Thun ; le comte Thun, qui félicita chaudement le compositeur.

— Vous voyez, Wolfgang, les esprits vous sont favorables ! Nos Loges ne sont pas réservées aux grands seigneurs. Vous y croiserez de hauts fonctionnaires, des scientifiques, des militaires, des hommes d'Église, des écrivains, des commerçants, des domestiques et bien d'autres ! Sans la Franc-Maçonnerie, ces gens si différents ne se seraient jamais rencontrés. En se fréquentant, dans le respect de leurs personnalités, ne deviennent-ils pas plus tolérants, donc plus intelligents ?

Amusés par le franc-parler du comte Thun, Adamberger, interprète du rôle de Belmonte, le héros de *L'Enlèvement au sérail*, et Fischer, celui de l'affreux Osmin, congratulèrent Mozart, en proie à un tourbillon. Les suivirent le librettiste Stephanie le Jeune, membre de la Loge Les Trois Aigles, et les éditeurs du musicien, Torricella et les frères Artaria !

— Toi aussi, Joseph ! s'exclama-t-il en découvrant son beau-frère Lange, le mari d'Aloysia.

— Comme l'exige notre serment, je suis resté muet. Et je ne voulais surtout pas t'influencer. En revanche, je me suis montré favorable à ta candidature !

— Moi aussi, précisa Karl Thomas von Trattner, l'époux d'une des élèves de Mozart et parrain de son fils.

Membre de la Loge Le Palmier, libraire-imprimeur, il avait été l'un des logeurs du musicien.

Ainsi, tous ces hommes si souvent côtoyés et qu'il croyait bien connaître appartenaient à la Franc-Maçonnerie !

Une interrogation lui traversa l'esprit.

— Depuis combien de temps préparez-vous mon admission ? demanda-t-il à Thamos.

— Depuis toujours, mon Frère, car tu es un prédestiné.

En dépit de son médiocre comportement, l'ex-Secrétaire de La Bienfaisance tint, lui aussi, à féliciter Mozart. Grand ami du Vénérable von Gemmingen, Leopold-Aloys Hoffmann s'estimait intouchable.

Son regard déplut à Wolfgang, mais il voulut oublier cette mauvaise impression, sans doute due à l'émotion et à la fatigue. Par définition, tous les Frères n'étaient-ils pas des êtres de valeur ?

Pendant les agapes, le Frère Friedrich Hegrad s'adressa au « jumeau » de Mozart, le vicaire Wenzel Summer, et rappela la position de sa Loge par rapport à l'Église :

— Que ne devons-nous pas attendre de vous, mon Frère, éducateur du peuple et apôtre de la Vérité ? Avec quel zèle ardent, quelle rare modestie, quelle prudence et quelle intelligence je vous vois travailler au bonheur de vos frères, les hommes ! Et je vous vois aussi confondre ceux qui méconnaissent leur mission, comme l'archevêque Migazzi et les mauvais moines, déshonorent leurs Ordres respectifs et ne s'occupent que de leur intérêt personnel. Ce sont les prêtres qui exercent le plus grand pouvoir sur les hommes, plus que les monarques mêmes, car qui tient le cœur agit plus que celui qui asservit le corps. De ce pouvoir, vous ferez usage pour l'honneur de l'humanité, et vous enseignerez la principale vertu, l'amour fraternel. Vous donnerez ainsi la preuve que vous n'êtes pas esclave du titre de prêtre, mais attaché à rendre les hommes meilleurs en leur apprenant que le seul et vrai service de Dieu consiste dans un cœur pur et noble, la bonté, la douceur de caractère, la tolérance et la bienfaisance.

L'archevêque Migazzi ne valant pas mieux que le grand mufti Colloredo, Wolfgang apprécia ce discours. En revanche, celui du Vénérable Otto von Gemmingen le laissa perplexe.

— La Franc-Maçonnerie vise à améliorer le bien-être social. En un mot, elle doit être entièrement pratique. Toute spéculation qui poursuit des idées sans finalité, se perd en abstractions trop spirituelles, s'épuise dans le domaine de connaissances dépourvues d'applications serait foncièrement contraire à l'objet de la Franc-Maçonnerie. Elle ne nous transforme pas en hommes nouveaux, ne nous fait acquérir aucun caractère mystique. Nous souhaitons nous élever au-dessus de notre propre insuffisance et de notre faiblesse afin de nous améliorer en tant qu'êtres humains. La Franc-Maçonnerie épure les sentiments, attise l'amour de l'humanité, la bienfaisance et la droiture. Elle encourage chacun de ses membres à la vertu, leur inculque le devoir d'employer leurs forces physiques et morales en vue du bien de l'humanité, court à l'aide de l'innocence opprimée, offre assistance et consolation au malheureux. Ainsi met-elle à l'œuvre d'innombrables moyens et procédés pour agir et se montrer utile au genre humain [1].

1. Pour ces déclarations, voir la documentation rassemblée par Philippe A. Autexier (cf. Bibliographie).

69.

Vienne, le 15 décembre 1784

Puisqu'il lui était impossible de dormir après un tel événement, Wolfgang invita Thamos à boire un punch et n'hésita pas à l'interroger.

— Pourquoi le Vénérable minimise-t-il le rôle de la spiritualité ? Le rituel d'initiation dit tout le contraire !

— Tu appliques déjà le premier conseil : vigilance. Otto von Gemmingen ressemble à la plupart des Frères qui ne voient dans la Franc-Maçonnerie qu'un mouvement humaniste. Rien de méprisable, certes, mais le but de l'initiation se situe bien au-delà. Né à l'Orient éternel, l'art royal des Francs-Maçons est trop souvent rabaissé par les humains à leur médiocre niveau. Seule la pierre est franche, libre de tout défaut, et non l'individu.

— Ne serait-il pas digne de l'initiation ?

— Les Anciens nous demandaient d'agir comme les dieux agissent, de mettre nos pas dans les leurs et de célébrer les rites afin que la puissance créatrice demeure sur terre. Les croyances ont asservi la conscience en imposant des vérités révélées qui nous éloignent de la connaissance. En franchissant la porte d'une Loge, même imparfaite et composée d'humains limités, tu te relies à la Tradition initiatique, l'essence même de la vie, au-delà de nos brèves existences temporelles. L'homme n'est que l'ombre de l'Homme, l'Être mâle et femelle aux dimensions du cosmos. Pour en percevoir la réalité, suis la voie alchimique des transmutations dont les premiers éléments t'ont été enseignés dans la grotte primordiale.

Les deux Frères parlèrent la nuit durant. Wolfgang avait encore mille questions à poser, désireux d'apprendre la langue des symboles et de se familiariser avec le temple, à la fois ouvert sur le cosmos et clos comme un athanor alchimique.

Vienne, le 16 décembre 1784

Joseph Anton était très inquiet. Pourtant, la vigoureuse croisade menée contre la Franc-Maçonnerie par l'archevêque de Vienne, Anton Migazzi, aurait dû le réjouir. Enfin, l'Église prenait conscience du danger ! Les espions que le prélat avait introduits dans les Loges lui signalaient les violentes critiques des Francs-Maçons à son égard, mais aussi contre les prêtres, les moines bornés et les croyances aveugles.

Malheureusement, Migazzi se heurtait à la politique libérale et progressiste de l'empereur. Et Joseph II ne pardonnait pas à l'archevêque d'avoir fait venir le pape à Vienne pour tenter de ramener le souverain à de meilleurs sentiments envers l'Église catholique.

L'empereur et le Saint-Père, qui n'avait rien obtenu, s'étaient cordialement détestés, et Joseph II continuait à fermer des couvents, transformés en institutions caritatives.

Furieux, l'archevêque Migazzi n'hésitait pas à inspirer et à financer des brochures stigmatisant l'attitude du souverain, fort mécontent de ces critiques. Aussi le prélat provoquait-il une réaction redoutée de Joseph Anton : l'empereur s'appuyait sur les Francs-Maçons pour contrer l'Église, mettre en lumière ses partis pris réactionnaires, son refus d'éduquer la population et son obstination à propager l'ignorance.

En combattant ouvertement Joseph II et la Franc-Maçonnerie, le prélat en faisait des alliés. Le premier se servait de la seconde, cette dernière se développait et prenait des allures officielles.

Une véritable catastrophe.

L'empereur ne fabriquait-il pas un monstre, bientôt incontrôlable, en dépit de la fondation de la Grande Loge d'Autriche, apparemment fidèle et obéissante ? Se sentant encouragés, les Frères n'investiraient-ils pas davantage le champ politique afin d'y semer leurs idées dévastatrices ?

Geytrand affichait une mine encore plus sinistre qu'à l'ordinaire.

— Mauvaise nouvelle, monsieur le comte. Voici la publication que j'ai réussi à me procurer.

Joseph Anton découvrit le *Journal pour les Francs-Maçons*, réservé aux Frères mais dont l'influence s'étendrait au-delà des Loges.

— Qui est responsable de cette initiative ?

— Ignaz von Born, assisté du professeur Joseph von Sonnenfels. Il a confié la direction du journal à un poète, Blumauer. Tirage : mille exemplaires. Les thèmes traités proviennent des travaux effectués dans la Loge de Maîtres qu'anime le minéralogiste.

— Von Born, toujours von Born !

— Intouchable, déplora Geytrand.

— Personne ne l'est éternellement, marmonna Anton en feuilletant la publication qui traitait de l'importance du serment, de la foi et du fanatisme, de la nécessité des rituels.

Il s'attarda sur une longue étude signée d'Ignaz von Born et consacrée aux mystères égyptiens. L'auteur y affirmait l'origine égyptienne de la Franc-Maçonnerie et, reprenant des éléments du *Livre de Thot* confié par Thamos, traitait du savoir et des devoirs des anciens initiés qui avaient inscrit leur sagesse dans des monuments comme les pyramides.

— Nous voilà bien loin de la politique et de l'humanisme, observa Geytrand.

— Au contraire, mon ami, au contraire ! Le véritable maître spirituel de la Franc-Maçonnerie viennoise s'engage sur le terrain des idées essentielles afin d'éveiller ses Frères en les arrachant à leur torpeur. Cette référence à l'Égypte est décisive. Elle oriente la Franc-Maçonnerie vers la connaissance des Mystères et met en évidence la pauvreté de nos idéologies.

Geytrand partageait l'analyse de son supérieur et regrettait d'autant plus d'avoir quitté une Franc-Maçonnerie où surgissaient de telles perspectives. Ce qu'il ne pouvait plus posséder, il le détruirait.

— Le directeur du journal, Blumauer, précisa-t-il, est un ami de Mozart.

— Le musicien dont j'ai ouvert le dossier ?

— Il se remplira, monsieur le comte, car Wolfgang Mozart vient d'être reçu Apprenti Franc-Maçon dans la petite Loge À la Bienfaisance.

70.

Vienne, le 24 décembre 1784

Thamos emmena son Frère Wolfgang à la Tenue de l'importante Loge viennoise À la Vraie Union qui, ce soir-là, procédait à la réception d'Anton Apponyi. Si peu de temps après sa propre initiation, le nouvel Apprenti avait l'immense chance de revivre le rituel sans avoir un bandeau sur les yeux. Au lieu de le subir en tant que Novice, il le voyait comme un Frère et pouvait ainsi en goûter chaque instant.

D'abord, il découvrit la Loge, une vaste salle rectangulaire qu'éclairaient un lustre suspendu à une corde, des chandeliers en applique sur les murs et des bougeoirs à l'Orient où le Soleil au nord et la Lune au midi encadraient le Delta. Le premier incarnait la clarté au cœur des ténèbres, début de l'œuvre alchimique, la deuxième l'action juste au moment juste, et le troisième la pensée ternaire, outil utilisé par le Grand Architecte pour façonner l'Univers.

Ignaz von Born, le Vénérable[1], impressionna Wolfgang. Le visage allongé, un grand front, les yeux noirs,

1. Souvent appelé, en Allemagne, *Meister von Stuhl*, Maître en chaire.

le Maître de la Loge avait davantage d'allure et d'autorité que l'empereur lui-même. Sur son plateau, l'épée illuminatrice avec laquelle il créait les initiés, et le maillet de constructeur qui renfermait la foudre.

Émanations du Vénérable, les autres « officiers » de la Loge composaient un corps de fonctions, symboles des forces créatrices perpétuellement à l'œuvre. Chacun remplissait une tâche précise au service de l'ensemble.

Wolfgang accorda une attention particulière au « pavé mosaïque », un carré long formé de carreaux noirs et blancs en alternance. Ne révélait-il pas le rectangle de la Genèse, la métamorphose constante, le jeu même de la vie ?

Le jour et la nuit, la parole et le silence, et toutes les autres oppositions... Le devoir de l'initié ne consistait-il pas à surmonter la dualité et à concilier les contraires ?

Fier de porter un tablier qui rappelait le caractère opératif de la Franc-Maçonnerie et l'un de ses rôles majeurs, l'édification du temple, Wolfgang avait également reçu l'emblème de sa Loge, une petite équerre suspendue à un ruban bleu.

Le musicien vécut pour la première fois une Ouverture des Travaux qui évoquait la naissance de la lumière et la création du monde puis assista à la réception d'Anton Apponyi en contemplant, les yeux grands ouverts, les étapes de son propre parcours.

Le Frère Franz Saurau accueillit le nouvel Apprenti en lui conseillant de ne prêter aucun intérêt aux avantages de la naissance, de ne pas se féliciter de la richesse et des titres, dus aux circonstances et non au mérite, et de ne pas se laisser impressionner par les menaces et les intrigues de profanes puissants mais dont la pensée n'était pas élevée.

Poète et secrétaire du théâtre de la cour, Johann Baptist Alxinger se réjouit de rencontrer l'auteur de *L'Enlèvement au sérail* et lui souhaita d'écrire le plus tôt possible un opéra auquel participeraient des Frères soit chanteurs, soit musiciens.

Puis se manifesta Angelo Soliman, qui se vanta d'avoir présenté la candidature d'Ignaz von Born à la Loge dont il était devenu le Vénérable. Wolfgang n'apprécia guère la façon dont ce Frère se mettait ainsi en avant. Il préféra échanger quelques mots avec Johann Michael Puchberg, négociant en tissus. Membre de la Loge Le Palmier, il avait été nommé Trésorier de la Vraie Union.

— Mes activités commerciales ne m'empêchent pas d'aimer la musique, révéla le jovial personnage de quarante-trois ans. J'espère que vous appréciez les soieries, le velours et les rubans !

— Mon épouse vous demandera conseil pour décorer notre intérieur.

— Je vends aussi les plus beaux gants de Vienne, ajouta Puchberg, et je suis certain qu'elle les trouvera à son goût. Ah ! mon cher Mozart, l'existence n'est pas toujours drôle ! Je me contentais de mon emploi chez un excellent patron, décédé en 1777. Afin de sauver sa boutique, je suis devenu gérant, et le destin a voulu que j'épouse sa veuve. Me voilà propriétaire et chargé de tracas ! Heureusement, en Loge, je rencontre des gens sympathiques et j'oublie mes lourdes responsabilités. Il en sera de même pour vous, vous verrez ! La Franc-Maçonnerie est une institution merveilleuse qui devrait exister dans tous les pays du monde. Grâce à elle, les hommes deviennent moins égoïstes et apprennent à s'entraider. En tout cas, si vous avez un jour des soucis, n'hésitez surtout pas à solliciter mon aide. La richesse étant un don de Dieu, il faut lui rendre grâce en assistant ses Frères.

— J'espère ne pas avoir à vous importuner.

— Avec votre gloire montante, tout Vienne sera bientôt à vos pieds !

Wolfgang découvrait des Frères fort différents les uns des autres, et cette diversité lui parut passionnante.

À la fin des Travaux, Thamos le présenta au Vénérable Ignaz von Born.

— Je compte sur ton assiduité, Frère Mozart.

— Soyez-en certain, Vénérable Maître.

Thamos remit au musicien l'exemplaire du *Journal pour les Francs-Maçons* dans lequel était publiée l'étude sur les mystères égyptiens.

— En lisant ce texte, tu retrouveras quantité d'éléments qui t'ont déjà servi et que tu utiliseras encore.

— *Thamos, roi d'Égypte*... Cette ébauche d'opéra continue à me hanter !

— Il te reste beaucoup à découvrir, mon Frère, précisa von Born. Accéder aux Grands Mystères exige un effort considérable dont bien peu d'êtres sont capables.

71.

Vienne, le 25 décembre 1784

Constance et l'oiseau Star constatèrent la transformation de Wolfgang. Une nouvelle lumière animait son regard.

— La porte du temple s'est ouverte, révéla-t-il à son épouse, et j'ai commencé à parcourir un très long chemin.

Wolfgang écrivit à son père[1] pour évoquer l'événement qui venait de modifier si profondément son existence. Il lui parla des idéaux de la Franc-Maçonnerie et des innombrables richesses qu'offrait l'initiation.

Nombre de gens importants et de grands seigneurs étaient francs-maçons, révéla-t-il. En Loge, ils oubliaient titres et privilèges, et devenaient des Frères. Et lui, le simple musicien, était leur égal. Chacun avait sa place, en fonction de son âge maçonnique et de son grade symbolique.

Leopold percevrait-il l'importance de telles découvertes ? En cas de réponse positive, Wolfgang continuerait à lui ouvrir son cœur.

1. Toutes les lettres de Mozart évoquant la Franc-Maçonnerie ont disparu et furent probablement détruites.

Vienne, le 26 décembre 1784

À l'occasion d'un bref séjour de Joseph Haydn à Vienne, Wolfgang ne put s'empêcher de lui parler de l'essentiel.

— Je viens de vivre des moments extraordinaires.

— Vous avez l'air bouleversé, en effet. Rien de grave ?

— Au contraire, un bonheur fabuleux !

— Laissez-moi deviner : l'empereur vous aurait-il commandé un opéra allemand ?

— Mieux encore !

Haydn chercha en vain.

— Je suis Apprenti Franc-Maçon, déclara Mozart.

Le maître fut intrigué.

— On parle beaucoup de cette société secrète, à Vienne. D'après divers échos, l'empereur approuverait son existence parce qu'elle se montre favorable à sa politique libérale et ne ménage pas ses critiques envers une Église fermée à tout progrès.

— L'initiation va bien au-delà de ces problèmes temporels, affirma Wolfgang. Elle mène à la lumière et à la connaissance, ouvre l'esprit à des réalités insoupçonnées.

— Le monde que vous décrivez me paraît trop merveilleux.

— Il le devient, si l'on cesse d'être aveugle pour contempler l'univers des symboles et parler le langage de la fraternité.

— La fraternité... Ne s'agit-il pas d'une utopie ?

— Sans l'initiation, certainement. Même avec elle, un idéal difficile à atteindre ! Mais la Loge nous dépouille de nos artifices et de nos faux-semblants. Un musicien n'est-il pas aussi un constructeur au service du Grand Architecte de l'Univers ?

— Cette initiation vous permettra-t-elle vraiment d'approfondir votre art ?

— J'en suis persuadé. Et je serais heureux de vous compter au nombre de mes Frères.

L'aspect direct de l'invitation, caractéristique de Mozart, ne choqua pas Joseph Haydn qui, lui aussi, détestait sous-entendus et circonvolutions.

— Si je comprends bien, vous plaiderez en ma faveur !

— Ce sera tâche facile, car chacun vous estime et vous admire. Il vous suffira de faire acte de candidature.

— Et de me soumettre à certains rites ?

— Non pas une soumission, mais une élévation. Au lieu de nous enchaîner à la manière des préjugés, des croyances et des conventions, les rites nous libèrent.

— Pour un musicien-valet, comme je l'ai été toute mon existence, quelle satisfaction ! Avez-vous rencontré des grands de ce monde ?

— Des nobles de toute taille ! s'exclama Wolfgang.

— Demeurent-ils aussi prétentieux ?

— Princes, barons et comtes apprennent à devenir des Frères.

— Et les gens d'Église ?

— Ils sont peu nombreux et recherchent une approche du divin qui leur élargisse l'âme.

— Une Loge ne serait-elle composée que d'individus parfaits ?

— Au contraire, puisqu'ils ont conscience de leurs imperfections et se réunissent précisément pour les combattre ensemble. Mais tout cela reste broutille face à l'initiation et aux immenses perspectives qu'elle nous ouvre.

— Mozart, vous m'intriguez.

— J'ai eu la chance de rencontrer des êtres exceptionnels et de pouvoir, à présent, œuvrer avec eux en toute fraternité. Cette année m'a apporté tant de bonheurs ! Par moments, j'en ai le vertige.

— Vous les méritez, et le destin vous en accordera bien d'autres.

Brusquement, Joseph Haydn s'assombrit.

— Mon lieu de travail se situe loin de Vienne... Les réunions sont-elles fréquentes ?

— Il appartient à chaque Loge de fixer le calendrier de ce qu'on appelle des Tenues.

— Laquelle me conseillez-vous ?

— À la Vraie Union. Elle compte bon nombre de musiciens, et vous vous y plairez.

— Je dois réfléchir ! Merci de votre confiance et de votre amitié, Mozart. Elles me vont droit au cœur.

Son père et Joseph Haydn : Wolfgang ne regrettait pas de s'être ouvert à ces deux êtres qu'il chérissait.

72.

Strasbourg, le 30 décembre 1784

En dépit du confort de son carrosse, le prince Charles de Hesse, devenu la tête pensante de la Stricte Observance, se sentait un peu las. Il avait éprouvé une grande déception en voyant mourir dans ses bras l'immortel comte de Saint-Germain. Faux alchimiste, l'aventurier opportuniste ne possédait aucun secret.

Et la parution d'un pamphlet anonyme, *Saint Nicaise ou Collection de lettres maçonniques remarquables à l'usage des Francs-Maçons et de ceux qui ne le sont pas*, portait un nouveau coup très dur à l'Ordre templier. Ce texte attaquait les principaux dignitaires et leurs alliés français, accusés d'avoir truqué le convent de Wilhelmsbad.

Le baron de Hund, fondateur de l'Ordre, se voyait traité d'escroc et de menteur. Que voulaient ces Francs-Maçons, stupides au point de croire à une légende chevaleresque ? Récupérer les territoires des Templiers et reconstituer leur immense fortune ! En fait, les Frères naïfs avaient versé d'énormes sommes à leurs dirigeants sans rien recevoir en retour, et ils se retrouvaient bernés et déçus.

Les secrets ? Une monumentale supercherie ! Et qui

était Ferdinand de Brunswick, le Grand Maître ? Un médiocre militaire sévèrement battu en 1760, pendant la guerre de Sept Ans, et un despote agrippé à ses titres ronflants, sans aucune vision d'avenir.

Face à cette tempête, l'ange tutélaire de Charles de Hesse lui avait recommandé de se rendre à Strasbourg afin d'y solliciter l'aide des disciples de Willermoz, initiés aux rites du mystique lyonnais, et de les rallier à sa cause.

Le prince allemand fut bien accueilli, mais les déclarations du dignitaire local le stupéfièrent.

— Notre Maître Willermoz nous a révélé qu'une jeune fille, Marion Blanchet, observée de près pendant dix jours et dix nuits, lui a décrit l'existence posthume de sa mère, de ses trois sœurs et de ses oncles. Tous expient leurs fautes au Purgatoire ! Elle lui a précisé le nombre de messes et de prières nécessaires pour adoucir leur châtiment. En conséquence, conformément aux directives de Willermoz, nous recherchons des somnambules qui nous mettront en contact avec les esprits.

Charles de Hesse resta sans voix. Ce n'était pas ici qu'il obtiendrait un soutien actif à la Stricte Observance.

Vienne, le 31 décembre 1784

Alors que Geytrand s'apprêtait à pénétrer dans l'immeuble où travaillait Joseph Anton, il remarqua, pour la deuxième fois, un homme entre deux âges qui fixait le porche.

Geytrand ne croyait pas aux coïncidences.

On les espionnait.

Les mâchoires serrées, indifférent à la neige et au

froid, il se cacha derrière une calèche et observa le guetteur.

Une demi-heure plus tard, ce dernier quitta son poste et s'éloigna à pas lents.

Geytrand le suivit.

Grâce aux flocons de plus en plus épais, il ne risquait pas de se faire repérer. Ce curieux était-il un Franc-Maçon, mandaté par sa Loge pour identifier ceux qui fichaient les membres de son Ordre ? En ce cas, il irait faire son rapport à un haut dignitaire, peut-être Ignaz von Born en personne, que le comte de Pergen pourrait donc accuser d'atteinte à la sécurité de l'État.

Geytrand fut déçu et surpris.

Il connaissait bien le bâtiment officiel dont le guetteur franchit le seuil : le siège de la police.

Vienne, le 31 décembre 1784

Joseph Anton ne réveillonnait pas. Détestant les réjouissances obligatoires et les embrassades forcées, il préférait classer ses fiches et mettre ses dossiers à jour. Seul ce travail constant lui permettait d'exploiter au mieux les renseignements accumulés sur la Franc-Maçonnerie.

Peu avant minuit, la visite de Geytrand le surprit.

— Vous ne festoyez pas, vous non plus ?

— Monsieur le comte, notre service me paraît menacé.

— Les Francs-Maçons ?

— Non, l'empereur.

— Comment peux-tu en être sûr ?

— Un guetteur nous surveillait. Je l'ai suivi jusqu'au siège de la police où il est allé rendre compte de sa mission. Ne devrions-nous pas déménager immédiatement ? Cette nuit, personne ne nous remarquera.

Les deux hommes transportèrent les archives jusqu'à l'un des hôtels particuliers du comte de Pergen que ce dernier laissait inoccupé en prévision d'un incident de ce genre.

Ils ne croisèrent que deux ivrognes qui leur souhaitèrent la bonne année. Au petit matin, après plusieurs allées et venues, les pièces essentielles étaient en sécurité.

— Prépare-nous un café très fort, ordonna Anton à son bras droit. Nous y verserons quelques gouttes d'une excellente prune pour nous réchauffer.

— Serait-ce la fin de notre mission ?

— Je l'ignore.

— À l'évidence, l'empereur nous désavoue !

— Peut-être s'agit-il d'un concours de circonstances ou d'une enquête de routine.

— Ni vous ni moi n'y croyons ! Le pouvoir s'incline devant les Francs-Maçons qui veulent notre peau.

— Dès aujourd'hui, j'en aurai le cœur net.

73.

Vienne, le 1er janvier 1785

Contrairement à la plupart des Viennois, l'empereur Joseph II n'avait pas bu jusqu'à s'enivrer et se remettait déjà au travail. L'Autriche devait s'affirmer comme modèle d'une économie saine et bien gérée où nul florin ne serait dépensé à mauvais escient.

Le secrétaire particulier du monarque lui annonça la visite du comte de Pergen.

« Un dignitaire aussi matinal mérite le respect », pensa Joseph II.

— Qu'y a-t-il de si urgent, comte ?

— Ma mission me paraît fort compromise, Majesté.

— Pour quelle raison ?

— Je crains d'être arrêté par la police.

— La police ? Mais vous en faites partie !

— Tel n'est pas l'avis de son chef.

Joseph Anton exposa calmement les faits, à la stupéfaction de l'empereur.

— Quelqu'un agit sans mon autorisation, déclara-t-il, irrité. Patientez un moment, je vais éclaircir la situation.

L'affaire fut promptement réglée.

— Simple malentendu administratif, conclut le

monarque. Ce zèle intempestif ne se reproduira plus. Continuez à me fournir des rapports précis.

— Afin d'éviter de graves désagréments, Majesté, j'ai déménagé mes dossiers.

— Excellente initiative.

— Si mon nom a été prononcé, voire écrit, je ne suis plus en sécurité. Mon entourage et mes relations commencent à s'interroger sur mes véritables activités. Il convient de les rassurer, de même que la police.

— De quelle manière ?

— Donnez-moi un titre et une fonction suffisamment voyants. Les esprits suspicieux s'y laisseront prendre, et toute curiosité malsaine sera écartée.

Vienne, le 2 janvier 1785

Constance, Wolfgang et l'oiseau Star avaient fait la grasse matinée. Chaque nuit, le musicien revivait sa cérémonie d'initiation et s'identifiait aux quatre éléments. Il parcourait le cosmos de la Loge et s'y métamorphosait en contemplant des paysages splendides.

Le chardonneret égrena une douce mélodie pour réveiller la maisonnée. Constance embrassa l'adorable Karl Thomas qui souriait aux anges.

Le copieux petit déjeuner s'accompagna de la réponse de Leopold à la surprenante lettre de son fils. Wolfgang décacheta la missive avec anxiété.

— Est-il fâché de ton entrée en Franc-Maçonnerie ? s'inquiéta Constance.

— Au contraire, il m'en félicite ! La fréquentation de grands seigneurs lui paraît excellente, dans la mesure où ils m'aideront à asseoir ma réputation à Vienne.

— Ce n'est pas ton but, objecta la jeune femme.

— Il faut comprendre mon père : seule ma réussite

professionnelle l'intéresse. Ah non... Pas uniquement ! La philosophie maçonnique ne lui déplaît pas. Détestant la bigoterie et s'intéressant à toutes les formes de progrès, il voudrait en savoir davantage sur ma Loge.

— Crois-tu... qu'il pourrait y adhérer ?

— Un fils initiant son père... Quel beau rêve ! Nous n'en sommes pas encore là. Je vais répondre en détail à ses questions.

— Nannerl lira-t-elle ta lettre ?

— Je ne le pense pas.

— Méfie-toi, Wolfgang. Elle me hait et ne t'aime pas beaucoup.

— Elle a plutôt mauvais caractère, je l'admets, mais elle reste ma grande sœur. Ensemble, nous avons parcouru l'Europe.

— Elle te jalouse. À cause de ton génie, son médiocre talent de pianiste s'est éteint. Tôt ou tard, elle te fera payer cette humiliation.

— La crois-tu si rancunière ?

— Plus encore !

Un peu triste, Wolfgang alla jusqu'à une fenêtre et contempla le ciel.

— Les nuages se dissipent, une promenade nous fera du bien.

Vienne, le 2 janvier 1785

Les repas de fête avaient augmenté de façon visible l'embonpoint du baron Gottfried Van Swieten qui ne tarderait pas à suivre un régime. En apprenant l'initiation de Mozart, il s'était félicité du long travail accompli par Thamos et von Born pour conduire le Grand Magicien jusqu'au temple où il décèlerait les clés d'un nouvel épanouissement.

Le baron continuait à s'interroger sur les véritables intentions de l'empereur. Si son hostilité à l'archevêque de Vienne, à l'Église sclérosée et aux monastères inutiles demeurait résolue, sa position vis-à-vis de la Franc-Maçonnerie restait ambiguë. Lui était-il vraiment favorable, ou se contentait-il de l'utiliser comme l'un des instruments de sa politique dont il se débarrasserait après usage ?

Au cours du déjeuner avec un haut fonctionnaire, Van Swieten bénéficia de confidences inattendues.

— Le chef de la police vient de se faire taper sur les doigts.

— À quel propos ?

— Une enquête mal venue que l'empereur n'a pas appréciée. On suspectait un comte de diriger une sorte de service secret, plus ou moins officiel, chargé d'espionner nos braves Francs-Maçons. Invraisemblable, non ?

— Tout à fait grotesque.

— Si c'était vrai, vous imaginez le scandale ! Des notables appartiennent à cette honorable société et n'apprécieraient pas d'être ainsi soupçonnés de je ne sais quels méfaits.

— Le chef de la police aurait-il cru à la réalité de ce service secret ?

— Une enquête de routine a éveillé son attention.

— Et qui a-t-elle accusé ?

— Le comte de Pergen, un aristocrate d'une indiscutable probité qui jouit d'une excellente réputation. Après avoir fidèlement servi la défunte impératrice, il se montre d'une loyauté absolue envers l'empereur et n'a pas du tout le profil d'un espion à l'esprit tortueux !

— Personne d'autre n'a été mis en cause ? demanda le baron Van Swieten.

— Heureusement ! Comme je vous le disais, le chef

de la police a été rappelé à l'ordre afin que cessent ces ridicules investigations. Les Francs-Maçons approuvent sans réserve la politique de Joseph II et l'aident à lutter contre tous les obscurantismes. Les persécuter serait une erreur tragique !

Van Swieten prit soin de passer à d'autres sujets, comme s'il ne s'intéressait guère à cet incident.

Dès la fin du déjeuner, il se rendit à la cour pour y recueillir un maximum de renseignements sur ce Pergen.

Le baron venait-il d'identifier l'âme damnée qui, tapie dans les ténèbres, espionnait la Franc-Maçonnerie et souhaitait sa destruction ?

74.

Vienne, le 3 janvier 1785

Geytrand détestait le Franc-Maçon Angelo Soliman, mais il le payait suffisamment cher pour obtenir des informations de première main.

Les deux hommes se rencontraient dans une petite maison des faubourgs de Vienne que louait le comte de Pergen sous un faux nom.

— Vous n'avez pas été suivi, Soliman ?

— Rassurez-vous, personne ne me soupçonne ! Ne suis-je pas l'un des meilleurs amis et soutiens d'Ignaz von Born, notre grand patron ? Je reçois mille confidences et suis considéré comme le meilleur des Frères.

Arrivé sur place depuis deux heures, Geytrand s'était assuré que personne n'observait la bâtisse.

— La naissance de la Grande Loge d'Autriche est-elle approuvée par une majorité de Francs-Maçons ?

— Je n'en suis pas persuadé, répondit Soliman. Beaucoup jugent trop rigide cette structure administrative aux mains du pouvoir.

— Qu'en pense von Born ?

— En apparence, il joue le jeu. Mais en apparence seulement ! Afin de ne pas éveiller les soupçons des espions de l'archevêque, il ne place pas tous ses œufs dans le même panier.

— Soyez plus clair.

— Aucune Loge ne lui paraissant vraiment sûre, il a réparti ses fidèles et lancé plusieurs sujets de travaux. Il observe l'évolution des différents ateliers avant d'en élire un qui sera à la pointe de la recherche. La création de cette Grande Loge contrarie ses plans, puisque l'empereur devra être informé en permanence des activités maçonniques.

— Rien de plus précis ?

— Le Grand Secrétaire est un homme froid et renfermé. Si je lui posais des questions directes, il se méfierait et je perdrais tout crédit.

— Je veux savoir ce qu'il prépare.

— Avez-vous lu son article sur les mystères égyptiens ? Un travail remarquable ! Voilà certainement la direction qu'il compte prendre : oublier les niaiseries humanistes et l'apologie de la bienfaisance pour s'engager résolument sur la voie de l'ésotérisme, de la symbolique et de l'initiation.

— Qui le suivra ?

— Un petit nombre de Frères décidés à sortir de la torpeur et du confort douillet de la Franc-Maçonnerie officielle.

— Ce serait de la subversion !

— Von Born fait partie des Illuminés, de même que plusieurs Frères influents. Tout en approuvant la politique de Joseph II, ils comptent aller plus loin, beaucoup plus loin.

— Préparent-ils une révolution ?

— Certainement pas ! Ces gens-là ont horreur du sang et de la violence. Ils désirent mettre au premier plan le mérite individuel et la valeur intrinsèque d'un être en oubliant les privilèges donnés par la naissance et la fortune. Ce programme ne s'annonce-t-il pas aussi redoutable qu'une insurrection armée ? Modifier les idées courantes et les opinions toutes faites revient à changer le monde.

— Quelques Francs-Maçons en seraient-ils vraiment capables ?

— Votre travail ne consiste-t-il pas à prendre ce genre d'hypothèse au sérieux ?

Geytrand se crispa.

— Ne me donnez pas de conseil, Soliman ! Je vous paie, vous m'informez.

— D'après la rumeur, vous auriez été vous-même franc-maçon et promis aux plus hautes fonctions. Mais certains Frères ayant repéré votre ambition dévorante, vous auriez jeté votre tablier sur le sol du temple et démissionné en jurant de faire payer cher à la Franc-Maçonnerie ce manque d'estime.

Geytrand eut envie d'étrangler son interlocuteur.

— Je vous méprise, Soliman !

— Moi de même.

— Peu importe, vous avez besoin d'argent.

— Inutile de nous insulter, nous nous ressemblons comme deux frères jumeaux. Seule la couleur de la peau nous différencie. Ah, un détail ! À partir d'aujourd'hui, mes tarifs augmentent.

Vienne, le 3 janvier 1785

Le baron Gottfried Van Swieten ne devait commettre aucun faux pas. D'abord, il examina l'ensemble des publications soumises à la censure avec l'espoir d'y trouver un texte antimaçonnique signé du comte de Pergen.

Peine perdue.

Ensuite, il se rendit chez la comtesse Thun.

— Pergen ? Ce nom me dit vaguement quelque chose... Un haut fonctionnaire sans grande personnalité, proche de la défunte impératrice. Depuis la mort de Marie-Thérèse, il a disparu.

— Était-il lié à la police ?

— Je l'ignore, baron.

Van Swieten progressait. Marie-Thérèse détestait les Francs-Maçons et employait forcément des hommes de l'ombre chargés de l'informer sur ce danger grandissant. Sans occuper de fonctions officielles, ce comte de Pergen continuait probablement sa tâche obscure au service de l'empereur.

Interroger directement le chef de la police était trop risqué. La comtesse Thun conseilla à Van Swieten de consulter un vieux chambellan de la cour qui se targuait de connaître à la perfection les us et coutumes de l'aristocratie viennoise. Le bonhomme fournissait parfois des informations croustillantes.

Le chambellan reçut fort aimablement le baron et lui offrit un excellent café. Ils parlèrent du temps, des difficultés de circulation dans la capitale, des indispensables mesures d'économie et de quelques figures de l'État.

— Voilà longtemps que je n'ai pas revu ce cher comte de Pergen, avança Gottfried Van Swieten. Il n'a plus de fonction officielle, semble-t-il.

— Détrompez-vous, baron ! Après une longue traversée du désert, il vient d'être nommé président du gouvernement de Basse-Autriche. Nous le reverrons donc à la cour lorsque son lourd travail administratif lui en laissera le temps. C'est un parfait haut fonctionnaire qui obéira sans discuter aux ordres de l'empereur, bénéficiera d'une existence paisible et d'avantages matériels appréciables, puis se retirera sur ses terres, satisfait du devoir accompli.

La piste suivie par Van Swieten tournait court. Un personnage aussi voyant ne pouvait être le patron d'un service secret agissant dans l'ombre. Au fond, l'empereur manipulait la Franc-Maçonnerie avec beaucoup d'habileté et sa police lui procurait les renseignements qu'il désirait.

Détendu, le baron rassurerait Ignaz von Born et Thamos l'Égyptien. Il n'existait pas de démons cachés dans les ténèbres et s'acharnant à détruire la Franc-Maçonnerie.

75.

Vienne, le 4 janvier 1785

Lors d'une modeste et peu coûteuse réception donnée au château de Schönbrunn, l'empereur félicita plusieurs hauts fonctionnaires, dont le comte de Pergen, de se dévouer à la cause publique et leur recommanda de serrer davantage leurs budgets en évitant toute dépense inutile. Ainsi, l'État n'en serait que plus fort et servirait mieux la population.

Effacé, Joseph Anton échangea quelques banalités avec des courtisans dévoués avant d'être abordé par le professeur Leopold-Aloys Hoffmann, l'ex-Secrétaire de la Loge À la Bienfaisance qui venait d'accueillir Mozart.

— J'espère que cette année ne sera pas défavorable à notre pays.

— Que craignez-vous ? s'étonna le comte.

— Malgré la fermeté de notre empereur bien-aimé, la morale s'effondre et l'hypocrisie progresse.

— Votre pessimisme m'inquiète. Des exemples précis ?

— Prenez la Franc-Maçonnerie, murmura Hoffmann. On croit qu'elle est une société respectueuse des lois et de la religion, mais l'on se trompe lourdement.

— En êtes-vous certain ?

— Connaissez-vous un peu cette société secrète ?

— Pas du tout, affirma le comte.

— Moi, je la connais bien ! Elle publie un journal officiellement destiné à ses membres, mais qui répand ses idées à l'extérieur. Or, le directeur de ce périodique, Blumauer, est athée ! Derrière le mot « Dieu », les Francs-Maçons ne mettent que du vide. Ce vide dans lequel notre société entière tombera si nous tolérons de telles attitudes.

Sachant l'appartenance maçonnique de Hoffmann, Joseph Anton s'amusait de cette prise de position contre ses propres Frères.

— Consternantes révélations, monsieur le professeur ! Ne seraient-elles pas... exagérées ?

— Je suis bien informé.

— Je n'imaginais pas de telles turpitudes. Et puis... ne commettez-vous pas une imprudence en les dévoilant ?

— Je tente en vain d'alerter les autorités, personne ne me croit ! Tôt ou tard, on reconnaîtra que j'avais raison.

Hoffmann s'éloigna et s'adressa à un autre courtisan qu'il importuna comme les précédents. Traître et bavard, il souhaitait démontrer son importance, sans convaincre quiconque. Consciencieux, Joseph Anton prendrait note de ses déclarations en ajoutant la mention « à vérifier ».

Vienne, le 4 janvier 1785

— Quels que soient les inconvénients de la très officielle Grande Loge d'Autriche, dit le baron Gottfried Van Swieten à Thamos et à von Born, une certitude s'impose : il n'existe pas de service secret chargé d'espionner les Francs-Maçons.

— La police ne reste pas inactive, rappela Thamos.

— Ses investigations demeurent limitées, puisque l'empereur voit d'un œil favorable l'évolution des Loges viennoises. Ne se sont-elles pas détachées des courants mystiques et templiers ?

— Je ne partage pas cet optimisme, intervint Ignaz von Born. Nos liens avec les Illuminés sont bien connus, et ceux-ci viennent d'être condamnés par le prince-électeur Karl Theodor.

— Condamnation toute théorique, estima Van Swieten. Ils continuent à se réunir et ont même formé des sociétés de lecture ouvertes à tous. Personne ne brisera un mouvement d'une telle ampleur.

— Depuis la rupture entre Weishaupt et von Knigge, il se fissure de l'intérieur, rappela Thamos. Le chef des Illuminés est un intellectuel et un politicien, pas un initié. En se coupant de toute spiritualité, il se desséchera et subira les foudres du pouvoir.

Cette prédiction ébranla le baron Van Swieten.

— Redouteriez-vous un revirement de Joseph II à l'égard de la Franc-Maçonnerie ?

— Comme il ne la connaît pas de l'intérieur, jugea von Born, il ne saurait en avoir une vision exacte. Je redoute l'intervention de Frères opportunistes dont le seul but sera de monter en grade et d'exercer une misérable autorité.

— N'oublions pas les bavards et les traîtres, recommanda Thamos. À toutes époques et en tous lieux, les ambitieux, les aigris et les déçus tentent de détruire ce qu'ils ont adoré. Les dangers internes ne sont pas moins redoutables que les attaques venant de l'extérieur. Pas question, cependant, d'interrompre le processus concernant le Grand Magicien.

— Comment a-t-il vécu son initiation ? demanda le baron.

— Avec un recueillement et une intensité extraordinaires. Ses capacités de perception sont telles qu'il a déjà accompli un chemin qu'il ne mesure pas lui-même.

— Seuls nos Frères nous reconnaissent pour tels, rappela von Born. Étant donné la situation et la personnalité de Mozart, nous passerons bientôt à la prochaine étape.

Vienne, le 4 janvier 1785

Joseph Anton était rassuré.

Pourvu d'un titre ronflant et d'une mission officielle, il jouissait d'une parfaite couverture. Des collaborateurs dévoués remplissaient les tâches administratives qu'il supervisait, tout en poursuivant sa croisade antimaçonnique.

Inconvénient minime : la multiplication de ses heures de travail. En luttant contre une société secrète qui menait le monde au chaos, en se préoccupant de la sauvegarde de l'empire, Joseph Anton oubliait la fatigue.

Dans le silence d'une nuit neigeuse, il reprit ses principaux dossiers et s'attarda sur quelques-uns.

Ignaz von Born, Grand Secrétaire de la Grande Loge d'Autriche et Vénérable de la Vraie Union. Minéralogiste de renom, favorable aux Illuminés de Bavière, un véritable chef et le plus dangereux de tous les Francs-Maçons. Réputation parfaite, existence exemplaire, moralité à toute épreuve... Sombre tableau !

Von Born avait forcément quelque chose à se reprocher. Ou bien Joseph Anton le découvrirait, ou bien il l'inventerait.

Malgré ses titres de chambellan palatin et de

conseiller aulique, Otto von Gemmingen manquait d'envergure. Pétri d'humanisme, croyant à la bonté universelle et à l'amélioration de la société, il incarnait le Franc-Maçon naïf, philosophe de pacotille.

Le baron Tobias von Gebler paraissait plus complexe. Passionné par les mystères égyptiens, il avait misé sur la Franc-Maçonnerie avant de s'en détacher puis d'y revenir en voulant la soumettre à l'autorité supérieure de Joseph II, afin d'en assurer la pérennité. Usé, sceptique, croyait-il lui-même à l'utilité de sa démarche ? Rien à craindre de ce vieux cheval de retour.

Wolfgang Mozart, musicien indépendant, l'un des amuseurs à la mode, simple Apprenti... Pourquoi s'attarder sur un dossier aussi mince ? Un Franc-Maçon ordinaire, à la recherche de relations haut placées qui l'aideraient à faire carrière.

Joseph Anton faillit le classer dans la catégorie des médiocres, mais son flair l'en retint.

Pourquoi une telle hésitation, puisque cet artiste mineur ne figurait pas parmi les têtes pensantes de la Franc-Maçonnerie ?

Son nom était déjà apparu à plusieurs reprises et Anton ne négligeait jamais ses intuitions.

Mozart figura donc en bonne place parmi les agitateurs à surveiller.

76.

Vienne, le 5 janvier 1785

Les yeux écarquillés, les oreilles grandes ouvertes, l'Apprenti Mozart savourait la Tenue solennelle. Assis entre Ignaz de Luca, futur biographe de Joseph Haydn, et l'écrivain Johann Caspar Riesbeck qui critiquait la misère régnant en Hongrie, il vécut l'Ouverture des Travaux de la Loge comme une nouvelle naissance.

Au-dessus des Frères, la voûte céleste avec sa géométrie de constellations où se jouait la musique des sphères. Ils œuvraient pourtant « à couvert », car le temple était hermétiquement clos après que les métaux eurent été dépouillés et purifiés. Ne résidant plus dans le monde profane, les initiés devenaient l'équipage d'une barque communautaire voguant au-delà du visible.

Au sommet des murs courait une corde formant, à plusieurs endroits, des nœuds qualifiés de « lacs d'amour ». Focalisant l'énergie céleste, ils évoquaient l'arpentage d'une terre rendue sacrée par la pratique des rites, et l'éternelle union des paroles de lumière. Cette corde n'entravait pas, elle libérait.

En contemplant les symboles, Wolfgang comprit que leur richesse était inépuisable.

Avec les autres Apprentis, Wolfgang siégeait sur la colonne du Nord. Le Nord, la région la moins éclairée de l'espace sacré. Ne fallait-il pas y rechercher la lumière secrète, base et matière première du Grand Œuvre alchimique ?

À l'Orient, le Delta animait la Loge en faisant rayonner la pensée du Grand Architecte de l'Univers.

Pour le musicien, une découverte essentielle. Bâtir une œuvre ne consistait pas à divulguer ses passions, ô combien limitées, mais à tenter de prolonger la création du constructeur des mondes, agissant à chaque instant. S'exploiter soi-même, se mettre sans cesse au premier plan et ne se préoccuper que de son amélioration personnelle revenait à trahir l'initiation et aboutissait à une impasse.

Rituellement vêtu, Wolfgang n'était plus seulement un homme et un individu, mais aussi un Frère, être unique et irremplaçable assimilé à l'une des pierres vivantes du temple en perpétuelle construction.

En Tenue, comme l'indiquait le terme, chaque Frère devait se tenir de manière impeccable. Le tablier lui rappelait sa fonction d'œuvrant, la ceinture le maintenait en rectitude, les signes distinctifs de la Loge le rattachaient à un grand corps dont il devenait l'une des fonctions.

À l'Orient, sur le plateau du Vénérable, brillait une éternelle étoile.

— Frère Premier Surveillant, interrogea le Vénérable, quel est le premier devoir d'un Surveillant en Loge ?

— Vénérable Maître, c'est de s'assurer qu'elle est couverte, tant extérieurement qu'intérieurement.

Le Couvreur extérieur gardait la porte du temple afin d'empêcher, au péril de sa vie, les profanes d'y pénétrer. À lui d'avertir ses Frères en cas de danger. Quant au Couvreur intérieur, il vérifiait la qualité de chaque initié et sa capacité à participer aux travaux.

Ces précautions ne satisfaisaient pas encore le Vénérable.

— Frère Second Surveillant, quel est le second devoir d'un Surveillant en Loge ?

— Vénérable Maître, c'est de s'assurer que tous ceux qui composent l'assemblée sont francs-maçons.

— Assurez-vous-en, Frères Premier et Second Surveillant, chacun sur votre colonne, et rendez-m'en compte. Debout et à l'ordre, face à l'Orient !

Au coup du maillet du Vénérable, les Frères se levèrent et, lors du passage des Surveillants, adoptèrent la posture correcte. Plus de comte, de baron ni de roturier, plus d'âge profane, de fortune ni de titre, mais des Frères.

Chacun étant à sa juste place, il fut possible d'illuminer les Trois Piliers puis de tracer le « tableau de la Loge » où figuraient les éléments nécessaires à une construction initiatique.

Thamos avait insisté pour que, conformément à la tradition égyptienne, ils fussent dessinés sur un sol pur et blanc. Dans trop de Loges, on se contentait de dérouler un tapis couvert de signes figés, ce qui ôtait toute signification à ce moment majeur de l'Ouverture des Travaux.

Participer à un rituel redonnait une énergie si puissante qu'elle effaçait la fatigue et les soucis. Après le banquet, Thamos et Wolfgang firent quelques pas. Ciel dégagé, température glaciale.

— Pourquoi ai-je été initié si tard ?

— Parce qu'il fallait être prêt de ton côté comme du nôtre. Ta précocité musicale était à la fois un avantage et un handicap. Tu vas si vite qu'il convenait de te former lentement. Quant à la Franc-Maçonnerie européenne, c'est un édifice fragile. Beaucoup d'erreurs ont déjà été commises.

— L'initiation pourrait-elle disparaître ?

— Vie lumineuse et transfigurée, elle s'engendre elle-même à chaque instant. L'homme initiable, lui, est une espèce très menacée, sans doute en voie d'extinction. Par rapport à ce qu'ont créé les anciens Égyptiens, notre monde, en Orient comme en Occident, me paraît bien médiocre. Mais ne songeons qu'à la prochaine étape de ton parcours.

Wolfgang s'immobilisa. Il n'osait comprendre.

— Après l'Apprentissage viennent le Compagnonnage et la Maîtrise, précisa Thamos. L'une des fautes majeures de la Franc-Maçonnerie actuelle consiste à précipiter les passages de grade. Dans une Loge d'autrefois, tu serais resté Apprenti au moins sept ans. Mais ton chemin est unique. C'est pourquoi tu seras bientôt Compagnon. L'enseignement dispensé à ce grade jouera un rôle capital dans ta manière de concevoir la musique et de l'exprimer.

— Continuerez-vous à m'aider ? s'inquiéta Wolfgang.

— Tu as ma parole, promit l'Égyptien en donnant l'accolade à son jeune Frère.

BIBLIOGRAPHIE

Partiellement conservées, les lettres de Wolfgang et de Leopold Mozart sont une mine d'informations que nous avons largement utilisée, notamment en plaçant dans la bouche du musicien des paroles figurant dans ces écrits.

Il existe plusieurs éditions partielles de cette correspondance et une édition complète, *Mozart : Briefe und Aufzeichnungen* (éd. W. A. Bauer et O. E. Deutsch), dont l'essentiel a été traduit en français par G. Geffray, en 7 volumes aux éditions Flammarion. Pour ce deuxième tome, voir *Correspondance* III, 1778-1781 ; *Correspondance* IV, 1782-1785.

Nous avons également consulté les ouvrages suivants :

ABERT, Hermann, *Mozart* (2 volumes), Leipzig, 1919.

ANGERMULLER, Rudolph, *Les Opéras de Mozart*, Milan, 1991.

AUTEXIER, Philippe A., *La Colonne d'harmonie*, Paris, 1995.

AUTEXIER, Philippe A., *La Lyre maçonne. Mozart, Haydn, Spohr, Liszt*, Paris, 1997.

AUTEXIER, Philippe A., *Mozart et Liszt sub rosa*, Poitiers, 1984.

AUTEXIER, Philippe A., *Mozart*, Paris, 1987.

Dictionnaire Mozart, sous la direction de H. C. ROBBINS LANDON, Paris, 1990.

EINSTEIN, Alfred, *Mozart, son caractère, son œuvre*, Paris, 1954.

Encyclopédie de la Franc-Maçonnerie, Paris, 2000.

FAIVRE, Antoine, *L'Ésotérisme au XVIIIe siècle*, Paris, 1973.

GALTIER, Gérard, *Maçonnerie égyptienne, Rose-Croix et Néo-chevalerie*, Monaco, 1989.

GUY, Roland, *Goethe Franc-Maçon*, Paris, 1794.

HAVEN, Marc, *Rituel de la Maçonnerie égyptienne*, Paris, 1948.

HENRY, Jacques, *Mozart, Frère Maçon*, Monaco, 1997.

HILDESHEIMER, Wolfgang, *Mozart*, Paris, 1979.

HOCQUARD, Jean-Victor, *Mozart*, Paris, 1994.

HOCQUARD, Jean-Victor, *Mozart, l'amour, la mort*, Paris, 1987.

LE FORESTIER, René, *La Franc-Maçonnerie templière et occultiste aux XVIIIe et XIXe siècles*, Paris, 1970.

MASSIN, Jean et Brigitte, *Mozart*, Paris, 1970.

Mozart, coll. Génies et Réalités, Paris, 1985.

NETTL, P., *Mozart and Masonry*, New York, 1957.

PAHLEN, Kurt, *Das Mozart Buch*, Zurich, 1985.

ROBBINS LANDON, H. C., *Mozart, l'âge d'or de la musique à Vienne*, 1781-1791, Paris, 1989.

ROBBINS LANDON, H. C., *Mozart et les Francs-Maçons*, Londres et Paris, 1991.

SADIE, Stanley, *Mozart*, Londres, 1980.

WYZEWA, Théodore de, et SAINT-FOIX, Georges de, *W. A. Mozart. Sa vie musicale et son œuvre*, Paris, 1986.

En ce qui concerne la Franc-Maçonnerie, on consultera la collection : *Les Symboles maçonniques* (Maison de Vie Éditeur), volumes parus :

1. *Le Grand Architecte de l'Univers.*
2. *Le Pavé mosaïque.*
3. *Le Delta et la Pensée ternaire.*
4. *La Règle des Francs-Maçons de la Pierre franche.*
5. *Le Soleil et la Lune, les deux Luminaires de la Loge.*

6. *L'Équerre et le chemin de rectitude.*
7. *L'Étoile flamboyante.*
8. *Les Trois Grands Piliers.*
9. *La Pierre brute.*
10. *La Pierre cubique.*
11. *Les Trois Fenêtres du Tableau de Loge.*
12. *Les Deux Colonnes et la Porte du Temple.*
13. *L'Épée flamboyante.*
14. *Loge maçonnique, Loge initiatique ?*
15. *Comment naît une Loge maçonnique ? L'Ouverture des travaux et la création du monde.*

Un incorruptible au service de Pharaon

t. 1 - *La pyramide assassinée*
(Pocket n° 4189)
t. 2 - *La loi du désert*
(Pocket n° 4279)
t. 3 - *La justice du vizir*
(Pocket n° 4371)

Caché au cœur de la pyramide de Gizeh, le testament des dieux donne leur pouvoir aux souverains d'Égypte depuis des millénaires : cette année encore, grâce à lui, Ramsès II doit prouver qu'il est leur héritier. Mais de mystérieux crimes commis près du sphinx de Gizeh conduisent le juge Pazair à découvrir l'existence d'un grave complot contre le pharaon : ce fidèle sujet décide alors de le déjouer, au péril de sa vie, et de sauver l'empire de Ramsès…

Il y a toujours un Pocket à découvrir

Les secrets du temple de Jérusalem

(Pocket n° 3451)

Environ mille ans avant la naissance du Christ, Salomon, fils de David, monte sur le trône d'Israël et décide la construction du temple de Jérusalem. Fasciné par l'Égypte des pharaons, Salomon fait appel à Hiram, un étrange architecte, détenteur d'un mystérieux savoir-faire. Mais alors que des conflits incessants déchirent le pays, maître Hiram et le roi Salomon doivent bientôt défier l'hostilité du peuple et des prêtres…

Il y a toujours un Pocket à découvrir

Impression réalisée sur Presse Offset par

CPI
Brodard & Taupin

45170 – La Flèche (Sarthe), le 06-02-2008
Dépôt légal : février 2008

POCKET – 12, avenue d'Italie - 75627 Paris cedex 13

Imprimé en France